# STAR WARS
# AHSOKA

E. K. JOHNSTON

# STAR WARS
# AHSOKA

São Paulo

2022

Grupo Editorial
UNIVERSO DOS LIVROS

*Star Wars: Ashoka*



**Diretor editorial**
Luis Matos

**Gerente editorial**
Marcia Batista

**Assistentes editoriais**
Letícia Nakamura
Raquel F. Abranches

**Tradução**
Guilherme Summa

**Preparação**
Jonathan Busato

**Revisão**
Tássia Carvalho

**Arte e adaptação de capa**
Valdinei Gomes

**Diagramação**
Vanúcia Santos

Dados Internacionais de Catalogação na Publicação (CIP)
Angélica Ilacqua CRB-8/7057

J65s
Johnston, E. K.
Star Wars: Ahsoka / E. K. Johnston; tradução de Guilherme Summa.
2. ed. – São Paulo:Universo dos Livros, 2022.
416 p.

ISBN 978-65-5609-260-7
Título original: Star Wars – Ahsoka

1. Ficção norte-americana 2. Ficção científica I. Título II. Summa, Guilherme

20-2517 CDD 813.6

Universo dos Livros Editora Ltda.
Avenida Ordem e Progresso, 157 - 8º andar - Conj. 803
CEP 01141-030 - Barra Funda - São Paulo/SP
Telefone/Fax: (11) 3392-3336
www.universodoslivros.com.br
e-mail: editor@universodoslivros.com.br
Siga-nos no Twitter: @univdoslivros

*Ao Royal Handmaiden Society.*

*Somos corajosos,*

*Vossa Alteza.*

MANDALORE ARDEU EM CHAMAS.

*Não por completo, é claro, mas o suficiente para que a fumaça preenchesse o ar ao seu redor. Ahsoka Tano respirou fundo. Ela sabia o que precisava fazer, mas não tinha certeza de que funcionaria. Pior ainda: não tinha certeza por quanto tempo iria funcionar, mesmo que funcionasse. Mas estava sem opções, e essa era a única chance que lhe restava. Ela estava lá com um exército e uma missão, como poderia ter feito quando ainda era Padawan de Anakin Skywalker. Provavelmente teria sido melhor se Anakin estivesse com ela.*

*– Tenha cuidado, Ahsoka – ele dissera antes de lhe entregar seus sabres de luz e sair correndo para salvar o chanceler. – Maul é traiçoeiro. E não tem nenhuma misericórdia.*

*– Eu me lembro – respondera, tentando reunir um pouco da ousadia que lhe valera o apelido de Abusada quando se conheceram. Ela não achou o esforço tremendamente bem-sucedido, mas ele sorriu mesmo assim.*

*– Eu sei. – Ele endireitou os ombros, já pensando em seu próprio combate. – Mas você sabe como eu me preocupo.*

*– O que poderia acontecer? – Agir mais como seu antigo eu pareceu-lhe mais fácil da segunda vez, e então ela percebeu que também estava sorrindo.*

*Agora, o peso de seus sabres de luz nas mãos era tranquilizador, mas Ahsoka trocaria os dois pela presença de Anakin em um piscar de olhos.*

*Ela podia ver Maul, não muito distante agora. A fumaça envolvia seu rosto negro e vermelho, embora isso não parecesse incomodá-lo. Ele já havia colocado de lado sua capa; a prontidão para o combate irradiando de sua postura. Estava em uma das praças que ainda não fora consumida pelas chamas, andando de um lado para o outro enquanto esperava por ela. Se não soubesse que as pernas dele eram artificiais, jamais teria imaginado que não eram os membros com os quais nascera. As próteses não o deixavam de forma alguma mais lento. Ela caminhou em sua direção, determinada. Afinal, sabia algo que tinha certeza absoluta de que ele não sabia.*

*– Onde está o seu exército, Lady Tano? – questionou assim que ela estava ao alcance de sua voz.*

*– Ocupado derrotando o seu – respondeu, torcendo para que fosse verdade. Ahsoka não lhe daria o pra-*

*zer de ver o quanto a magoava o fato de ele chamá-la de Lady Tano. Ela não era mais comandante, embora o batalhão ainda a tratasse com a mesma cortesia que sempre lhe conferiram, por causa de sua reputação.*

*– Foi muita gentileza de seus antigos mestres enviá-la sozinha e me poupar do esforço de um combate decente – disse Maul. – Nem Jedi de verdade você é.*

*Escorria malícia de cada palavra sua ao mesmo tempo em que seus dentes arreganhavam. Era o tipo de raiva sobre a qual o Mestre Yoda advertia os aprendizes, daquela que consumia por inteiro um indivíduo e distorcia cada parte dele até ficar irreconhecível. Ahsoka estremeceu ao pensar no que Maul deveria ter sofrido para se transformar nisso. Ainda assim, ela era inteligente o bastante para usar essa raiva a seu favor: precisava dele enfurecido o suficiente para pensar que estava no controle.*

*– Será uma luta justa, então – retrucou, olhando-o de cima a baixo. – Você é apenas metade Sith.*

*Isso foi gratuitamente rude, o tipo de coisa que teria feito o Mestre Kenobi revirar os olhos. Mas Ahsoka não se arrependeu. Provocar o inimigo era costume, e ela usaria todas as cartas de que dispusesse, mesmo que não fosse educado de sua parte. Afinal, Maul estava certo: ela não era Jedi.*

*A essa altura, ele estava andando de lado, com uma graça felina sombria que era estranhamente hipnotizante, e girando o punho do sabre de luz na mão. Ahsoka apertou ainda mais firme os próprios sabres de luz e se forçou a relaxar. Ela precisava que ele se aproximasse. Essa espera era como uma meditação. Ela sabia que havia funcionado antes contra Maul, em Naboo, quando Obi-Wan o derrotara pela primeira vez. Assim, se conectou com a Força e a encontrou aguardando por ela, como um conforto e uma fonte de poder. Abriu sua mente e concentrou-se o máximo possível. Então, se moveu, espelhando os movimentos de Maul através da praça e dando um passo para trás a cada passo que ele dava em sua direção.*

*– Não é Jedi, mas continua uma covarde – provocou ele. – Ou Skywalker se esqueceu de ensiná-la a defender sua posição antes de descartá-la?*

*– Eu saí por vontade própria – retrucou Ahsoka. Naquele momento, as palavras pareciam contar a verdade, apesar da dor que se ocultava sob elas. Ela ignorou a mágoa e concentrou-se novamente em seu senso de equilíbrio, em Maul.*

*– Claro que sim. E eu me ofereci para esta pilha de lixo e aquelas primeiras pernas monstruosas – disse*

*Maul destilando ironia. Ela sentiu a raiva crescer dentro dele, quase alcançando o limite... Quase!*

*Foi então que ele ativou o sabre de luz e acelerou seus passos. Era fácil para ela fingir que ele a pegara desprevenida e recuar desajeitadamente para longe de seu ataque carregado de vingança.*

*– Aposto que você se ofereceu para isso também, Lady Tano – observou exultante. Ele estava certo, mas só conseguia perceber a sua fraqueza, pois a raiva o cegava para todo o restante. – Uma última tentativa de glória para impressionar um mestre que não vê mais utilidade em você.*

*– Isso não é verdade! – gritou Ahsoka. Faltava só mais um pouco agora. Ele estava quase caindo na armadilha.*

*Maul avançou com tudo em direção a ela, com gargalhadas cruéis escapando de sua garganta. Ainda assim, ela aguardou. Então, pouco antes de estar ao seu alcance, liberou a armadilha.*

*A familiar energia verde zumbiu quando ela ativou seus sabres de luz e se moveu para fazer contato, como um último drible. Maul tentou uma investida e Ahsoka deu um passo rápido para trás, atraindo-o para além do ponto em que não havia retorno. Ele desceu seu sabre em curva no ar, diretamente sobre sua cabeça, e ela respondeu com toda sua força. Suas armas se chocaram e travaram, mantendo-o exatamente onde ela queria que ele estivesse.*

*– Agora! – comandou seus aliados invisíveis.*

*A resposta foi rápida, veloz demais para a defesa distraída de Maul. Ahsoka afastou-se no momento certo.*

*O escudo de raios ganhou vida, capturando sua presa que ainda estava com o sabre de luz empunhado contra ela.*

# CAPÍTULO 1

ELA ESTAVA SOZINHA, algo que nunca teve a intenção de estar. Seu povo era tribal, mantinha laços viscerais, e sua capacidade de usar a Força proporcionou-lhe uma galáxia de irmãos de todas as espécies. Mesmo após ter deixado o Templo Jedi, ela podia sentir os outros quando quisesse – o vai e vem deles na Força ao seu redor.

Até que, é claro, já não lhe era mais possível.

Agora Ahsoka quase preferia a solidão. Se estivesse sozinha, não precisava fazer escolhas que afetassem ninguém além de si mesma. Conserte ou não conserte um motivador com defeito, coma ou não coma, durma ou não durma – sonhe ou não sonhe.

Ela tentava sonhar o mínimo possível, mas aquele dia, em particular, não era o melhor para isso. Dia do Império. Por toda a galáxia, desde o Núcleo até a Orla Exterior – embora com um pouco menos de entusiasmo nessa última –, haveria festividades comemorando o estabelecimento da ordem e governo do Imperador Palpatine. Era a primeira celebração desse tipo. O novo Império tinha apenas um ano de existência, mas a mera ideia de comemorar tal data causava-lhe náuseas. Recordava-se dela por razões completamente diferentes da paz.

Mandalore havia ardido em chamas, e, mesmo que ela, Rex e os outros tivessem conseguido salvar a maior parte dele, sua vitória foi imediatamente desfeita com tamanha violência que Ahsoka mal podia suportar pensar a respeito. Então, ela não o fazia.

– Ashla! – A voz era alta e alegre, arrancando-a de suas lembranças. – Ashla, você vai perder o desfile!

Viver na Orla Exterior tinha seus benefícios. As populações planetárias eram pequenas e não altamente organizadas, tornando fácil a possibilidade de viver sob um nome falso. Ela também podia ficar longe de qualquer uma das principais pistas do hiperespaço sem grande esforço. A maioria dos planetas da Orla Exterior não tinha mesmo nada de muito interessante para atrair a atenção Imperial, e a última coisa que Ahsoka queria fazer era atrair a atenção.

O que ela não levara em consideração era a atenção a ela dispensada por seus vizinhos, os Fardi, uma família local que parecia envolvida com tudo que acontecia em Thabeska. Eles a acolheram, colocaram-na sob sua proteção – bem, o máximo que conseguiram, já que Ahsoka não dava muita abertura nem permitia uma aproximação maior. Ela ainda estava sofrendo, à sua maneira, e ajudava se dissesse a si mesma que não queria novos laços, novos amigos.

Thabeska servia bem a seus propósitos. Era poeirento e silencioso, mas com um fluxo de recém-chegados grande o bastante para que ela não se destacasse. O planeta gerava um intenso comércio de água e tecnologia, mas nada em larga escala. Até as operações de contrabando – produtos de luxo e alimentos de outros planetas, em sua maior parte – atendiam a um número relativamente pequeno de indivíduos. Nenhum pirata que se prezasse, conhecido dela, se rebaixaria tanto. Era um lugar novo tão bom quanto qualquer outro para "Ashla" chamar de lar.

– Ashla, você está aí? – gritou novamente a garota do lado de fora. Empolgação demais, pensou Ahsoka balançando a cabeça. O Dia do Império não era assim tão emocionante, mesmo que você acreditasse na propaganda. As meninas estavam tramando alguma coisa e queriam que ela soubesse disso.

Ahsoka considerou suas opções. Ela era conhecida por perambular sozinha pelas planícies do deserto. Não havia nada perigoso por lá ou, definitivamente, nada que oferecesse perigo a ela. Dessa forma, podia sentar-se em silêncio, fingindo que não estava em casa e, se alguém a questionasse mais tarde, diria apenas que tinha saído para passear.

Ela se levantou e atravessou sua pequena habitação. Não era chique o suficiente para ter quartos, ou mesmo divisórias, mas uma das coisas para a qual crescer no Templo Jedi preparava uma pessoa era a austeridade. Se Ahsoka não dispusesse de pertences, teria menos o que carregar quando chegasse a hora de partir. Ela se esforçava muito para não pensar no cinto de armas vazio que guardara, embora não o usasse.

Ahsoka captara o sinal de alerta na demonstração de alegria das meninas quando a chamaram, mas precisava de mais detalhes. E a única maneira de obtê-los era abrindo a porta.

– Já vou, já vou! – disse, esperando parecer entusiasmada.

Ahsoka conhecera o clã Fardi nos estaleiros quando chegara ao planeta. Eles geriam a maior parte das transações de lá, tanto as legais quanto as outras. Ela os teria evitado por completo não fosse pelas crianças mais novas, que passaram a segui-la como patinhos, e ela sentia pena de desapontá-las. Ahsoka, então, abriu a porta e encontrou quatro delas encarando-a, uma dupla de meninas mais velhas logo atrás. As mais velhas não pareciam tão despreocupadas quanto as pequenas. Ela ficou tensa e depois se forçou a relaxar. Procurou sondar com os seus sentidos muito cuidadosamente, mas, se havia algo para sentir, ainda estava muito distante.

– Ashla, você tem que vir agora – disse a mais velha.

Havia tantas crianças Fardi que Ahsoka se esforçou para lembrar qual nome pertencia a quem. Ela as encarou do alto e teve uma sensação incômoda de que estava se esquecendo de alguma coisa.

– Sim! – disse uma dentre o bando de crianças. – Papai está recebendo convidados chiques que estão pedindo para conhecer pessoas novas, e você é nova, então, você deve vir! Pode se sentar conosco para o desfile e sobrevoo.

Um ano de residência ainda qualificava Ahsoka como nova, apesar de ter sido o mais longo período em que ficara num mesmo planeta desde que se tornara Padawan de Anakin Skywalker.

– Há muitas naves no estaleiro neste momento – disse a mais velha com cautela, como se alguém pudesse estar ouvindo cada palavra sua. – Para o sobrevoo. De toda parte. A segurança está um desastre, já que eles estão tentando registrar tudo.

Por estas bandas, convidados chiques significavam roupas limpas. Até mesmo os abastados Fardi estavam sempre cobertos com a areia que soprava das planícies do deserto. Ahsoka imaginou os cortes precisos e as cores sóbrias dos uniformes Imperiais. Eles impressionariam Thabeska.

Ela sabia o que os Fardi fariam. Eles tinham seus negócios legítimos a considerar, sem mencionar todos os membros da família. Contariam aos Imperiais tudo o que quisessem saber, e Ahsoka não tinha por que ficar ressentida com eles. Aparentemente, ela havia causado uma impressão suficientemente boa para justificar a visita e a dica sobre o estaleiro. Ahsoka não poderia esperar mais do que isso.

– Por que vocês não vão na frente? – disse ela, assentindo solenemente para as meninas mais velhas. Ahsoka não sabia se os pais delas tinham conhecimento de que estavam ali, mas queria que soubessem que era grata pelo risco que estavam correndo por ela. – Vocês podem guardar um lugar para mim enquanto eu me arrumo. Dormi um pouco demais esta manhã e não posso ir ao desfile do Dia do Império deste jeito.

Ela apontou para as suas roupas. Eram as únicas que possuía, e todos sabiam disso, mas era uma desculpa suficiente para dar conta do recado.

As meninas mais novas choramingaram implorando para que ela se apressasse, mas prometeram guardar-lhe um lugar. As duas mais velhas ficaram quietas e conduziram suas irmãs de volta para o centro da cidade. Ahsoka não as viu partir. Assim que se viraram, ela fechou a porta e levou um momento para se recompor.

Não tinha muito o que levar. Sua moradia de um único cômodo estava vazia, exceto pela cama e o tapete grosso estendido no chão, no qual ela poderia acomodar hóspedes, se um dia tivesse recebido algum. Ela enrolou o tapete para o lado e descobriu o compartimento onde guardava um pouco de dinheiro e seu blaster. Ela jogou tudo em uma bolsa e colocou um capuz curto que lhe cobriria o rosto. Precisaria adquirir outro em breve: sua cabeça crescera novamente e seus montrais estavam quase altos demais para o capuz.

Quando Ahsoka fechou a porta de sua casa pela última vez, o ar foi cortado por um zunido muito familiar. O sobrevoo havia começado e parecia que o Império estava exibindo a capacidade de manobra de seus mais recentes caças.

As ruas estavam desertas. Ela podia ouvir a música, estridente e marcial ao mesmo tempo, enquanto o desfile passava pela avenida principal a vários quarteirões de distância. Ahsoka não conseguia entender por que havia tantos Imperiais de repente. Certamente o Dia do Império não era o único motivo. Mas o planeta não tinha muito a oferecer além da areia e dos Fardi. E uma sobrevivente da Ordem 66.

Dois Imperiais de armadura dobraram a esquina. Ahsoka prendeu a respiração e os sondou com a Força. Não havia nada de familiar a respeito deles. Não eram clones. Tratava-se de recrutas mais novos, os stormtroopers. Não havia muito com o que se preocupar em relação a eles.

– O que você está fazendo aqui? – Eles levantaram suas armas. – Por que não está participando das festividades?

– Estou a caminho de lá – disse Ahsoka, tomando o cuidado de manter o rosto direcionado para o chão. – Eu estava nas planícies esta manhã, caçando, e perdi a noção do tempo.

– Vá andando – ordenou o stormtrooper, embora não houvesse baixado a arma. O outro disse algo em seu comunicador que Ahsoka não conseguiu ouvir.

– Feliz Dia do Império – disse ela, e dobrou um beco na direção da música.

Ela não esperou para ver se eles a seguiriam. Pulou para uma janela do primeiro andar e subiu no prédio até chegar ao telhado. Assim, tão perto do complexo principal dos Fardi, as casas eram mais agradáveis que sua pequena cabana. Eram mais altas e tinham telhados planos. E, o mais importante, haviam sido erguidas muito próximas umas das outras para economizar em custos de construção. Não era um percurso de viagem perfeito, mas, para alguém com as habilidades de Ahsoka, era bastante aceitável.

Cuidando para que ninguém pudesse vê-la, ela correu pelos topos das casas. Mesmo com o perigo envolvido, aquilo lhe proporcionava uma sensação melhor do que qualquer coisa que sentia há muito tempo. Ahsoka não fez uso da Força para correr – não havia sentido em se arriscar sem necessidade –, mas recorreu a ela para garantir que cada salto por sobre as ruas abaixo fosse seguro. Toda vez que olhava para baixo, via mais stormtroopers patrulhando. Eles não pareciam estar procurando por um alvo específico – sinal de que a dupla com a qual conversara não devia ter dado nenhum alarme.

Ahsoka chegou à extremidade da fileira de casas altas e agachou-se, olhando para o estaleiro. Havia dois deles sob o controle dos Fardi, e aquele era o menor. O maior teria mais opções e possivelmente mais brechas em seu sistema de segurança, mas o menor oferecia uma aproximação pelo telhado, então, decidiu se arriscar ali.

As naves eram, em sua grande maioria, Imperiais e, portanto, alvos não recomendados. Elas teriam sido registradas e marcadas, e provavelmente possuíam algum tipo de dispositivo de rastreamento. Ahsoka olhou para o transportador de tropas com certo pesar. De todas as naves estacionadas ali, era aquela com a qual estava mais familiarizada, mas não podia correr o risco. Em vez disso, concentrou-se em um pequeno cargueiro localizado na extremidade do estaleiro.

Era uma nave dos Fardi, uma das legais, mas Ahsoka sabia que poderia se tornar menos legal em questão de minutos. Os Fardi pagaram-na para efetuar reparos no veículo. Ela era uma boa mecânica e conquistou a confiança deles por conta de um trabalho diligente. A nave estava desprotegida também. Ahsoka não sabia se era um convite ou não, mas não estava disposta a deixar a oportunidade passar.

Havia talvez vinte stormtroopers no estaleiro. Antes, quando ela podia usar abertamente a Força, isso não seria problema. Agora, com apenas seu blaster, Ahsoka demorou um instante para considerar suas opções.

Anakin teria entrado de sola, independentemente do risco pessoal. Mesmo sem o sabre de luz, teria sido rápido o suficiente e forte o bastante para fazê-lo. Chamaria muita atenção, no entanto. Explosões tendiam a acompanhar de perto seu antigo mestre. Ela sentia falta da emoção, mas agora não era momento para isso. O Mestre Obi-Wan teria tentado uma abordagem mais elegante e acabaria, ainda assim, causando tanto estardalhaço quanto Anakin, invariavelmente.

– Quando é que você vai admitir para si mesma que está por conta própria? – Ahsoka murmurou a si mesma. – Eles se foram. Estão mortos, e você está sozinha agora.

Considerando um discurso motivacional, esse não foi dos melhores, mas estimulou-a a agir. Ela arriscou um salto do telhado para o beco abaixo, priorizando a velocidade acima de qualquer outra coisa. Sacou o blaster da bolsa. Rapidamente soltou os pinos de sobrecarga do cartucho de munição e depositou a arma no chão. Agora, ela precisava sair dali. Correu pelo beco e pulou por cima de um muro baixo em um jardim residencial.

Mais alguns passos e outro salto a levaram para um beco diferente, de onde correu em direção ao estaleiro.

Ahsoka alcançou a área aberta no exato momento em que o blaster explodiu. Os stormtroopers reagiram de imediato, posicionando-se em fileiras organizadas e correndo em direção ao barulho com dedicação admirável. Eles não abandonaram por completo o estaleiro, mas o suficiente para os propósitos dela.

Ahsoka ateve-se às esquinas onde podia se esconder e atrás de caixas para bloquear o campo de visão dos Imperiais remanescentes. Ela alcançou a rampa da nave dos Fardi e subiu a bordo antes que alguém se desse conta do que acontecera.

– Espero não estar furtando algo de que vocês precisam – disse ela a seus benfeitores ausentes. – Mas obrigada pela nave.

O motor zumbiu justo quando os outros stormtroopers retornavam para o estaleiro, mas já era tarde demais. Ahsoka já havia alçado voo sem que eles pudessem montar o armamento pesado, e estava fora de alcance antes mesmo que pudessem disparar. Ela já ia longe, fugindo mais uma vez, e não fazia ideia para que ponto da galáxia iria a seguir.

# CAPÍTULO 2

VISTA DA ÓRBITA, Raada não parecia grande coisa. A leitura do computador de navegação não era particularmente fascinante também, mas isso fazia parte do motivo pelo qual Ahsoka escolhera a lua. Era pequena e fora de mão até mesmo para os padrões da Orla Exterior, dispondo de apenas um recurso. Ahsoka poderia passar despercebida aqui. Não lhe agradava a ideia de cometer o mesmo erro duas vezes e ela havia cometido um dos grandes em Thabeska, envolvendo-se com uma das famílias mais importantes do planeta.

Ahsoka pousou a nave no que mal podia ser chamado de espaçoporto e a protegeu contra furto da melhor forma que pôde. Enquanto estava em trânsito, fez algumas modificações no veículo na esperança de esconder onde o havia conseguido, e descobriu que um sistema de trava em solo bastante sofisticado já estava em funcionamento. Recodificá-lo tinha sido relativamente simples, mesmo sem um droide astromecânico como R2-D2 para ajudar. Ela fez uma última verificação quando seus olhos foram atraídos por um par de anéis de metal quc dcmarcava uma válvula de pressão no console de energia. Os anéis não tinham outra finalidade senão deixar o painel com aparência de limpo e arrumado. Ahsoka soltou-os e guardou-os no bolso sem pensar muito a respeito. Feito isso, colocou a bolsa no ombro e desceu a rampa.

No solo, constatou que Raada tinha um odor característico, embora não totalmente desagradável. Na superfície da lua havia vida que o computador não registrou: verde e em crescimento. Podia senti-la sem esforço e respirou fundo. Após um ano ou de espaço ou da areia de Thabeska, a mudança era bem-vinda. Talvez quando Ahsoka meditasse aqui, encontrasse algo entre ela e o enorme abismo que a assombrava desde a Ordem 66.

Havia algumas pessoas no espaçoporto, carregando caixotes em um cargueiro maior, mas ignoraram Ahsoka quando ela passou por eles. Se havia alguém para quem ela deveria pagar por uma vaga, não o encontrou, então decidiu se preocupar com isso mais tarde. Um lugar como Raada tinha um governo menos legítimo do que Thabeska ou um planeta controlado por um Hutt, mas Ahsoka podia lidar com quaisquer adversários locais que pensassem que ela poderia ser uma presa fácil. O que precisava agora era de um lugar para ficar e sabia por onde começar a procurar.

Raada tinha apenas um grande assentamento, e Ahsoka não iria tão longe a ponto de chamá-lo propriamente de cidade. Pelos padrões de Coruscant, o assentamento mal existia, e até mesmo os Fardi o esnobariam. Não havia casas altas ou vias no céu, e o local contava com apenas um mercado próximo dos deteriorados prédios da administração no centro da cidade. Ahsoka seguiu direto para os arredores, onde esperava que houvesse uma casa abandonada que pudesse pegar emprestada. Caso contrário, teria que começar a procurar fora da cidade.

Enquanto caminhava, ela registrou suas novas imediações. Embora a arquitetura fosse monótona e em grande parte pré-fabricada, havia ornamentos decorativos suficientes que indicavam que as pessoas que habitavam tais residências se importavam com elas. Ali não viviam trabalhadores temporários: eles estavam em Raada para ficar. Além disso, a julgar pela variação de estilo, dava para Ahsoka perceber que os indivíduos que residiam naquela lua tinham vindo de toda a Orla Exterior. Isso tornava Raada um lugar ainda melhor para ela se esconder, porque seus traços Togruta passariam despercebidos.

Depois de alguns quarteirões, Ahsoka se viu em uma zona com casas menores que haviam sido erguidas às pressas e desleixadamente, sem nenhum senso estético. Isso lhe convinha, e ela começou a procurar por uma que estivesse desabitada. A primeira que encontrou não tinha teto. A segunda ficava bem próxima a uma cantina – bastante silenciosa durante o dia, mas presumivelmente barulhenta e desagradável à noite. A terceira, a algumas ruas da cantina e bem nos limites da cidade, parecia promissora. Ela postou-se em frente à casa, avaliando suas opções.

– Não tem ninguém – disse alguém atrás dela. As mãos de Ahsoka fizeram menção de apertar os punhos dos sabres de luz que não estavam mais lá quando se virou.

Era uma jovem da sua idade, mas com mais rugas ao redor dos olhos. Ahsoka havia passado grande parte da vida em naves estelares ou no Templo Jedi. Aquela garota parecia trabalhar ao ar livre o tempo todo e sua pele gasta era evidência disso. Tinha o olhar intenso, mas não perverso. Ela era mais clara que o Mestre Windu, mas mais escura do que Rex, e seus cabelos, mais fartos do que os dos dois juntos – não que isso fosse muito difícil –, arrumados em tranças castanhas cuidadosamente afastadas de seu rosto e presas atrás da cabeça.

– Por que o lugar está abandonado? – questionou Ahsoka.

– Cietra se casou e se mudou – foi a resposta. – Não tem nada de errado com ele, se você está procurando um lugar.

– Eu tenho que comprá-lo? – perguntou. Ela dispunha de alguns créditos, mas preferia economizá-los o máximo que pudesse.

– Cietra não comprou – respondeu a garota. – Não vejo por que você deveria.

– Bem, então suponho que serve para mim – disse Ahsoka. Ela fez uma pausa, sem ter certeza do que viria a seguir. Não queria oferecer muitas informações pessoais, mas tinha uma história razoável preparada, caso alguém perguntasse.

– Eu sou Kaeden – disse a garota. – Kaeden Larte.

Você está aqui para a colheita? É por isso que a maioria das pessoas vem para cá, mas estamos quase terminando. Eu mesma estaria lá, mas perdi uma discussão com uma das debulhadoras ontem.

– Não – respondeu Ahsoka. – Eu não levo jeito para ser agricultora. Só estou procurando um lugar tranquilo para montar uma loja.

Kaeden lançou-lhe um olhar penetrante, e Ahsoka percebeu que teria que ser mais clara ou atrairia atenção mesmo que não quisesse. Ela suspirou.

– Eu reparo droides e outros equipamentos mecânicos – esclareceu. Ela não era tão boa quanto Anakin, mas boa o bastante. Distante do Templo e da guerra, descobrira que a galáxia estava cheia de pessoas que eram apenas boas nas coisas, não prodigiosas. Demorou um pouco para reajustar sua forma de pensar.

– Sempre podemos precisar disso – observou Kaeden. – Essas são todas as suas coisas?

– Sim – respondeu, monossilábica, na esperança de desencorajar mais perguntas. Deu certo, porque Kaeden deu meio passo para trás e pareceu envergonhada.

– Vou contar a algumas pessoas que você está se estabelecendo quando chegarem dos campos hoje à noite – disse ela, antes que a pausa se estendesse a um nível desconfortável. – Eles vão aparecer amanhã com trabalho para você. Em alguns dias, será como se você nunca tivesse morado em outro lugar.

– Duvido disso – resmungou Ahsoka, baixo demais para Kaeden ouvir. Ela limpou a garganta e falou mais alto. – Ótimo.

– Bem-vinda a Raada. – O tom de Kaeden era irônico, um sorriso forçado em seu rosto, mas Ahsoka retribuiu o gesto ainda assim.

– Obrigada – agradeceu.

Kaeden voltou a subir a rua, puxando a perna esquerda enquanto caminhava. Embora o mancar não fosse pronunciado, Ahsoka percebeu que a lesão era dolorosa. Isso significava que o tratamento médico em Raada ou era caro ou indisponível. Então, ela balançou a cabeça e passou pela porta de sua nova casa.

Cietra, quem quer que fosse, visivelmente não era uma dona de casa. Ahsoka esperava um ambiente mofado, dado o estado abandonado da casa, mas o que encontrou foi pó. O chão e a única mesa estavam cobertos dele, e ela estava um pouco preocupada com o que poderia encontrar na cama. Ahsoka correu um dedo pela mesa e descobriu que o pó estava misturado com algum tipo de graxa de motor, o que o tornava pegajoso.

– Coisas para as quais o treinamento Jedi não prepara você – refletiu e logo se calou. Mesmo sozinha, não deveria dizer essa palavra. Parecia uma traição negar de onde viera, mas não era seguro e ela não podia se dar ao luxo de cometer deslizes em público.

Ahsoka encontrou uma despensa com material de limpeza e pôs-se a trabalhar. Era um serviço fácil, embora tedioso, e estranhamente gratificante ver o pó desaparecer. O aspirador não era um droide, mas era eficiente. Enquanto ele zumbia pela sala, Ahsoka pôde encontrar o melhor lugar da casa para esconder suas coisas.

O painel sob o chuveiro rudimentar se abriu e revelou um compartimento grande o suficiente para seu estoque de créditos. Todo o restante foi para debaixo da cama assim que terminou de limpá-la. Então, sentou-se de pernas cruzadas no colchão e ouviu o aspirador circundar a sala. Seu zumbido a lembrava das esferas de treinamento que usara quando era uma criança aprendiz. Ahsoka fechou os olhos e sentiu o corpo se preparar para o raio de energia, embora tivesse certeza absoluta de que o aspirador não iria atirar nela.

A partir daí, foi fácil mergulhar em sua meditação. Por um momento, ela hesitou com medo do que havia testemunhado – do que *não* havia testemunhado – desde o expurgo dos Jedi, mas depois se deixou levar. A meditação era uma das coisas de que mais sentia falta, e uma das poucas que provavelmente não a fariam ser apanhada, mesmo que alguém a visse fazendo isso.

A Força parecia diferente agora, e Ahsoka não tinha certeza do quanto dessa diferença residia nela. Ao afastar-se do Templo dos Jedi, ela havia desistido de seu direito à Força – ou, pelo menos, era o que dizia a si mesma de vez em quando. Ela sabia que era mentira. A Força sempre faria parte dela, fosse ela treinada ou não, assim como era parte de tudo. Ahsoka não conseguiria remover sua sensibilidade à Força da mesma forma que não era possível respirar do lado errado de uma eclusa de ar. Sua autoridade se fora; seu poder permaneceu.

Mas havia agora, em suas meditações, uma escuridão da qual não gostava. Era como se uma mortalha tivesse envolvido suas percepções, entorpecendo-lhe a visão. Ela sabia que havia algo lá, mas era difícil de distinguir, e ela não tinha muita certeza de que queria fazê-lo. A presença familiar de Anakin se fora, como um canal interrompido que não canalizava mais poder da maneira como deveria. Ahsoka não conseguia mais senti-lo, nem qualquer um dos outros. Até mesmo a percepção dos Jedi como um todo havia desaparecido, e ela sempre fora capaz de sentir isso mesmo quando ainda era pequena demais para conseguir expressar tal sensação. Essa sensação, aliás, havia salvado sua vida certa vez, quando era muito jovem e um falso Jedi foi a Shili para escravizá-la. Ela sentiu a ausência da Força nele como se lhe faltasse um membro do corpo.

O aspirador correu para a plataforma da cama duas vezes, recusando-se obstinadamente a mudar de rumo. Ahsoka inclinou-se e o virou em outra direção. Observou-o por alguns instantes antes de retornar à sua meditação, desta vez não se distanciando tanto. Ela queria ter uma noção de Raada, algo mais do que sua reação inicial poderia lhe dizer, e essa era uma boa ocasião para isso.

A lua se estendeu ao seu redor. Ela estava de frente para o centro da cidade, então, sondou por meio da Força a região atrás de onde estava sentada. Havia os campos de plantações, em grande parte colhidas, como Kaeden havia dito, e prontas para o plantio da próxima safra. Havia pedras, colinas rochosas e cavernas onde nada de útil poderia crescer. Havia animais grandes, mas, se eram para trabalho ou comida, ela não sabia dizer. E havia botas, dezenas delas, caminhando em sua direção.

Ahsoka balançou a cabeça, saindo do transe, e descobriu que o aspirador estava chocando-se animadamente contra a porta do chuveiro. Ela se levantou para desligá-lo e o novo som chegou aos seus ouvidos: conversas, risadas e o pisar forte de pés contra o chão. Seus novos vizinhos estavam em casa após um dia de trabalho nas plantações.

# CAPÍTULO 3

KAEDEN APARECEU na porta de Ahsoka bem cedo na manhã seguinte com dois pacotes de ração e um...

– O que é isso? – perguntou, encarando as peças desmanteladas de sucata que Kaeden carregava debaixo do braço.

– Seu primeiro paciente, se estiver interessada – respondeu a jovem alegremente.

– Não posso consertar isso se eu não souber para que serve, pra começo de conversa – protestou Ahsoka, mas estendeu as mãos assim mesmo.

Kaeden interpretou isso como um convite para entrar. Ela depositou as peças quebradas nas mãos de Ahsoka e sentou-se na cama, colocando as rações ao seu lado.

– É a debulhadora para a qual perdi a discussão – explicou. Aparentemente, a garota não via estranheza em sentar no lugar onde Ahsoka dormia. Por outro lado, a cama era o único móvel dela, além da mesa baixa.

Ahsoka espalhou as peças sobre a mesa e sentou-se no chão para analisá-las mais de perto. Supôs que a engenhoca poderia ter sido uma debulhadora. Mas, se fosse tentar adivinhar o que era com base apenas na bagunça das peças misturadas, poderia muito bem concluir ter sido um droide de protocolo.

– Odiaria ver o que acontece quando você *vence* as discussões – disse Ahsoka.

– Não foi minha culpa. – Kaeden disse isso com o tom de uma pessoa que usou esse mesmo argumento, sem sucesso, várias vezes antes. – Num minuto, estávamos operando sem problemas, em vias de cumprir as cotas e tudo mais, e então, quando vi, desastre total.

– Como está a perna? – perguntou Ahsoka. Seus dedos se moviam sobre a mesa, reorganizando as peças e tentando descobrir se alguma coisa era aproveitável.

– Estará boa o bastante para voltar ao trabalho amanhã – garantiu. – Manterei meu bônus de colheita, principalmente se não tiver que pagar para substituir a debulhadora.

Ahsoka lançou-lhe um olhar demorado.

– Mas pode deixar que vou pagar pelo serviço, é lógico – Kaeden apressou-se em acrescentar. – Começando com o café da manhã. Manda ver.

Ela jogou à Ahsoka um pacote de ração. Ahsoka não reconheceu o rótulo, mas sabia que a origem não era do Império ou da República.

– Não há lugar como nosso lar – disse Kaeden, abrindo seu próprio pacote com um rasgão. – Não tem muito sentido viver em um planeta agrícola se você precisar importar alimentos. Isso aqui facilita o monitoramento de quem recebe o quê.

– Acho que isso faz sentido – concordou Ahsoka, que rasgou a própria embalagem e a cheirou. Ela definitivamente já havia comido coisa pior.

– Enfim, você consegue consertar a minha debulhadora? – perguntou.

– Por que não me conta o que deu errado com ela e eu verei o que posso fazer – retrucou.

Ela se voltou para a mesa e continuou a mover as peças enquanto Kaeden lhe contava sobre o incidente.

Ahsoka estava acostumada com o modo como os soldados clones contavam histórias de guerra, mas Kaeden estava pau a pau com eles. Pela forma como contou, a debulhadora subitamente desenvolveu senciência e se opôs a seu destino como ferramenta agrícola, e foi somente o pensamento rápido de Kaeden – e botas pesadas – que impediram que ela dominasse a galáxia.

– E, quando ela finalmente parou de se mover – disse a jovem, concluindo –, minha irmã apontou que eu estava sangrando. Eu disse que era justo, já que a debulhadora também estava vazando óleo, mas depois desmaiei por um momento, então, acho que foi pior do que eu pensava. Acordei na enfermaria com esse curativo sofisticado e a máquina estúpida em uma bandeja ao lado da minha cama.

Ahsoka riu, surpreendendo-se por fazê-lo, e ergueu uma peça entortada do que havia sido o sistema de refrigeração da debulhadora.

– Aqui está o problema – indicou ela. – Bem, quero dizer, parte do seu problema. Se você puder substituir isso, eu consigo reconstruir a debulhadora.

– Substituir? – O sorriso de Kaeden desapareceu. – Você acha que poderia simplesmente, sei lá, desentortá-la de alguma forma?

Ahsoka baixou os olhos, envergonhada. As coisas ali não eram como no Templo, ou mesmo como em sua experiência de campo em comandar tropas. Não havia linhas de abastecimento nem peças sobressalentes, não sem um custo. A substituição era o último recurso.

– Eu posso tentar – disse ela. – Agora, conte-me mais sobre como as coisas funcionam por aqui.

Na noite anterior, Kaeden não estivera muito curiosa sobre as razões que fizeram Ahsoka vir para Raada. Enquanto a garota discorria sobre turnos de trabalho e ciclos de colheita, Ahsoka deu-se conta de que ter razões poderia não ser importante. Conforme Kaeden a descreveu, Raada era um bom lugar para se levar uma vida sem grandes ambições: trabalho duro, bastante comida e fiscalização oficial suficiente apenas para desencorajar freelancers locais. Ninguém fazia muitas perguntas e, contanto que você cumprisse as suas cotas de trabalho, sua presença passaria despercebida. Ahsoka Tano não se daria bem aqui, mas, para Ashla, o lugar cairia como uma luva.

Procurou, então, algo pesado que pudesse usar para bater no metal. Já que iria consertar as coisas profissionalmente, precisaria investir em algumas ferramentas. Calculou de cabeça seus créditos e tentou descobrir quantos deles poderia poupar para um futuro incerto. Teria que fazer um investimento em algum momento, e as ferramentas ajudariam a vender sua história de fachada.

Ahsoka acabou utilizando o salto de sua bota, batendo na peça contra o chão para evitar quebrar a mesa. A qualidade não era das melhores quando terminou, mas a peça não permitiria mais que o líquido de refrigeração vazasse. Ela começou a remontar a debulhadora ao redor do objeto.

– Eu deixei a minha nave no espaçoporto – disse Ahsoka. – Tenho que registrá-la com alguém?

– Não – assegurou Kaeden. – Apenas certifique-se de que a trancou bem. Existe uma quantidade considerável de oportunistas por aqui.

Ela se referia a ladrões, Ahsoka entendeu. Nenhum lugar era perfeito.

– É por isso que deixei a maior parte do meu equipamento a bordo – ela mentiu. – É mais seguro do que esta casa.

– Podemos ajudá-la com isso – assegurou Kaeden. – Minha irmã e eu, quero dizer. Ela é boa em instalar fechaduras, e eu sou boa em convencer as pessoas a deixar você em paz.

– Quando você não está perdendo discussões com máquinas, eu presumo? – Ahsoka disse.

– A maioria das pessoas perde braços e pernas quando as coisas correm mal – observou Kaeden em sua defesa. – Eu sou boa demais para isso.

A garota rolou para fora da cama e se aproximou para dar uma olhada no que Ahsoka estava fazendo. Ela emitiu um murmúrio de aprovação e depois apontou para as peças soltas que ainda restavam sobre a mesa.

– Para que servem essas? – perguntou.

– Não faço ideia – respondeu Ahsoka. – Mas pareciam não ter um lugar na máquina, então, deixei-as de lado. Acho que deve funcionar, depois que você recarregar o sistema de refrigeração e reabastecer os tanques.

– Eu posso fazer isso quando reconectar a lâmina – disse Kaeden.

Ela girou uma chave e os repulsores ligaram, erguendo a debulhadora da mesa cerca de um metro. Ela a desligou com a mesma rapidez.

– Excelente – disse. – Vou testar a direção e as outras partes quando estiver lá fora, mas os repulsores eram a parte que me preocupava. Não é de muita serventia se não puder voar.

Ahsoka não tinha certeza se seria de alguma serventia se não desse para controlar a direção, mas ela também não era a especialista, então, deixou quieto.

– De nada – disse ela. Tirou o restante da comida do pacote de ração e devorou rapidamente. Kaeden observou-a comer.

– Vou pagar você com comida, então? – a garota quis saber. – Quero dizer, é uma boa maneira de começar, e depois podemos estabelecer outros arranjos.

– Posso trocar rações por ferramentas? – Ahsoka perguntou.

– Não – disse Kaeden. – Quero dizer, as rações alimentares não valem muito para aqueles que estão aqui já há algum tempo.

Ahsoka considerou suas opções. Ela não tivera tempo de fazer um inventário completo da nave, e era possível que as ferramentas de que precisava estivessem lá. E, de fato, ela precisava comer.

– Só desta vez – disse ela, esperando parecer alguém experiente em conduzir uma negociação difícil. – Da próxima vez, negociaremos antes de eu fazer quaisquer reparos.

Kaeden pegou a debulhadora e sorriu. Ela ainda parecia um pouco cautelosa, o que para Ahsoka era ótimo. Ela não estava, lembrou a si mesma, tentando fazer amigos, ainda mais amigos que ficavam perfeitamente à vontade sentados em sua cama. Esse tipo de coisa demonstrava um nível de intimidade na maioria das culturas. O Templo Jedi não era um lugar onde tais coisas eram incentivadas, e Ahsoka nunca se sentira fortemente motivada a ponto de burlar as regras como certos indivíduos faziam.

– Eu deixei o caixote do lado de fora – disse Kaeden. – Você pode vir buscá-lo.

Ahsoka a seguiu até a porta e viu o pagamento prometido – comida suficiente para um mês, provavelmente, e talvez até mais, se ela fosse comedida. Kaeden estava certa: só valia a pena trocar comida se você fosse novo por aqui. Obviamente, escassez de alimentos não era um problema. Ela arrastou o caixote para dentro enquanto Kaeden descia a rua, seu manquejar muito menos perceptível do que no dia anterior. Novamente sozinha, Ahsoka ergueu o caixote, colocando-o sobre a mesa, lutando contra o impulso infantil de fazer o trabalho com a mente em vez de com os braços. A Força não era para ser usada com leviandade, e levantar caixotes pra lá e pra cá não era de fato um treinamento real. Seu foco precisava estar em outro lugar.

Usar a Força era uma extensão natural de si mesma. Deixar de usá-la o tempo todo era estranho. Ela teria que praticar, praticar de verdade com meditação adequada, ou algum dia precisaria de suas habilidades e seria incapaz de responder a tempo. Ahsoka teve sorte de escapar da Ordem 66, e sua fuga não ocorreu sem um custo terrível. Os outros Jedi, os que haviam morrido, não foram capazes de se salvar, fossem eles poderosos ou não.

Assim, ela sentiu o familiar aperto na garganta, a mesma dor sufocante que surgia toda vez que imaginava o que tinha acontecido quando os soldados clones mudaram de lado. Quantos amigos seus foram abatidos por homens com quem serviram durante anos? Quantas crianças aprendizes foram assassinadas por um homem em cuja face elas implicitamente confiavam? E como será que os clones se sentiram após o término? Ahsoka sabia que o Templo havia ardido em chamas; recebera o aviso para não retornar. Mas ela não sabia onde estavam seus amigos durante a tragédia. Sabia apenas que não pôde encontrá-los depois e que sua percepção deles havia desaparecido, como se tivessem deixado de existir.

Ahsoka sentiu-se numa espiral descendente em sua dor e recorreu à Força para se agarrar a algo, qualquer coisa, para lembrá-la da luz. Ela encontrou as plantações verdes de Raada, campos estes que ainda não tinha visto com os próprios olhos. Por alguns momentos, deixou-se perder no ritmo de coisas em crescimento que precisavam apenas de sol e água para viver. Essa simplicidade era alentadora, mesmo que naquele momento em particular ela não conseguisse se lembrar exatamente do que o Mestre Yoda havia dito sobre plantas e a Força.

As peças extras da debulhadora de Kaeden ainda estavam sobre a mesa. Ahsoka se inclinou e as recolheu, pesando-as distraidamente nas mãos antes de colocá-las no bolso. Lá dentro, elas tilintaram contra os anéis que ela retirara do console da nave no dia anterior. Se continuasse acumulando aparatos de tecnologia nesse ritmo, iria precisar de bolsos maiores.

Pensar a respeito do que precisava fez Ahsoka se lembrar de que ela realmente deveria verificar sua nave em busca de ferramentas e outros itens de utilidade. Ela olhou ao redor da casa rapidamente: o caixote estava sobre a mesa, mas não despertava interesse, e os seus créditos estavam seguros sob o painel do chuveiro. Não parecia haver nada que pudesse atrair um ladrão, mas Ahsoka ficou desconfortável quando fechou a porta atrás de si.

– Espero que Kaeden precise que algo seja consertado em breve – disse ela baixinho para um R2-D2 inexistente. – Eu me sentiria melhor se tivesse uma fechadura.

Um dos problemas de passar muito tempo com um droide astromecânico era que a pessoa ficava com a tendência de continuar conversando com ele mesmo quando ele já não estava mais lá.

Ahsoka subiu a rua em direção ao centro da cidade e ao espaçoporto. Desta vez, prestou mais atenção aos seus arredores, notando as pequenas lojas nas esquinas aguardando os clientes. A maioria vendia os mesmos produtos e bugigangas, e ela não precisava de nada daquilo. As casas maiores, no centro da cidade, não pareciam mais intimidadoras agora que Ahsoka tinha um lugar para se abrigar. Dois lugares, se contasse a nave, que ainda estava estacionada no espaçoporto, exatamente como a deixara. Ela abriu a escotilha e entrou.

Atrairia atenção demais se sobrevoasse as colinas próximas à sua casa. Se quisesse explorar as cavernas, teria que fazer isso com os próprios pés. A casa e a nave eram um bom começo, mas seria ótimo ter um lugar para onde pudesse correr em caso de emergência.

– Comida, ferramentas, um local seguro para o caso de precisar escapar – disse ela em voz alta. Ela realmente deveria parar de fazer isso. Sentia falta de R2-D2.

Não se tratava exatamente de um plano, mas era melhor do que nada.

# CAPÍTULO 4

KAEDEN NÃO RETORNOU no dia seguinte, o que Ahsoka interpretou como um sinal de que a garota havia se curado o necessário para voltar ao trabalho. Durante o dia, o assentamento de Raada ficava praticamente deserto. Quase todo mundo que vivia na lua trabalhava nos campos. Aqueles que não trabalhavam – vendedores de alimentos e afins – geralmente seguiam os trabalhadores do campo para fora da cidade de manhã. Fazia sentido ir para onde estava o dinheiro.

Isso significava que Ahsoka tinha os dias para si, para fazer o que quisesse, pelo menos até Kaeden cumprir sua promessa de contar aos outros que ela poderia consertar coisas para eles. Quando o silêncio se tornou opressivo demais para que conseguisse suportar, Ahsoka enfiou um pacote de ração na bolsa, encheu um cantil com água e dirigiu-se para as colinas.

Estava quente o suficiente para que não precisasse de sua capa, embora soubesse que, após o pôr do sol, a temperatura cairia rapidamente. Ahsoka estava acostumada à variação térmica. Quando era Padawan, só de vez em quando sabia em que tipo de planeta poderia acabar indo parar, e isso mostrou-se um bom treinamento para aprender a se adaptar. Pelo menos não faria tanto frio na lua a ponto de ela precisar de um casaco com capuz.

Não parecia haver muita vida selvagem em Raada. Ahsoka tinha visto algumas aves se agrupando em torno das fontes de água enquanto descia com a nave. Deve ter havido polinizadores de algum tipo, mas em se tratando de coisas grandes – predadores ou criaturas que valiam a pena caçar pela carne – Raada não tinha muito a oferecer em termos de variedade.

O lugar deixaria Anakin exasperado, a menos que ele, de alguma forma, conseguisse organizar corridas de pods. Não havia tecnologia de verdade para lidar, nada de perigoso do que proteger os pobres habitantes locais – apenas trabalho e casa, trabalho e casa. Ele nunca chegou a comentar, mas Ahsoka sabia que seu mestre já tivera sua cota disso enquanto crescia em Tatooine. O Mestre Obi-Wan teria dito que Raada era um bom lugar para relaxar e, então, esbarraria em um covil de piratas, uma rede de contrabandistas ou uma conspiração dos Sith. Ahsoka – Ashla – esperava um meio-termo: casa e trabalho, e emoção suficiente para impedi-la de subir pelas paredes.

Enquanto isso, subir as colinas ocupava seu tempo. Ahsoka tinha saído das planícies e estava caminhando por colinas ondulantes, cada qual coberta de pedras e vegetação sussurrante que ocultava todo tipo de vales, reentrâncias e cavernas. Mesmo que o assentamento em si fosse indefensável, a área circundante seria um local mais do que adequado para organizar uma revolta, se necessário. Havia bons pontos de observação do espaçoporto, e as cavernas forneceriam cobertura contra ataques aéreos. O único problema era a água, mas, se os agricultores tinham tecnologia como debulhadoras portáteis, eles deveriam possuir também fontes portáteis de água.

Ahsoka parou no topo de uma colina e balançou a cabeça com tristeza. Não conseguia parar de pensar como uma estrategista. Os clones – antes de tentarem matá-la – teriam dito que isso era uma coisa boa. Anakin teria concordado com eles. Mas Ahsoka ainda se lembrava vagamente do treinamento Jedi antes da guerra. Eles não focavam tanto em táticas e, mesmo assim, ela se interessava pelo que estava aprendendo. Certamente, agora que não tinha mais nada pelo que lutar, poderia voltar a se dedicar ao antigo aprendizado.

– Não até que você esteja segura – sussurrou a si mesma. – Não até que você tenha certeza de que está segura.

Mesmo enquanto proferia tais palavras, sabia que isso nunca aconteceria. Ahsoka jamais voltaria a ficar segura. Teria que estar pronta para lutar. Imaginou que o Império não viria a Raada tão cedo, já que não havia nada na lua de que precisassem, mas conhecia o *modus operandi* de Palpatine. Mesmo quando ainda era o chanceler, ele gostava de controle. Como Imperador, como Lorde Sith, ele seria ainda mais autocrata. Com sujeitos como o Governador Tarkin para ajudá-lo, todas as partes da galáxia sentiriam o toque Imperial.

Mas Raada estava livre disso, ao menos por enquanto. Ahsoka deixou o topo da colina e se aventurou em uma das cavernas. Ficou satisfeita ao descobrir que era seca o bastante para armazenar comida lá, caso fosse necessário, e alta o suficiente para poder ficar de pé sem que os seus montrais roçassem o teto. Ela não gostaria de morar ali permanentemente, mas em uma situação de emergência não seria tão ruim.

Nos fundos da caverna havia uma prateleira baixa natural, onde um trecho de rocha havia se quebrado e deixado uma superfície plana. Parte da prateleira havia rachado e caído no chão da caverna. Ahsoka a apanhou, observando que as bordas da parte rachada combinavam com a prateleira sólida. Colocou a peça no ponto onde havia se partido e ela se encaixou perfeitamente no lugar, com apenas uma fina rachadura revelando a ruptura. Ahsoka retirou o bloco de pedra novamente e pescou no bolso as peças de metal que guardara. Depositou-as ali, onde a pedra quebrada costumava ficar, e colocou o bloco de volta em cima. Ainda se encaixava.

Não era propriamente um esconderijo, mas Ahsoka não tinha mesmo muito o que esconder por enquanto. Era mais uma garantia, uma possibilidade, da mesma forma como avaliara o valor tático do assentamento e das colinas circundantes. Caso precisasse, ela poderia escavar a rocha de baixo para criar um compartimento maior.

Ahsoka se levantou, deixando as peças de metal sob a pedra. Ela poderia voltar para recuperá-las se fosse o caso. Suspeitava que essa não seria a única caverna que prepararia, mas seria aquela à qual dispensaria mais atenção. Era a mais próxima do assentamento, a primeira que conseguiria alcançar se estivesse fugindo.

Sim, isso serviria pra começar.

A debulhadora consertada de Kaeden estava fazendo um trabalho fantástico. Depois de reabastecê-la e adicionar mais líquido de refrigeração, a máquina funcionou melhor do que nunca. Isso não passou despercebido.

– Ei, Larte – disse Tibbola no intervalo do almoço. – Onde você conseguiu isso? Parece a sua velha máquina, mas opera como uma nova.

Tibbola era um dos agricultores mais antigos, solteiro e desagradável quando estava bêbado. Kaeden procurava evitá-lo o máximo possível, mas o homem tinha olhos atentos a mudanças, e uma debulhadora mais veloz seria mais do que suficiente para chamar a sua atenção.

– Eu mandei consertar depois de me cortar – disse Kaeden.

– Quem consertou?

– Ela não me disse como se chama, sabe? – Kaeden deu-se conta. Isso era estranho. Ela e a Togruta recém-chegada haviam conversado um bocado nas duas ocasiões, e Kaeden se apresentara. Inclusive, estivera dentro da casa dela. – Ela acabou de se mudar para a antiga casa de Cietra.

– Evidentemente, ela é boa no que faz – observou Miara, irmã de Kaeden. A garota mais nova sentou-se no chão ao lado dela e estendeu as mãos para o cantil de Kaeden.

– Pegue o seu – ralhou Kaeden.

– Eu vou encher os dois antes de voltarmos à lida – prometeu Miara. Ela revirou os olhos e passou-lhe o recipiente.

Aos quatorze, três anos mais jovem que Kaeden, Miara não deveria estar trabalhando em tempo integral, mesmo sendo tão apta quanto a irmã fora quando tinha a mesma idade. A necessidade era uma professora severa, senão eficaz, e Kaeden lamentava que as mesmas pressões que a levaram ainda tão jovem às plantações tivessem forçado Miara a seguir os seus passos, embora a garota mais nova jamais houvesse reclamado. Como resultado, Kaeden tinha dificuldade em negar-lhe o que quer que fosse. Felizmente, Miara era esperta o bastante para não tirar proveito demais dessa vantagem.

– Se ela consegue consertar seu velho clanker a esse ponto, talvez eu peça para ela dar uma olhada no meu. – Tibbola era mão de vaca e sua debulhadora havia sido remendada tantas vezes que Kaeden não tinha certeza se havia sobrado uma parte original nela.

– Você não conseguirá passar a perna nela – Kaeden o advertiu. – Ela é esperta.

– Talvez eu seja mais charmoso do que você – disse Tibbola com um olhar malicioso. Ele se levantou e foi embora.

– Não com um bafo desses – comentou Miara, rindo. Kaeden não pôde deixar de rir também. – Nós vamos adverti-la. De onde ela é?

– Ela não disse isso também – admitiu Kaeden. – Conversamos a maior parte do tempo sobre Raada.

– Você não pode culpá-la por ser cautelosa se ela é nova na lua e está sozinha – observou Miara. – Você está certa sobre ela ser esperta. Ela provavelmente quer saber como são as coisas na cidade antes de se abrir.

– Quem vai se abrir? – Quatro corpos desabaram no chão ao redor delas: o restante do time de debulhadores juntando-se às duas para almoçar.

– Kaeden fez uma amiga! – disse Miara, provocando.

– Fez é? – Vartan, o líder da equipe, balançou as sobrancelhas escuras para ela. Teria causado mais impacto se suas sobrancelhas não fossem os únicos pelos em sua cabeça.

– Ela é mecânica, ou algo do gênero – esclareceu Kaeden, ignorando seu tom de voz. Era necessário muito mais do que aptidão mecânica para impressioná-la, mas talvez ela tivesse que reavaliar isso. Afinal, esperteza conta muito. – Eu não peguei o nome dela, mas ela consertou a debulhadora tão bem que agora está melhor do que quando eu a comprei.

– Achei que pareceu menos mortífera hoje – disse Malat, remexendo sua comida com dedos longos e delicados.

– Vamos buscá-la após o turno e levá-la para o Selda's – declarou Miara, referindo-se à cantina aonde eles iam quase todas as noites. Ela se levantou e foi encher os cantis.

– E se ela não quiser sair? – perguntou Kaeden.

– O que mais ela faria? – questionou Hoban. Ele tinha terminado de comer e estava deitado no chão com o chapéu sobre o rosto para proteger sua pele pálida do sol. – Ficar sentada em casa sozinha no escuro?

– Talvez ela goste desse tipo de coisa – sugeriu Neera, a paciente gêmea de Hoban.

– Se Tibbola vai se apresentar a ela, deveríamos assegurar-lhe que conheça outras pessoas – disse Vartan. – Ou ela ficará tão desanimada com ele que vai cair fora daqui na primeira nave.

Kaeden por pouco não mencionou que a nova amiga tinha sua própria nave, mas algo a deteve. Sem nome, sem histórico... ela provavelmente não gostaria que revelasse seus segredos. Kaeden podia entender isso. Havia muitas coisas que ela não gostava de compartilhar com sua irmã, muito menos com a sua equipe, e olha que ela conhecia a equipe há anos.

– Tudo bem – disse ela, por fim. – Depois que encerrarmos o dia e nos limparmos um pouco, vou perguntar se ela quer sair conosco. Mas vocês não vão pressioná-la, e não vão incomodá-la se ela não quiser ser incomodada.

– Sim, senhora – disse Vartan, fazendo continência.

Os outros riram e Kaeden teve a gentileza de se juntar a eles. O sinal tocou, então, ela jogou a cabeça para trás e atirou as últimas migalhas do almoço do seu pacote para dentro da boca. Miara entregou-lhe um cantil de água cheio acompanhado de um sorriso, e era hora de retornar ao trabalho.

# CAPÍTULO 5

O SELDA'S ERA UMA cantina pequena, mas ainda assim produzia um nível surpreendente de barulho. Ahsoka estava muito satisfeita por não ter optado pela casa próxima a ela ou talvez nunca mais conseguisse ter uma boa noite de sono. Havia música ao vivo, é claro, mas o lugar também estava lotado de pessoas, nenhuma das quais parecia ser capaz de falar num tom mais brando que um rugido abafado.

– Venha! – gritou Kaeden. – Vamos nos sentar em um canto, assim ficará mais fácil conversar.

Ahsoka tinha suas dúvidas quanto a isso. Na verdade, tinha suas dúvidas até mesmo quanto a sair com Kaeden. A garota aparecera no momento em que ela concordava em fazer um pequeno reparo para um sujeito verdadeiramente detestável chamado Tibbola, e a convidara para comer comida de verdade. Ahsoka tentara protestar, mas não se empenhara muito em fazê-lo, e foi só quando ela e Kaeden passaram pela porta da cantina que ela desejou ter resistido mais um pouco.

– Tem certeza disso? – ela perguntou. – Não há algum lugar mais silencioso?

– O quê? – disse Kaeden.

Ahsoka repetiu o que disse diretamente no ouvido de Kaeden. Como alguém neste lugar ouvia alguma coisa? Como conseguiam pedir bebidas?

– Não – respondeu Kaeden. – Selda tem a melhor comida. Vai ficar um pouco mais silencioso nos fundos.

Ahsoka desistiu e seguiu Kaeden através da multidão. A garota tinha ombros largos e não hesitava em usá-los para abrir caminho. Quando elas atravessaram o grosso da aglomeração, Kaeden virou à esquerda e conduziu Ahsoka a uma mesa que já estava ocupada.

– Essa é a minha irmã, Miara – apresentou Kaeden, indicando a menina de pele escura já sentada à mesa. Ao contrário dela, cujo cabelo castanho-escuro continuava preso em tranças bem apertadas, o de Miara estava solto. Era bem encaracolado e circundava sua cabeça como uma nuvem. Ahsoka apreciou a cabeleira, mesmo sem ter ideia de como a garota a mantinha fora do caminho enquanto trabalhava.

– Oi! – cumprimentou Ahsoka. – Eu sou Ashla. – Ela deslizou no assento ao lado de Kaeden e concentrou-se em não sair do papel de Ashla.

Outras apresentações foram feitas, e logo Ahsoka apertara a mão de toda a equipe de Kaeden. Eram todos humanos, exceto uma. Vartan era o mais velho, um homem gasto na casa dos quarenta anos. A princípio, Ahsoka achou que sua calvície fosse intencional, como a opção de alguns dos clones para manterem a cabeça mais fresca em seus capacetes. Mas, quando reparou melhor, percebeu que não havia fios voltando a crescer. Ela realmente não entendia como funcionavam os cabelos, não tendo ela própria nenhum, mas sabia que os homens em geral eram sensíveis a esse tipo de coisa, então, mesmo curiosa, não perguntou.

Malat, uma mulher Sullustana de trinta e poucos anos, teve que ir embora logo após as apresentações. Seu marido trabalhava em um turno diferente do dela e ela precisou ir para casa alimentar as crianças. Para Ahsoka, ela lembrava um pouco o Mestre Plo, que sempre pensava nos outros mesmo quando estava ocupado ou cansado.

Os gêmeos, Hoban e Neera, eram apenas alguns anos mais velhos que Ahsoka. Eram extremamente pálidos em comparação aos outros, e seus olhos azuis idênticos não perdiam nada. Eles também foram muito mais incisivos do que Kaeden quanto a fazer perguntas a Ashla sobre o seu passado. Ela sabia que um pouco de informação ajudaria bastante, então, ofereceu o que podia.

– Sou mecânica, ou, pelo menos, posso consertar coisas – disse.

– É um prazer conhecê-la, então – disse Hoban. – Especialmente se você reparar nossas debulhadoras como fez com a de Kaeden.

– A sua também quebrou? – quis saber Ahsoka.

– Não – adiantou-se Miara –, mas são todas velhas e de péssima qualidade. A de Kaeden funciona melhor agora do que jamais funcionou, mesmo na época em que a comprou.

– Terei prazer em dar uma olhada – disse Ahsoka. – Você não pode ser pior do que o meu último cliente.

Todos olharam surpresos para Kaeden. Ela fez uma careta.

– Tibbola chegou a ela antes de mim – explicou.

– Bem, pelo menos ele não a afugentou por completo – disse Hoban. – E ele não bebe aqui com muita frequência.

– Por que não? – perguntou Ahsoka. – Kaeden disse que este lugar é o melhor.

Hoban e Neera trocaram olhares, e Neera se inclinou para a frente.

– Tibbola é um bêbado inconveniente – disse ela. – E idiota. Sóbrio, ele consegue controlar a língua, mas, quando toma algumas, começa a falar coisas desagradáveis sobre as pessoas.

Ahsoka assimilou isso. Ela não estava acostumada a emoções desenfreadas. Passara a maior parte de sua vida às voltas com pessoas que sentiam profundamente, mas que conseguiam manter esses sentimentos sob controle na maioria das vezes. Essa foi uma das razões pelas quais a traição de Barriss Offee a magoara tanto. Barriss ficou furiosa com a Ordem Jedi e procurou conquistar a solidariedade de Ahsoka, se não sua aliança incondicional, mas o fizera da maneira mais cruel que se possa imaginar: manipulando as escolhas da própria Ahsoka. Ver uma pessoa que ela considerava uma amiga usá-la para desencadear uma raiva tão profunda e canalizá-la contra a Ordem mudou todos os aspectos do ponto de vista de Ahsoka. Embora não se tratasse exatamente da mesma coisa, ela estava feliz por não ter que lidar com as maledicências ofensivas do bêbado local. Desde que Barriss destacara todas as deficiências em sua convicção sobre o caminho Jedi, Ahsoka trabalhava duro para recuperar o controle que certa vez possuíra. Ela não tinha a menor intenção de dar a outra pessoa maldosa a oportunidade de afetá-la.

– Não gostamos disso – disse Miara. – E Selda também não, obviamente, mesmo que nem sempre ele possa recusar um cliente pagante.

Ahsoka seguiu o gesto de Miara e viu um homem Togruta alto em pé atrás do bar. A pele dele era da mesma cor que a dela. No entanto, seu lek esquerdo estava quase completamente ausente, cortado na altura do ombro.

– Acidente agrícola – esclareceu Vartan. – Muito tempo atrás. Eles podem lhe dar mãos e pés protéticos, mas não podem fazer muito pelo seu lek.

Selda a pegou olhando para ele – Ahsoka esperou sinceramente que o Togruta não achasse que ela estava reparando em sua amputação – e cumprimentou-a com a cabeça formalmente. Ela acenou e ele sorriu. Então, Selda voltou a secar os copos, e Ahsoka pôde ver sua prótese enquanto ele trabalhava. Subia até o cotovelo esquerdo e o fazia segurar os copos em um ângulo estranho, mas não parecia torná-lo mais lento.

– Agora que ele viu você, aposto que teremos o melhor atendimento – comentou Hoban.

– Idiota – disse sua irmã, dando-lhe um tapa na nuca. A bebida dele entornou quando ela o empurrou. – Você acha que todos os Togruta se conhecem?

– Claro que não – Hoban protestou. Ele nem tentou enxugar o líquido derramado. – Só quis dizer que ele ficará curioso porque ela é nova aqui.

– Perdoe o meu irmão – disse Neera. – Ele nunca pensa antes de falar.

– Você está perdoado – disse Ahsoka.

– Eu não... – Hoban começou a falar, mas então desistiu. – Onde está a comida? Estou faminto.

Todas as cantinas em que Ahsoka estivera antes sempre estavam cheias de gente em trânsito. Até mesmo em Coruscant, os bares eram frequentados por indivíduos que estavam a caminho de algum outro lugar, mesmo que fosse apenas para um concerto ou outra festa. Era estranho estar em um ambiente onde todos eram moradores locais. Em Raada, ela era a forasteira, e tinha a nítida impressão de que, se houvesse entrado por aquela porta sozinha, a música e as conversas teriam cessado e ela teria virado o centro das atenções. Mesmo resguardada por Kaeden e seus amigos, Ahsoka era alvo de muitos olhares disfarçados enquanto as pessoas tentavam descobrir qual era a dela.

– Eles vão se acostumar com você em breve – disse Vartan. Ele se levantou e se preparou para retornar ao bar para pegar mais bebidas. – Quer pedir algo especial? Hoje as bebidas são por nossa conta.

– Ele está sendo um bobalhão – disse Miara. – Selda só tem um tipo de bebida alcoólica. Só pegue outra rodada, Vartan.

Ele fez continência para ela, um gesto zombeteiro que Ahsoka achou desconfortavelmente familiar, e seguiu seu caminho. Miara e Kaeden começaram a discutir com os gêmeos a respeito de alguma coisa, e Ahsoka permitiu-se escutar parcialmente enquanto passava os olhos pela cantina. Era um hábito avaliar seus arredores, mas agora seria um bom momento para descobrir se alguém estava interessado nela em demasia. Ela viu principalmente pessoas cansadas que pareciam querer uma refeição quente no fim do dia. Não fosse pela música, teria pensado que o lugar era uma lanchonete ou um refeitório.

– É por isso que Selda mantém o volume tão alto

– disse Kaeden, quando Ahsoka lhe disse o que estava pensando. – Você comia muito em refeitórios no lugar de onde vem?

– Às vezes – respondeu Ahsoka. – Na maior parte das vezes, era comer o que podíamos onde conseguíamos.

– Você se mudou muito? – Kaeden quis saber com um pouco de pena. – Mesmo quando era pequena?

– Não quando eu era pequena – respondeu. – Mas, nos últimos anos, sim.

– Meus pais nos estabeleceram aqui quando eu tinha quatro anos e Miara, um – contou Kaeden. – Eles morreram no acidente que mutilou tão feio Selda, mas eu tinha catorze anos e idade suficiente para ganhar meu sustento. Vartan me contratou devido às minhas circunstâncias, mesmo com todos pensando que eu era jovem demais. Depois, ele contratou Miara também. Você viajava com seus pais?

A pergunta não deveria ter pego Ahsoka de surpresa, mas o fez. Ela disse a primeira coisa que lhe veio à cabeça.

– Não, eu não me lembro muito bem dos meus pais.

– Com quem você viajava? – questionou Kaeden.

– Eu, hã... era adotada – gaguejou Ahsoka, e esperava que o barulho da cantina fosse suficiente para cobrir sua hesitação. – Mais ou menos. – Ela passava os dias tentando não pensar em sua perda, para que sua tristeza não a incapacitasse, mas isso só fazia com que toda vez que ela se manifestava doesse como se fosse nova.

Qualquer que fosse a pergunta que Kaeden pretendia formular a seguir, foi interrompida pelo retorno de Vartan carregando uma bandeja de bebidas e Selda seguindo atrás dele com uma bandeja de comida. Depois que tudo foi distribuído, Selda sentou-se ao lado de Ahsoka e inclinou-se para que apenas ela o ouvisse.

– Você está bem instalada aqui? – ele perguntou.

– Sim – respondeu, surpresa com a gentileza dele.

– Tem aparecido um monte de gente nova, vinda dos planetas do Núcleo – disse Selda. – Não humanos.

Ahsoka ouvira os rumores. O Império era altamente seletivo com relação a quem admitia em posições de poder. Palpatine não tinha medo de pisar em seus antigos aliados, mesmo em seu planeta natal.

– Não estou fugindo de nada assim tão específico – disse Ahsoka. As mentiras de Ashla eram pronunciadas com cada vez mais facilidade. – Eu só queria estar em algum lugar tranquilo.

A banda da cantina começou a tocar o que deveria ser uma música popular, porque a maioria das pessoas no lugar começou a bater palmas e a cantar junto. Ahsoka se encolheu e Selda riu.

– Entendo o que quer dizer – ele gritou acima do barulho que se intensificara. – Mas, se houver alguma mudança, me avise. Ou diga a Vartan. Ele é um sujeito reservado, mas sabe das coisas.

Selda bateu no ombro dela, a familiaridade do gesto surpreendendo-a novamente, e levantou-se para retornar ao bar. Ahsoka observou-o se afastar. Podia ver as marcas em sua túnica e calças onde seu corpo terminava e as próteses começavam. Que acidente terrível deve ter sido.

– O que ele queria? – Kaeden perguntou quando Ahsoka virou-se para o prato à sua frente e começou a comer.

– Só cumprimentar – respondeu. – É um bom negócio para ele conhecer pessoas, não é?

Kaeden assentiu e a deixou comer.

A carta estelar holográfica era a única fonte de luz no lugar. Lá fora, o negrume do espaço era salpicado por estrelas distantes e, do lado de dentro, todos os consoles estavam obscurecidos o máximo que podiam estar.

Jenneth Pilar acreditava em usar apenas o necessário e era bom em encontrar as coisas necessárias para usar. Antes do Império, ele era um intermediário, encontrando mercadorias para compradores, usando qualquer comerciante ou contrabandista que pudesse encontrar. Agora, ele arranjava outros canais mais Imperiais para seus talentos. O Império tinha uma grande demanda por toda sorte de produtos, e Jenneth conhecia os meios do abastecimento. Antes, ele precisava equilibrar as negociações entre as várias partes. Agora bastava apenas apontar o poderio das forças armadas Imperiais para um planeta para que conseguissem o que queriam. Ele ainda era pago e muito bem pago, então, não se importava com a destruição. E suas mãos estavam limpas, por isso não se importava com o sangue derramado.

Essa nova tarefa era um desafio, e Jenneth apreciava-a. O Império queria um planeta que pudesse ser usado para produção de alimentos, de preferência um com uma população pequena, da qual ninguém sentiria falta. Era a segunda parte que atrapalhara Jenneth a princípio, mas, depois de alguns dias de cuidadosa análise, ele encontrara a solução. Tudo que precisava fazer agora era transmitir as informações para seu contato Imperial e aguardar os créditos aparecerem em sua conta.

Tudo era, talvez, um pouco oficial demais para o gosto de Jenneth, mas trabalhar para o Império trazia benefícios inegáveis. Sua posição era muito mais estável do que fora quando freelancer e, desde que seguisse as diretrizes que lhe eram passadas, deixavam-no em paz a maior parte do tempo. Ele gostaria de ter um poder mais direto dentro da hierarquia Imperial, mas tratava-se ainda de um relacionamento comercial recente. Ele podia se dar ao luxo de ter paciência.

Nascido para ser uma engrenagem em uma máquina, Jenneth havia encontrado o sistema perfeito. Era direto, discreto, brutalmente eficiente e lucrativo. O Império não se importava com o que aconteceria depois de ter o que queria, e Jenneth também não.

– Raada – disse ele, antes de fechar a carta estelar e sentar-se sozinho no escuro. Era excessivamente dramático, mas ele gostava do efeito. – Espero que ninguém esteja guardando alguma coisa importante em você.

Mais tarde, naquela noite, sozinha em sua casa, Ahsoka não conseguia parar de pensar no que Selda havia dito. No barulho da cantina, fora possível ignorar a advertência, mas no silêncio de seu quarto não era assim tão fácil. O Império era implacável, ela sabia, e insensível quando se tratava de morte e sofrimento. Mas certamente a maneira mais rápida de incitar resistência seria atacando espécies específicas. O Senado ainda estava atuando, e alguém nele tinha que ter o poder de protestar.

Mas não fariam isso, Ahsoka percebeu. Estariam ocupados demais protegendo seus próprios planetas. Kashyyyk fora sitiado por isso e ninguém interveio quando alguns dos Wookiees do planeta foram enviados para várias minas e campos de trabalho por toda a galáxia. Ninguém podia ajudá-los. A maioria mal conseguia cuidar de si própria. Esse era o trabalho dos Jedi, e já não existiam os Jedi.

Não existiam.

Já não existiam os Jedi. Ahsoka pensou sem dó, inúmeras vezes – ainda com muito receio de pronunciar as palavras em voz alta –, até que conseguisse encarar a terrível verdade: os Jedi estavam mortos. Todos eles. Os guerreiros, os estudiosos, os diplomatas, os generais. Os velhos e os jovens. Os alunos e os professores. Estavam mortos, e não havia nada que Ahsoka pudesse fazer.

Por que tinha sido ela? Pensara uma centena de vezes desde a Ordem 66. Por que *ela* sobrevivera? Ela não era a mais poderosa; não era sequer um Cavaleiro Jedi, e ainda assim estava viva quando tantos outros haviam perecido. Ahsoka fazia a pergunta com tanta frequência porque sabia a resposta, simplesmente odiava encará-la, por ser tão dolorosa. Ela havia sobrevivido porque tinha partido. Ahsoka havia fugido.

Havia fugido dos Jedi e havia fugido de Thabeska, e por causa disso estava viva, não importa se merecesse ou não estar.

Ela enxugou os olhos, pegou a debulhadora de Tibbola e voltou ao trabalho.

AHSOKA OLHOU PARA O TÚMULO ABAIXO, *seu coração uma pedra no peito.*

*Pensou em todos os soldados clones com os quais já havia servido. Eles a aceitaram tão rápido, mesmo quando se tornou antes Padawan de Anakin. Claro que isso em parte se devia ao código genético deles, mas só até certo ponto. Eles a respeitavam. Eles a ouviam. Ensinaram-lhe tudo o que sabiam. E quando ela cometia erros, quando fazia um deles ser morto, eles lhe perdoavam e ficavam novamente ao seu lado quando chegava a hora de retornar à batalha. Os Jedi não existiam mais, mas o que aconteceu com os clones foi quase pior. Suas identidades, seu livre-arbítrio foram removidos com um simples comando de voz e a ativação de um chip. Se não tivesse visto por si mesma, ela não teria acreditado que isso fosse possível.*

*Sentia-se completamente sozinha na Força, exceto pelo vazio sombrio que a encarava de volta toda vez que tentava se conectar com Anakin ou qualquer um dos outros. Mais do que tudo, ela queria que uma nave aparecesse, que Anakin a localizasse ou um dos outros Jedi a encontrasse. Queria saber onde eles estavam, se estavam seguros, mas não havia modo de fazer isso sem comprometer sua própria posição. Tudo o que podia fazer era o que havia decidido fazer: esconder-se por tempo indeterminado.*

*Ela deveria estar no Templo. Deveria estar com Anakin. Deveria ter ajudado. Em vez disso, estava em Mandalore, quase totalmente sozinha, rodeada por clones, confusão e disparos de blaster. Maul havia escapado, é claro. Tivera a oportunidade de matá-lo, mas escolheu salvar Rex. Ela não se arrependia disso, não podia se arrepender, mas a destruição que Maul poderia causar em uma galáxia, sem os Jedi para protegê-la, a corroía por dentro.*

*Agora, lá estava a sepultura. Tudo a respeito dela era falso, desde o nome na inscrição até o nome da pessoa que o matara. Parecia bastante real, no entanto. E não era possível diferenciar os clones quando eles estavam mortos, ainda mais se estivessem enterrados na armadura de outro soldado.*

*Ahsoka segurou seus sabres de luz, sua última conexão física com os Jedi e seu serviço nas Guerras Clônicas. Era tão difícil desistir deles, embora soubesse que precisava fazê-lo. Era a única maneira de legitimar a farsa do enterro de mentira, e lhe traria um pouco de segurança, porque quem quer que os encontrasse presumiria que ela estava morta também.*

*Mas Anakin os havia dado a ela. Ela partira do Templo Jedi com nada além das roupas do corpo e se esforçou por muito tempo para encontrar um novo lugar na galáxia. Quando encontrara uma missão, quando recorrera ao seu antigo mestre buscando ajuda, ele a recebera e lhe dera as armas Jedi para fazer o trabalho. Aceitara que ela retornasse e parecia um fracasso deixar os sabres de luz para trás pela segunda vez.*

*Ela os ativou e disse a si mesma que era seu brilho verde incandescente na noite escura que fazia seus olhos lacrimejarem. Quantos Jedi foram enterrados com seus sabres de luz neste dia? Quantos não foram enterrados, mas deixados para trás como se fossem lixo, e suas armas levadas como troféus? As crianças aprendizes, elas saberiam o que fazer? A quem poderiam recorrer depois que seus professores tinham sido mortos? Certamente, deve ter havido alguma misericórdia para com...*

*Ela se ajoelhou, desligando a energia, e plantou os punhos de ambas as armas na terra recentemente revolvida.*

*Levantou-se rapidamente e resistiu ao desejo de atrair os sabres de luz de volta para suas mãos. Eles deviam ser deixados ali, em memória do homem que registravam como seu matador, um troféu para ser encontrado pelos Imperiais que viriam.*

*E eles estavam vindo. Ahsoka podia sentir isso em seus ossos. Ela tinha uma nave, um veículo discreto e bem construído. Rex já havia partido, embora a lápide diante da Togruta registrasse tanto a falsa morte dele quanto a falsa morte de Ahsoka pelas mãos do próprio Rex, segundo a inscrição. Quando estavam cavando a sepultura, haviam concordado em se separar e seguir para a Orla Exterior. Reinava o caos por lá, mas era o tipo de caos no qual uma pessoa podia desaparecer. O caos nos mundos do Núcleo era motivado pela nova paz de Palpatine, e, se Ahsoka tentasse se esconder por lá, seria apenas uma questão de tempo até que fosse encontrada.*

*Ela colocou a mão na lápide do túmulo e permitiu-se mais um momento para pensar no homem que estava enterrado ali e no homem que não estava. Pensou em seu mestre, o qual não conseguia mais sentir, e nos outros Jedi, cuja ausência era como uma eclusa de ar aberta em seus pulmões. Com determinação, ela a fechou. Parou de procurar por Anakin por meio da conexão que compartilhavam. Parou de se lembrar dos clones, os vivos e os mortos.*

*Virou-se e caminhou para a nave. Imaginou o que diria quando chegasse a um novo planeta e alguém lhe perguntasse quem era. Ela sabia que seu nome constava de uma lista de supostos criminosos. Ela não podia mais usá-lo com segurança. Não podia dizer que era uma Jedi embora, de qualquer forma, não pudesse mesmo afirmar isso de sã consciência. Ela abdicara desse direito. Agora, pagava duplamente o preço por sua renúncia. Pelo menos o assento de piloto ela conhecia. Sabia o que fazer quando estava sentada nele.*

*A nave zumbiu ao seu redor quando a ligou, e ela se concentrou nas coisas que sabia com certeza: ela era Ahsoka Tano, pelo menos por mais algum tempo, e era hora de partir.*

# CAPÍTULO 6

DEPOIS DAQUELA primeira noite no Selda's, Ahsoka entrou no ritmo da vida em Raada sem incidentes. O fato de ser aceita por Kaeden e, mais importante, por Selda, fez com que todos a tratassem como se sempre tivesse vivido lá. Os agricultores levavam suas debulhadoras e outros equipamentos para consertar, e os vendedores e comerciantes agiam como se ela fosse uma deles. No Núcleo, Ahsoka vira guildas e sindicatos do crime protegerem seus membros, mas isso era diferente. Não havia medo ou manipulação – exceto no caso de Tibbola, de quem ninguém realmente gostava. Mas mesmo ele pagou em dia, cumprindo a parte dele.

Até que era agradável – quando não era terrivelmente entediante.

– É uma família – disse Miara. Ela havia passado lá para instalar a fechadura na porta de Ahsoka.

– Mas não somos família – protestou Ahsoka.

Miara olhou para ela com uma expressão quase magoada em seu rosto. Ahsoka já tinha visto famílias antes. Já salvara famílias antes. Mas fazia um tempo desde que tivera uma. Não era o estilo Jedi. Havia sido profundamente amada em seu planeta natal, mas isso fora há tanto tempo que tudo que ela conseguia se lembrar era da sensação, não dos resultados práticos.

– Existem dois tipos de família – disse Miara após um momento. – Há pessoas como eu e Kaeden, que nascem no lugar certo e das pessoas certas e estão unidas umas às outras. Se você tiver sorte, tudo corre bem. O outro tipo de família é aquele que você encontra.

Ahsoka pensou em como os clones, mesmo aqueles que nunca se conheceram, tinham como padrão chamar uns aos outros de "irmãos". Ela pensava que era por causa de sua genética e conexão militar, mas talvez fosse outra coisa.

– Kaeden e eu estávamos sozinhas – continuou Miara. – Mas então Vartan contratou Kaeden. Ele não precisava fazer isso. Também não tinha que pagar o salário integral. Mas pagou. Todo tipo de coisas ruins poderia ter acontecido conosco quando nossos pais morreram, mas, em vez disso, conseguimos uma nova família.

Ahsoka ponderou sobre isso.

– Olha, eu não espero que você me conte quem morreu – prosseguiu Miara. – Mas obviamente alguém morreu. Kaeden disse que você foi adotada, o que significa que perdeu a família duas vezes. Então, agora você tem a nós.

A garota mais nova mostrava tamanha determinação que Ahsoka não foi capaz de corrigi-la. Ela não estava procurando por uma família, mas o Mestre Yoda havia lhe ensinado que às vezes você encontrava coisas que não estava esperando, e só fazia sentido usá-las quando você o fazia. As pessoas em Raada protegiam os seus, sem nenhuma violência, crueldade ou análise fria que Ahsoka testemunhara serem empregadas no Núcleo. Talvez fosse uma boa ideia tirar proveito disso, mesmo que pensar em usar seus novos amigos nesses termos a deixasse um pouco desconfortável. Ela olhou para Miara, que estava instalando a última parte da fechadura.

– Isso não é meio, sei lá, injusto? – Ahsoka perguntou, com cuidado exagerado. Eles nem sabiam o nome verdadeiro dela, afinal de contas. – Quero dizer, eu simplesmente apareço do nada e vocês me aceitam?

– Bem – disse Miara –, não é como se você não fosse útil de se ter por perto. Os equipamentos de todo mundo funcionam melhor depois que você termina de mexer neles, e isso evita que Hoban fique se achando o máximo.

Ahsoka riu. Imaginou que fosse verdade.

Ao longe, o sinal soou. Miara começou a guardar suas coisas.

– Eu tenho que ir – disse ela. – Estamos no turno da noite esta semana, então você terá que jantar sozinha por um tempo. A fechadura está pronta. Você só precisa definir a chave. Toque o seu dedo aqui.

Ahsoka fez o que a garota lhe pediu, e a fechadura ficou verde.

– Excelente – disse Miara. – Quero dizer, não impedirá de entrar alguém que esteja realmente determinado, mas você saberá que alguém invadiu, e eles levarão um belo choque quando o fizerem. – As fechaduras de Miara, ao que parecia, podiam ser um pouco vingativas.

– Obrigada – agradeceu Ahsoka.

Miara terminou de juntar as suas coisas e seguiu seu caminho, deixando Ahsoka sozinha com uma nova fechadura e uma série de novos pensamentos povoando sua cabeça. Ela olhou para o vaporizador de umidade que deveria consertar naquela tarde e decidiu que passara tempo demais dentro de casa durante a semana anterior. A monotonia de uma comunidade agrícola estava começando a exasperá-la. Oh, os Jedi também tinham seus rituais e tradições estranhas, mas Ahsoka estava acostumada a eles. Raada era um novo tipo de tédio, e ela nunca suportou sentir-se entediada. Era hora de checar sua caverna e ver o que mais ela poderia encontrar na região.

Ahsoka embalou tudo o que precisaria para passar o dia na nova mochila que Neera lhe dera quando consertou a cafeteira na casa que a gêmea dividia com o irmão. Acondicionou um pacote de ração, mesmo tendo comida fresca, e prendeu o cantil ao quadril, bem ao lado de onde um de seus sabres de luz costumava pender. Embrulhou todas as peças de metal que havia coletado desde a última vez em que estivera na caverna e as guardou na mochila, colocando-a sobre os ombros. Era muito mais confortável que a anterior. Neera a havia modificado de modo que não roçasse contra seus lekku.

Enquanto Ahsoka se dirigia para fora da cidade, cruzou com muitos agricultores a caminho das plantações. Vários deles a cumprimentaram pelo nome Ashla, e ela retribuiu a saudação com um sorriso que não era nem um pouco forçado. Passou por todas as casas e os poucos jardins que ladeavam os limites da cidade. O motivo de os agricultores quererem cuidar do jardim em seu tempo livre estava além da compreensão de Ahsoka, mas ela tinha hobbies estranhos também – só que os dela eram segredo.

Não importa o que Miara dissesse, Ahsoka não achava que famílias e segredos eram coisas que combinavam, e ela tinha muito mais prática com segredos do que com famílias. Kaeden já havia começado a fazer perguntas importantes, sugerindo que gostaria de saber mais a respeito de onde Ashla viera e o que ela fazia quando desaparecia da cidade. Ahsoka fez o possível para mudar de assunto. A parte difícil era que ela descobriu que realmente queria conversar com Kaeden e contar-lhe muitas coisas. Elas não tinham nada em comum em termos de experiência de vida, mas Kaeden era uma boa ouvinte, mesmo que nenhuma das duas pudesse resolver os problemas da outra. Além disso, conversar com alguém que basicamente não se incomodava com a imensidão da galáxia ajudava Ahsoka a se concentrar, e ela vinha tendo problemas com esse tipo de coisa nos últimos tempos, mesmo quando tentava meditar.

Estava em desequilíbrio, Ahsoka concluiu, puxada em muitas direções por seus novos sentimentos e sua antiga dor. O que ela precisava era voltar a se centrar, e a meditação era a melhor maneira de alcançar isso. Ela vinha evitando exercícios desse tipo já há algum tempo porque não gostava do que via quando os realizava. Mas, se pretendia recuperar o controle de sua vida, teria que recuperar também o controle de suas meditações. Ela poderia usar esse foco para assegurar que não vagasse por uma visão ou lembrança e, em sua vida regular, isso a ajudaria a manter seus pensamentos em ordem, sem mencionar que a manteria sintonizada com a Força.

Sentiu-se mais calma quase que no exato momento em que passou pela última casa, quando o ruído de pés e máquinas foi substituído pela grama sussurrante e a garantia de solidão. Algumas nuvens esparsas pontilhavam o céu e estava ventando, mas ainda assim moderadamente, tanto que Ahsoka não sentiu a temperatura incomodá-la. Era um bom dia para correr, ela decidiu.

Apertou as tiras da mochila que Neera lhe havia feito, jogou a cabeça para trás e saiu em disparada. O vento passava assobiando por ela conforme ganhava velocidade e sentiu que, se conseguisse ir rápido o bastante, poderia ser capaz de voar para longe da superfície da lua. Ela riu, em parte de euforia e em parte por sua tolice: se quisesse voar, poderia simplesmente pegar a sua nave e voar. E, de qualquer maneira, ela não estava correndo com o máximo de rapidez que era capaz, já que não podia usar a Força ao ar livre. Mesmo sem a Força, demorou muito menos tempo do que antes para chegar às colinas, e ela desacelerou e passou a caminhar para não perder os sinais que a levavam à sua caverna.

Ahsoka refez seus passos, percebendo mais locais onde cavernas eram recortadas na rocha. Perguntou-se se algumas delas estariam conectadas. A dela não estava, e esse era um dos motivos pelos quais gostava dela; mas podia ser útil dispor de uma rede, e era mais provável que essas cavernas tivessem fontes de água naturais que não dependiam de tecnologia.

– Quem exatamente você acha que vai precisar dessas cavernas? – perguntou-se.

Ela ignorou a própria questão e se agachou para passar pela entrada de seu esconderijo.

Tudo estava exatamente como ela havia deixado, desde o bloco de pedra que escondia suas pequenas peças de tecnologia até as pegadas no chão. Ela acrescentou as novas peças à coleção, a mão pairando sobre elas como se pudesse construir alguma coisa e, em seguida, voltou a colocar a tampa. Então, dirigiu-se para o centro da caverna e sentou-se no chão, as pernas dobradas debaixo de si.

Inspirou e expirou lentamente, como o Mestre Plo lhe mostrara tantos anos antes quando se conheceram. Estava muito confusa naquela época e bastante assustada. O traficante de escravos que interceptara o sinal de sua aldeia para os Jedi e viera para levá-la era apavorante, mas, no instante em que Ahsoka pôs os olhos no Mestre Jedi Plo Koon, soube que podia confiar nele. Treinar com os Jedi quando criança havia restaurado completamente sua autoconfiança, mas ao mesmo tempo a deixara imprudente e impetuosa. Foi somente quando se tornou Padawan de Anakin Skywalker, e teve que deixar novamente o Templo, que ela finalmente entendeu que a galáxia poderia ser calma e turbulenta, segura e perigosa ao mesmo tempo. A chave, como sempre, era encontrar o equilíbrio.

Ela se esforçou ao máximo para pensar nesse equilíbrio naquele momento. Concentrou-se em sua respiração e na lua na qual estava sentada. Estendeu a Força por sua vegetação e sentiu o sol estimulando-a a crescer.

Encontrou os pequenos jardins, cada planta recebendo atenção especial para garantir sua boa saúde, e compreendeu os agricultores que cuidavam delas um pouco melhor. E ela se espalhou pelos campos, sentindo a ordem nos sulcos arados em linhas retas e a colheita organizada. As áreas nuas estavam sendo revolvidas novamente para dar lugar a novas sementes à medida que a estação de cultivo mudava. Em breve, a debulha seria concluída e as equipes se deslocariam para outro trabalho.

A pequena riqueza de Raada residia no solo, então, Ahsoka não pensou em olhar para o alto até as pedras ao seu redor começarem a tremer. Se ela não estivesse meditando, não teria notado, mas, conectada com o planeta de forma tão profunda, sentiu a vibração mais intensamente do que sentia o próprio corpo. Havia algo no ar.

A consciência de Ahsoka correu de volta pelos prados para onde ela estava sentada e encontrou as paredes da caverna e o chão estremecendo. Não era um tremor do tipo que apresenta perigo, apenas aquele que carrega uma advertência, e Ahsoka estava grata por saber com antecedência. Ela levantou-se devagar, esticando as regiões tensas do pescoço e joelhos, ergueu as mãos acima da cabeça. Seus dedos tocaram o teto da caverna e Ahsoka sentiu-se imediatamente centrada em seu corpo e na consciência física de suas imediações. Algo estava terrivelmente errado.

Ela deixou a caverna e, por mais que quisesse correr até o topo da colina, forçou-se a ser cautelosa. Postar-se em cima do próprio esconderijo seria precipitado e ela precisava tomar cuidado. Caminhou por vários minutos, o tremor nos ossos tornando-se cada vez mais pronunciado, e então escalou até o topo de outra colina.

Quando olhou na direção do assentamento, ela gelou. Pairando sobre as casas, superando-as em todos os sentidos, estava um Destróier Estelar Imperial. Ela podia ver naves menores emergindo de seus hangares e descendo até a superfície da lua. Ela sabia que eles carregavam tropas e armas e todo tipo de outros perigos.

Ahsoka achava que havia se distanciado o bastante. Pensou que tivesse mais tempo. Mas estava encurralada novamente, e precisaria descobrir o que fazer a seguir.

O Império havia chegado.

# CAPÍTULO 7

SEU PRIMEIRO INSTINTO foi fugir. Ela era uma boa lutadora, mas também sabia quando estava em desvantagem. Raada era distante; não havia necessidade de uma presença Imperial, especialmente de forma tão pesada, a menos que o Império tivesse uma boa razão. Um Jedi vivo – por mais imprecisa que fosse tal designação – certamente constituiria uma razão para o Império. Mesmo enquanto calculava mentalmente quanto tempo levaria para chegar até sua nave, Ahsoka forçou-se a se acalmar, a pensar – *foco* – antes de reagir.

O Império não tinha motivos para suspeitar que ela estivesse em Raada. Oficialmente, Ahsoka Tano estava morta, ou, pelo menos, presumivelmente morta. Mesmo se alguém a houvesse localizado em Thabeska, ninguém sabia seu verdadeiro nome ou seu destino quando partiu de lá. As modificações que tinha feito na nave que roubara dos Fardi a teriam tornado quase impossível de ser rastreada. Não havia necessidade de agir de maneira irrefletida. Ahsoka agarrara com unhas e dentes a oportunidade de ir embora de Thabeska e, ao fazê-lo, havia deixado algo importante inacabado. Não queria cometer o mesmo erro novamente.

A caminhada de volta à cidade foi longa e ela sentiu-se exposta durante todo o trajeto. Assistiu cada vez mais naves Imperiais pousarem, impedindo sua fuga, mas se recusou a entrar em pânico. Desta vez, tomaria decisões bem pensadas e, para isso, precisava de informações. Nem se deu ao trabalho de ir para casa antes, pois já era fim da tarde. Em vez disso, dirigiu-se para o Selda's, onde sabia que era mais provável ouvir algo útil.

A cantina estava quase vazia quando ela chegou, pois as equipes ainda retornavam à cidade após o seu turno. Ahsoka estava se encaminhando para a habitual mesa de seus amigos nos fundos, mas se deteve quando

Selda acenou para que se sentasse no bar. Ela confiava no Togruta mais velho, sabia disso da mesma forma que soube que podia confiar no Mestre Plo, por isso, tomou um assento.

Ahsoka passou a maior parte do início da noite empoleirada em uma das banquetas. Apesar dessa posição a deixar de costas para a porta, também oferecia suas vantagens: quando você não está olhando para as pessoas, elas presumem que você não pode ouvi-las. Então captou várias conversas e teorias sobre a presença dos Imperiais que não eram para os seus ouvidos. E Selda, de seu lugar atrás do balcão, vigiava sob o disfarce de seu trabalho habitual. O sistema funcionava muito bem.

Eles nem sequer haviam combinado isso, o que era o mais estranho de tudo. Ahsoka simplesmente ocupara a banqueta, Selda assentira, e eles deram início ao lance. Era o tipo de coisa que poderia ter feito com Anakin, embora espionar com Anakin Skywalker sempre terminasse em explosões, e ela não tinha a intenção de chegar a esse ponto. Quando dois soldados de armadura e dois oficiais uniformizados entraram, Ahsoka decidiu que era hora de se retirar para um lugar mais discreto. Ela só precisava descobrir o máximo possível sobre o que estava acontecendo e não se envolver em nenhuma confusão.

A porta da cantina voltou a se abrir e Kaeden entrou, o restante de sua equipe atrás dela. Isso forneceu a Ahsoka o pretexto de que necessitava para mudar de lugar. Selda guardara um pouco de comida quente para os trabalhadores e a levou para o local habitual nos fundos assim que os viu entrar.

– Oi, Ashla – Kaeden disse baixinho quando passou, e Ahsoka acompanhou-a.

– Como foi o dia? – perguntou Ahsoka quando todos se sentaram à mesa.

– Tenso – disse Vartan, apontando com a cabeça na direção dos Imperiais. – Muita gente nova veio para observar.

– Hoban, pegue o tabuleiro de crokin – Neera ordenou.

O fato de Hoban obedecer sem protestar era prova da seriedade da situação. Quando ele retornou com o enorme tabuleiro hexagonal, Ahsoka compreendeu a esperteza da ideia de Neera: o formato do tabuleiro permitia que os jogadores se movessem ao redor dele. Eles teriam um pretexto para aproximar suas cabeças e conversar, e pareciam estar apenas buscando o ângulo com suas peças para efetuar o próximo movimento. Hoban despejou os pequenos discos redondos sobre o tabuleiro e os organizou por cores. Eles começaram a jogar.

– Quantos novos amigos você fez hoje, Kaeden? – Ahsoka perguntou.

– Nenhum – resmungou Kaeden. – Os soldados não falam muito e os oficiais parecem pensar que não somos bons o bastante para eles.

Ela deu um peteleco em seu disco e ele foi parar atrás de um dos pinos que se projetavam do tabuleiro. Neera bufou. Seria difícil acertar a peça. Hoban buscou o ângulo de seu movimento.

– Eles também não conversaram com nenhum dos líderes de equipe – disse Vartan. – Fomos receber o pagamento e eles estavam lá, mas seja o que for que queiram, não tem nada a ver conosco.

– Ah – disse Hoban –, mas vai ter, não tenha dúvida.

Ele deu um peteleco em seu disco. A peça ricocheteou em um dos pinos e parou sem antes acertar a peça de Kaeden, então, ele a retirou do tabuleiro. Malat buscou o ângulo de seu peteleco e encaixou o disco no centro do tabuleiro com esforço imperceptível. Sua pontuação foi registrada no placar e a musiquinha de celebração soou. Ela mexeu em um fio até o som ser cortado.

– Eu os ouvi no posto de abastecimento – disse Miara. Seu tiro também não acertou a peça de Kaeden, então, ela removeu seu disco do tabuleiro. – Eles estavam questionando sobre o tempo que leva para as coisas crescerem e o quanto podemos plantar de cada vez.

– Até mesmo Imperiais precisam comer – disse Neera. – Você acha que soldados dão em árvores?

Um arrepio percorreu a espinha de Ahsoka.

– Os soldados são clones? – ela perguntou, esperando soar casual o bastante. Eles estavam sendo retirados do exército Imperial por causa da idade, ela sabia, mas se passara apenas pouco mais de um ano, então, era possível que alguns dos mais novos ainda estivessem em atividade.

– Acho que não – disse Vartan. – Eles não tiraram seus capacetes, por isso, não tenho certeza, mas os ouvi conversando entre si e todos soavam como indivíduos diferentes.

Ahsoka sempre achou que os clones soavam como indivíduos diferentes, mas Yoda disse que era porque ela havia feito um esforço para realmente ouvi-los. Ainda assim, se Vartan conseguia diferenciá-los, isso provavelmente era um bom sinal para sua própria segurança. Era a vez dela, então, buscou o ângulo para o seu peteleco, mirando da mesma maneira que Malat. Ocorreu-lhe que seria muito fácil trapacear no crokin se usasse a Força, mas agora não era o momento de experimentar.

Seu tiro foi longo, deslizando sobre o centro do tabuleiro e indo parar no lado do adversário. Hoban regozijou-se. Agora, sua equipe tinha algo muito mais fácil em que mirar. Neera expulsou a peça de Ahsoka com facilidade e ricocheteou sua própria peça atrás de um pino. Agora, sobrara para Kaeden fazer a jogada difícil.

Ahsoka nunca havia jogado crokin antes de chegar a Raada, apesar de todos afirmarem que era um jogo muito popular. Ela o achou estranhamente reconfortante. Poderia ser disputado em equipe ou apenas em dois, e o objetivo era duplo: colocar as próprias peças no tabuleiro, mas ficar atento ao seu adversário, e expulsar quaisquer peças do seu oponente. Era um bom jogo de estratégia e imaginou que Obi-Wan o teria apreciado. O mestre Jedi era o mais paciente de seus professores.

– Há quanto tempo esses Imperiais estão aqui? – Vartan perguntou. Ele não estava participando da partida, mas apenas sentado à mesa deles, comportando-se como o tolerante líder de equipe deixando seu pessoal relaxar após um bom dia de trabalho.

– Eles chegaram um pouco antes de vocês – disse Ahsoka. – Ainda estão na primeira rodada e não falaram com ninguém desde que fizeram seu pedido a Selda. Os stormtroopers não se sentaram e os oficiais apenas observam.

– Sutileza zero – observou Miara. Kaeden errou seu tiro e agora Hoban estava tentando novamente.

– Eu não acho que o Império queira ser sutil – ressaltou Neera.

– Mas por que aqui? – quis entender Kaeden. – Quero dizer, existem planetas melhores para se obter comida do que Raada. Somos minúsculos. Não produzimos tanto para exportação.

Um silêncio deveras pesado se instalou. Os longos dedos de Malat hesitaram em seu peteleco, e Ahsoka sabia que ela estava pensando em seus filhos. Mesmo que sua preocupação com a própria segurança já não fosse imediata, ela tinha um mau pressentimento quanto a isso.

– Acho que pode ser inteligente começar a estocar pacotes de ração – disse Ahsoka. Ela tentou parecer experiente, mas não especialista. Queria que eles a ouvissem, não que seguissem suas ordens. – Se os Imperiais começarem a levar os alimentos que vocês cultivam para consumo próprio, não haverá muito que possam fazer para detê-los.

– É uma boa idcia – reconheceu Vartan. – Vou informar Selda. – Seus olhos se desviaram para onde os oficiais Imperiais estavam sentados. – Mais tarde.

Ahsoka assentiu e fez sua jogada no tabuleiro de crokin. Ela também errou o tiro. A peça de Neera estava muito bem protegida atrás do pino. Eles completaram outra rodada, o lado de Ahsoka tentando expulsar a peça de Neera e o time de Hoban tentando fazer o mesmo com a de Kaeden. Ninguém obteve sucesso, mas foi bom focar nas frustrações do jogo em vez de na presença dos Imperiais.

Neera estava prestes a dar o último tiro do jogo quando houve uma agitação na frente da cantina. Um terceiro oficial havia se juntado aos outros dois: um superior, a julgar por suas insígnias. Os oficiais se levantaram e bateram continência. Os stormtroopers permaneceram imóveis. O oficial recém-chegado inclinou-se para a frente para conversar com seus companheiros, mas falou muito baixo para que Ahsoka conseguisse ouvir o que disse. Então, caminhou decidido até a porta e afixou um aviso na parede. Olhou em volta da cantina com certo grau de desprezo pelos ocupantes antes de sair. Os outros Imperiais o seguiram sem olhar para trás.

Selda cruzou lentamente a cantina, dirigindo-se ao aviso. Ahsoka se perguntou se ele iria destruí-lo, mas o Togruta apenas o leu em silêncio, abatendo-se mais a cada frase.

– O lance do crokin – disse Vartan, pegando o último disco de Neera – é que você não precisa acertar a peça do oponente diretamente. Você pode improvisar, se quiser, e esperar por um bom ricochete.

Ele ajeitou o ângulo e deu um peteleco no disco mirando o de Kaeden. Ele atingiu a borda e as duas peças saíram voando do tabuleiro.

– Às vezes você não consegue – ele disse. – Mas mesmo assim ganha pontos.

A peça de Neera era a única que restava no tabuleiro. Seus pontos surgiram no placar logo em seguida, depois que o tabuleiro detectou que todas as peças haviam sido jogadas e a partida terminara.

– Ainda assim nós vencemos – lembrou Kaeden. – Temos os pontos de Malat desde o início.

– Esse é outro lance do crokin – acrescentou Vartan. – Você precisa se lembrar de todas as peças que foram jogadas, mesmo as que foram removidas do tabuleiro, porque algumas delas podem contar contra você no final.

Suas palavras deixaram Ahsoka desconfortável. Incomodava-a o fato de começar a pensar automaticamente em táticas. Ela se levantou da mesa e foi ler o aviso. Era, como suspeitava, uma lista de regras. Havia um toque de recolher em vigor agora, o que, entre outras coisas, tornaria quase impossível para aqueles que trabalhavam no turno da tarde comerem fora quando terminassem sua jornada. Eles teriam que comer em casa. Também havia regras proibindo reuniões acima de um determinado número de pessoas. Os Imperiais não estavam fechando as cantinas, mas limitavam as horas de funcionamento e restringiam a comida e o álcool disponíveis. Com a perda de negócios, seria apenas uma questão de tempo até que as cantinas fechassem por conta própria.

Era o que bastava para impedir que os habitantes locais se comunicassem e se organizassem. Era o que bastava para enfraquecê-los antes do golpe final. Era tudo que Ahsoka não achava que os agricultores de Raada pudessem combater. Cenários passaram por sua cabeça, ideias para insurgência e defesa. Relutantemente, desta vez se permitiu pensar nelas.

Ahsoka se afastou do aviso e deu espaço para os outros que queriam lê-lo. Abriu caminho por entre o grupo de pessoas estranhamente silencioso até onde seus amigos estavam sentados e, quando tomou seu lugar, retransmitiu o que havia lido. Ela não lhes contou nenhuma de suas conclusões sobre o significado das novas regras. Eles entenderiam, ou não, mas ela precisaria ter cuidado para ocultar sua experiência militar neste momento. Não era possível saber como isso poderia ser usado contra ela se os Imperiais descobrissem. Ela precisava guardar seus segredos o máximo que pudesse.

Ahsoka olhou para o tabuleiro de crokin, para a peça remanescente apesar dos esforços de ambos os lados. Eles haviam trocado tiros, e até mesmo o seu erro, que proporcionou um alvo mais fácil, não foi suficiente para alterar o resultado do jogo. A peça de Neera também não foi o bastante para fazer a diferença no final. O jogo havia sido decidido no terceiro lance, muito antes que qualquer um deles tivesse consciência disso.

Ahsoka não fazia ideia de que pontos o Império já poderia ter reservado, mas sabia que essa era uma das estratégias usadas pelos Imperiais. A Ordem 66 era parte de um jogo muito longo, e não havia razão para pensar que Palpatine tivesse sido menos previdente desde que conquistara o poder absoluto. Ela também tinha noção de que Raada não possuía muitos recursos para uma batalha, se chegasse a isso. Nada de naves de verdade para apoio aéreo, nem artilharia pesada. Mas talvez isso não fosse tão longe. Talvez eles tivessem sorte. Talvez o Império pegasse o que queria e fosse embora.

Talvez, ela pensou. Mas o que deixariam para trás?

# CAPÍTULO

# 8

DOIS STORMTROOPERS pararam na casa de Ahsoka na manhã seguinte. Ela tinha trancado a porta, ativando o dispositivo de segurança de Miara antes de dormir. Era pouca proteção, mas pelo menos seria um alerta se ela precisasse. Agora, impedia que os stormtroopers simplesmente invadissem.

Os soldados bateram na porta e Ahsoka considerou suas opções. Resistir seria estupidez a essa altura. Pelo que sabia, eles só precisavam de informações ou queriam contar o número de pessoas que viviam na cidade. Ela poderia lidar com dois soldados, mesmo que se revelassem serem clones, mas não seria silencioso. Era melhor bancar a Ashla o máximo que pudesse. Então, respirou fundo, lembrou-se de olhar para o chão, e abriu a porta.

– Posso ajudá-los, senhores? – perguntou.

– Por que você não está no trabalho? – um deles já chegou levantando a voz. Vartan tinha razão. Não eram clones. Ahsoka relaxou, só um pouquinho.

– Estou no trabalho – explicou ela. – Quero dizer, não sou agricultora. Eu conserto o equipamento quando está quebrado, está vendo?

Ela apontou para trás, onde as peças do vaporizador quebrado ainda estavam espalhadas sobre a mesa. Era fácil consertar, mas o dia anterior tinha sido um pouco perturbador.

– Precisamos das suas informações – disse o outro soldado. – Você pode ser transferida para o trabalho nas plantações, se for necessário.

Ahsoka hesitou. Ela não queria ficar exposta nos campos. Não tinha muita liberdade, mas na cidade quase sempre encontrava um pretexto para deixá-la e rumar para as colinas. Era importante que mantivesse isso. Ela ergueu a vista e encarou diretamente os capacetes dos stormtroopers, no ponto onde os olhos dos soldados estavam ocultos atrás dos visores.

– Vocês não precisam me transferir – disse ela, e os pressionou com a Força. – O trabalho que faço é importante para a produção de alimentos.

A indução se prolongou por um instante, e Ahsoka se perguntou se havia forçado demais. Mas, então, eles se entreolharam.

– Nós não precisamos transferi-la – disse o primeiro.

– O trabalho que ela faz é importante para a produção de alimentos – concordou o segundo.

Ahsoka sorriu.

– Fico feliz que pudemos ter essa conversinha. Existe mais alguma coisa em que eu possa ajudá-los?

Os stormtroopers olharam para ela, confusos por um momento. Ahsoka podia imaginar seus olhos piscando e expressões de perplexidade, exceto que não sabia como eram as caras deles. Recusou-se a imaginá-los com o rosto de Rex. Eles balançaram a cabeça, baixando seus blasters e dando meio passo para trás.

– Certifique-se de seguir as novas regras – disse o segundo soldado. – Elas estão afixadas em vários pontos da cidade. Familiarize-se com elas.

– Farei isso – disse ela. – Tenham um bom dia!

Ela fechou a porta antes que eles pudessem dizer mais alguma coisa. Gostou como pareciam desconcertados com boas maneiras, embora a invasão de suas mentes provavelmente fosse responsável por parte da perplexidade deles. Ela ativou a fechadura com um rápido toque do dedo e o mecanismo reluziu em verde ao trancar a porta.

– Lembre-me de perguntar a Miara o que acontece se você for disparada – disse ela à fechadura, passando distraidamente a mão pelo painel de controle. Miara explicara que quem invadisse tomaria um choque, e Ahsoka não havia solicitado detalhes na ocasião. Neste momento, porém, provavelmente era uma boa ideia estar ciente das capacidades de todos ao seu redor.

Os Imperiais ainda estavam montando sua base. O Destróier Estelar se foi, ou pelo menos estava fora de vista, mas deixou para trás os alicerces de um prédio administrativo de bom tamanho e quartéis que poderiam abrigar várias dezenas de stormtroopers. Eles ainda não haviam tido tempo de bloquear o espaçoporto, e Ahsoka queria tirar sua nave dali antes que eles o fizessem. O único problema era que ela não tinha outro lugar para colocá-la.

Ela olhou para as partes do vaporizador. Ele poderia esperar.

Esvaziou o caixote de pacotes de ração – o pagamento de Kaeden pelo primeiro trabalho de reparo – dentro de sua mochila. Couberam quase todos, mas, após um instante, Ahsoka retirou dez e os depositou de volta na caixa. Precisaria de comida à mão, afinal. Ela acrescentou o último pacote de peças de metal ao topo da mochila e encheu seu cantil de água. Depois de refletir por um momento, também incluiu na bolsa uma ferramenta de corte e apanhou os panos esfarrapados nos quais o vaporizador estava embrulhado quando o dono o deixou. Ela os torceu até que se assemelhassem a um estilingue de caça e pendurou o objeto no cinto, esperando que quaisquer Imperiais com os quais se deparasse não soubessem que caçar naquela lua era praticamente desnecessário. Então, foi até a porta e espiou os dois lados da rua.

Nenhum sinal de stormtroopers. Eles não puderam importunar seus vizinhos porque a maioria estava no trabalho, então, devem ter seguido em frente. Ahsoka saiu para a rua e dirigiu-se para os limites da cidade o mais rápido que pôde. Quando chegou à última casa, olhou em volta e para o alto, procurando por quaisquer métodos de vigilância Imperial recém-instalados, mas não encontrou nada. Então, endireitou os ombros e partiu rumo às colinas como se fosse um dia qualquer. Antes, teria optado por sair furtivamente, mas, já que discrição não era possível, a única outra opção era caminhar com naturalidade, como se fosse mesmo natural para ela estar ali.

Era angustiante. Não tinha nenhuma indicação de que alguém a estivesse observando, mas ainda assim se sentia desconfortavelmente exposta. Pelo menos era menos opressivo do que fora no dia anterior, agora que as naves Imperiais estavam em terra. Ahsoka não olhava para trás, embora desejasse, e isso foi tudo o que pôde fazer para manter um ritmo uniforme enquanto caminhava. Finalmente chegou à primeira fileira de colinas e desapareceu de vista da cidade.

Ela foi primeiro à sua caverna, onde removeu o bloco de pedra. Usou o cortador para desbastar a prateleira até escavar o compartimento oculto que imaginara no dia em que encontrou a caverna. A ferramenta não era apropriada para pedra, mas acabou dando conta da tarefa. Ela escondeu os pacotes de ração extras, junto com as peças de metal. Ao depositá-las ali, pensou ter visto um padrão familiar neles que não notara antes. Havia conexões, fios entre as peças que ainda podiam conduzir energia. Casualmente, ela agitou a mão sobre elas e as peças se alinharam da forma como as enxergou em sua mente.

– Não disse Ahsoka, deixando a mão pender. As peças rolaram pela pedra e ela as pegou. Tinha outras coisas para fazer.

Com tudo seguro novamente, saiu da caverna. Parou na entrada, imaginando se havia algo mais que pudesse fazer para ocultá-la, mas não conseguiu pensar em nada. O melhor que podia fazer era garantir que o interior da caverna parecesse totalmente natural. Ela voltou para dentro e apagou todas as suas pegadas.

Com sua mochila significativamente mais leve, Ahsoka continuou a caminhar pelas colinas. Agora, procurava algo em particular: uma colina grande o suficiente para que qualquer caverna dentro dela pudesse abrigar sua nave. O cargueiro não era enorme, mas era grande demais para esconder num vale e torcer para que nenhum Imperial o sobrevoasse. Ela precisava de uma caverna, ou talvez um desfiladeiro onde pudesse adicionar sua própria cobertura.

Ahsoka ficou de olho no céu enquanto vagava pelas colinas, tanto no caso de ter companhia quanto para não perder a hora. Ela não podia se dar ao luxo de permitir que seu sumiço fosse notado, e, ainda que achasse que Kaeden e os outros não a denunciariam intencionalmente, tudo que era preciso para levantar suspeitas seria um comentário entreouvido em um lugar como o Selda's. Justo quando pensava que teria de voltar à cidade e tentar novamente na manhã seguinte, avistou uma depressão no solo à sua frente. Parecia quase uma ilusão de ótica, mas, quando se aproximou da borda, viu que se tratava de fato de um pequeno barranco. A nave só se encaixaria de lado, o que não seria nada bom para o veículo, mas ela poderia dar um jeito.

– Bem – disse ela –, essa foi a parte mais fácil. Agora tudo que preciso fazer é trazer a nave para cá.

Ela realmente sentia muita falta de R2-D2. O pequeno droide sempre fora bom nesse tipo de coisa. Ela concluiu que roubar sua própria nave seria o mesmo que sair para as colinas. Mais uma vez, discrição era impossível, então, ela teria que fazer isso na cara dura.

Ahsoka voltou para a cidade. Mais uma vez, não encontrou ninguém e não viu sinais de que seus movimentos tinham sido observados. Quando chegou perto da base Imperial, percebeu imediatamente por que isso acontecia. Parecia que cada stormtrooper trazido para ocupar Raada encontrava-se engajado no patrulhamento dos habitantes locais que haviam sido recrutados à força para trabalhar na construção. Ahsoka zombou. Rex nunca teria sido tão relaxado com a segurança. Mesmo que isso dificultasse o processo de construção, teria insistido que alguns de seus homens patrulhassem as ruas.

Pensando nisso, ocorreu a Ahsoka que os stormtroopers ainda eram soldados novatos, não muito resolutos, e que nenhum dos oficiais designados para Raada tinha muita experiência. Essa era uma informação útil.

Ela percorreu todo o trajeto até o espaçoporto sem encontrar ninguém. Lá, um oficial Imperial muito jovem estava fazendo uma lista de todas as naves estacionadas. Ela pensou em usar a Força para convencê-lo a deixá-la embarcar. Podia fingir que estava sob as ordens de um dos supervisores, que pareciam ser os únicos com quem os Imperiais falariam. Seria fácil bancar a trabalhadora oprimida e depois manipular o oficial um pouco quando ele estivesse distraído.

Ao mesmo tempo, ele poderia ter sido treinado para reconhecer os poderes Jedi quando fossem usados nele. Com os stormtroopers o expediente já fora bastante arriscado. Ahsoka não poderia tentar a mesma coisa com um oficial.

Ela poderia ir para casa e falsificar algumas credenciais, mas aí não conseguiria deslocar a nave até o dia seguinte. Cada minuto que esperasse poderia ser o minuto em que um dos Imperiais se lembraria de que estavam ocupando um planeta e deveriam agir de forma condizente. Ahsoka não podia esperar. Encaminhou-se para o pátio. Teria que ir em frente e resolver a parada sendo mais criativa. Ou melhor, *Ashla* teria que fazê-lo.

– Você aí, pare onde está – disse o oficial. Ahsoka tinha certeza de que ele estava tentando tornar sua voz mais grave do que era. – O que você está fazendo?

– Eu vim pegar a minha nave – disse Ahsoka. – Todas essas novas medidas de segurança estão me deixando nervosa. Quero manter minha propriedade onde só eu tenha acesso a ela.

– Garanto que a guarnição Imperial posicionada aqui manterá um alto nível de segurança neste espaçoporto – vangloriou-se o jovem oficial. – Sua nave estará segura.

Lentamente, e com considerável desprezo, ela o olhou de cima a baixo.

– Você é a segurança de alto nível? – ela perguntou. – Porque não inspira muita confiança.

O jovem estufou o peito e seu rosto ficou vermelho. Como ela esperava, não o deixara com raiva. Ela o envergonhara.

– Eu sou responsável por todas as naves aqui – o oficial disse a ela. – É meu trabalho e treinamento específicos garantir que o espaçoporto funcione de maneira eficiente e segura.

– Consegui entrar aqui sem ninguém me parar – disse Ahsoka. – Eu não chamaria isso de seguro!

– Ainda estamos nos preparando – disse o oficial na defensiva.

– Bem, isso diz tudo – retrucou Ahsoka. – Vou pegar minha nave até que vocês terminem de *se preparar* e depois a trago de volta quando souber que tudo está seguro.

– Eu realmente não acho que... – começou o oficial, mas Ahsoka já havia passado por ele.

Já estava instalada no assento do piloto e se preparando para decolar antes que ele conseguisse esboçar qualquer tipo de protesto, e a essa altura os motores estavam altos demais para ouvi-lo. Ahsoka decolou e voou na direção oposta às colinas. Não demoraria muito tempo para dar a volta à lua, e isso ajudaria a cobrir seus rastros antes que ela escondesse a nave no barranco.

Enquanto voava, ela percebeu que poderia simplesmente continuar voando. Poderia deixar Raada, fugir do Império novamente e tentar se estabelecer em algum lugar em que ainda não havia estado. Poderia encontrar uma caverna em alguma cordilheira isolada ou um oásis no meio de um deserto. Poderia ir para longe e abandonar todo mundo de novo. De novo não. De novo não.

Ela olhou para os campos de Raada, esparramando-se abaixo dela, e soube que, de qualquer maneira, isso era um devaneio. Não havia lugar para ir onde o Império não a encontraria mais cedo ou mais tarde. Não importa quão longe fosse, estariam atrás dela, na sua cola. Ela poderia muito bem enfrentá-los aqui, onde era relativamente anônima e estava moderadamente preparada.

Pousou a nave no barranco, enfiada de traseira, de modo que o nariz da nave apontasse diretamente para o céu. Como ela suspeitava, os trens de pouso não estavam nada à vontade, mas as laterais rochosas da ravina sustentavam a maior parte do peso da nave. Ahsoka ficou na ponte, recostando-se no assento e olhando para cima, a mente sobrecarregada de pensamentos. E ali permaneceu na cadeira do piloto por um longo tempo.

# CAPÍTULO 9

AHSOKA VOLTOU TARDE para a cidade, mesmo correndo durante todo o percurso, mas sua nave estava escondida e ela tinha quase certeza de que ninguém a havia detectado enquanto a escondia. Ela ficou em casa apenas o tempo suficiente de jogar a mochila praticamente vazia sobre a cama e chutar o caixote com os pacotes de ração para debaixo da mesa antes de ir para o Selda's. Esperava que Kaeden e os outros não estivessem muito alvoroçados para perguntar onde ela estava.

Havia ainda menos pessoas na cantina naquela noite, pois a maioria tinha voltado pra casa muito antes do toque de recolher. Ahsoka já tinha visto esse tipo de coisa antes, quando estava nos planetas ocupados pelos Separatistas durante as Guerras Clônicas. Nos primeiros dias, os habitantes locais seguiam as regras rigorosamente e observavam qual era a reação ao descumpri-las. Depois, começavam a rejeitá-las. Se os Imperiais reagissem de forma violenta, a rejeição poderia ser extrema.

Com a diminuição da clientela, ela avistou Kaeden e os outros logo de imediato. Malat já tinha ido embora, provavelmente pra ficar com os filhos em casa, mas os outros estavam reunidos em volta do tabuleiro de crokin. Estavam disputando uma variação do jogo que Ahsoka não tinha visto antes. Em vez de todas as peças serem atiradas no tabuleiro uma a uma, cerca de metade delas era cuidadosamente posicionada. De fato, parecia muito com a base Imperial...

Ahsoka sentou-se e passou a mão sobre o tabuleiro, espalhando as pcças.

– Ei! – revoltou-se Hoban. – Estamos trabalhando nisso.

– Dá pra gritar mais alto? – Ahsoka ralhou com os dentes cerrados. – Acho que não ouviram você em Alderaan.

Hoban teve o bom senso de parecer envergonhado.

– Ashla tem razão – disse Vartan. – Deveríamos ter mais cuidado ao discutir as coisas em público.

– Onde está Malat? – Ahsoka quis saber.

– Arrumando suas malas – informou Neera. – A família de seu marido encontrou trabalho para eles em Sullust. O Império também está lá, é claro, mas está mais estabelecido. Não temos ideia do que vai acontecer aqui, e eles concluíram que não era seguro com as crianças e tudo mais.

– É uma boa ideia, se você tem condições de partir – disse Ahsoka. – Mas muitos não terão.

– Você tem uma nave – lembrou Kaeden. – Pode ir embora quando quiser.

– Minha nave foi roubada – disse Ahsoka, emendando uma piscada. – Vai saber onde eu posso encontrá-la.

– Estou feliz por você ficar – disse Kaeden. – Não sei por que, mas tenho a sensação de que você é útil em situações como esta.

Ahsoka sorriu para ela e virou-se para olhar a irmã de Kaeden.

– Miara, eu tenho uma pergunta sobre as suas fechaduras – disse ela. –Você me disse que, se alguém invadisse, levaria um choque. O que você quis dizer com isso?

– Instalei uma pequena carga elétrica dentro do mecanismo da fechadura – explicou Miara. – Se não é desativada corretamente, produz um choque forte o bastante para fazer uma pessoa pensar duas vezes antes de roubar seus equipamentos. Além disso, há uma bomba de tinta armada para explodir quando a carga é liberada, então, quem quer que tente, irá se destacar na multidão. Por que pergunta?

Neera estava olhando para Miara especulativamente. Kaeden parecia um tanto aflita.

– Você conseguiria fazer isso com algo diferente de tinta? – Vartan perguntou. – E poderia ter uma carga mais forte?

– É claro – assegurou Miara. – Só que aí alguém pode se machucar de verdade em vez de... ah.

– Vamos adiar isso por enquanto – disse Ahsoka. – Temos outras coisas com que nos preocupar.

– Por que esperar? – questionou Hoban. – Se podemos armar explosivos, por que não nos livramos dos Imperiais agora?

– Hoban, fale baixo. – Dessa vez foi Neera quem o repreendeu.

– Tudo o que isso faria era trazer mais Imperiais, e eles iriam intensificar as medidas de repressão – explicou

Ahsoka. – Não podemos expulsá-los por completo. O que precisamos fazer é descobrir como sobreviver enquanto eles estão aqui.

– É melhor agirmos rápido – disse Kaeden.

Houve uma comoção na porta, e vários Imperiais uniformizados entraram. Com olhares fulminantes, abriram caminho até o bar, onde esperaram cheios de más intenções que os bancos fossem esvaziados. Então, eles os tomaram, privando efetivamente Selda de sua clientela. O Togruta com cicatrizes continuou a secar os copos e a organizá-los nas prateleiras como se não houvesse nada fora do comum. Ahsoka se impressionou com sua aparente capacidade de manter-se imperturbável.

– Por que diz isso? – Ahsoka perguntou a Kaeden.

– Ouvi os supervisores conversando hoje – disse ela. – Eles vão adicionar duas horas a cada turno para extraírem de nós o máximo de trabalho possível que conseguirem.

– Não haverá nada para colher – disse Hoban, finalmente mantendo a voz baixa. – Estamos quase terminando, e temos que esperar até que as novas safras cresçam.

– Os Imperiais têm alguma coisa para acelerar o processo – contou Kaeden. – Eles a usarão e estaremos colhendo novamente antes de nos darmos conta.

– Eu os vi trazendo sua própria semente – disse Miara. – O que quer que iremos plantar, não será algo que possamos manter ou vender.

– Eles vão subornar os supervisores – disse Ahsoka. – Darão a eles dinheiro suficiente para partirem do planeta e aí farão o restante de nós trabalhar até morrer. Já vi esse tipo de coisa antes.

– De onde você vem? – Neera perguntou.

– Isso não vem ao caso – disse Ahsoka. – Vocês só precisam confiar em mim.

– Temos que explodir as coisas – insistiu Hoban. – Antes que eles fiquem muito organizados.

– Não – disse Ahsoka. – Eu sei que vai ser difícil, mas temos que esperar.

– Por quê? – Hoban exigiu saber, mas, antes mesmo que Ahsoka pudesse responder-lhe, houve uma nova comoção na frente do bar.

Tibbola estava bêbado, embora seu turno houvesse terminado ao mesmo tempo que o de Kaeden. Ahsoka não o via há semanas, já que o sujeito fazia suas rondas pelas várias cantinas e bares que Raada tinha a oferecer. Justo agora, quando havia oficiais Imperiais no estabelecimento, ele estava presente, e estava no grau. Tibbola era bem esperto quando estava sóbrio, mas embriagado desse jeito era um desastre. Ele vinha olhando feio para os Imperiais desde que o separaram do bar. Quando impediram sua tentativa de pedir outra rodada, ele perdeu o pouco controle que lhe restava e tentou passar por eles à força. Seus golpes eram desajeitados, mas ele era forte o suficiente para acertar os Imperiais, que reagiram com vigor. Um deles empurrou Tibbola para trás com veemência, e Ahsoka sabia que era apenas o começo. O Império não dava disparos de advertência.

– Vocês, Imperiais. – As palavras de Tibbola saíram arrastadas quando ele cambaleou para trás. De alguma forma, conseguiu manter-se em pé. – Vêm pra minha lua e mexem comigo. Vocês não fazem ideia no que estão se metendo.

Um oficial desferiu um soco no estômago de Tibbola despreocupadamente. Foi um golpe duro, forte o bastante para ele ajoelhar-se e vomitar tudo o que havia bebido, mas não o suficiente para mantê-lo no chão.

Tibbola rugiu inconscientemente e partiu para cima do oficial. Ahsoka avançou rápido e bloqueou Hoban, que teria ido ajudar, até Neera poder puxá-lo de volta para sua cadeira. Kaeden e Miara assistiram, horrorizadas, quando o oficial se esquivou novamente do ataque de Tibbola. Então, calmamente, ele chamou os stormtroopers que aguardavam na rua enquanto seus superiores bebiam. Eles entraram e colocaram as mãos nos ombros de Tibbola, baixando-o ao chão de vez.

– O Império não irá tolerar desobediência – disse o oficial, mais para os outros na cantina do que para o próprio Tibbola.

Ele, em um momento de sobriedade, pareceu perceber o que havia feito. Seus olhos encheram-se de pânico quando percorreram o lugar, procurando alguém para ajudá-lo. Ninguém mexeu um músculo.

– Não – ele implorou. – Desculpem-me, por favor!

Mas era inútil. O oficial gesticulou para o stormtrooper que estava mais próximo da porta, e o soldado ergueu o blaster.

– Não olhe – Ahsoka sussurrou no ouvido de Kaeden, e Kaeden puxou o rosto de sua irmã para baixo, na direção da mesa, bloqueando a visão tanto dela como a sua própria.

Mas não bloqueou o som de um blaster disparado em um ambiente fechado, nem o fedor de carne carbonizada. Pelo menos foi rápido; Tibbola nem gritou.

Os Imperiais passaram por cima do corpo fumegante e deixaram a cantina. Não houve nenhum barulho por alguns instantes depois que eles saíram, exceto os sons produzidos por Miara ao vomitar ao lado da mesa.

– É por isso que precisamos ser cuidadosos – advertiu Ahsoka, olhando diretamente para Hoban quando falou. Os olhos dele estavam arregalados, e ela sabia que agora seria ouvida.

– Venha, Hoban – disse Vartan. Seu tom de voz era triste, mas determinado. – Temos que enterrá-lo hoje à noite.

Eles pegaram o corpo e o carregaram. Neera seguiu atrás deles. Parecia que ia vomitar. Ahsoka suspeitava que ela preferia estar em outro lugar, mas estava relutante em deixar seu irmão fora de vista. Ahsoka não a culpava. Depois que eles se foram, ela olhou para Kaeden e Miara.

– Vocês estão bem? – perguntou.

Houve uma breve pausa, e então Miara inclinou-se bruscamente para a frente, vomitando novamente em sua tigela vazia. Kaeden esfregou os ombros da irmã, embora seu rosto estivesse mais pálido do que Ahsoka jamais o vira. Selda aproximou-se com água para elas e um pouco de pão para que Miara pudesse tirar o gosto ruim da boca.

– Como você pode estar tão calma? – Miara exigiu saber, sua voz um tanto aguda. Ahsoka suspeitava que o pão estivesse um pouco dormido e que se concentrar na mastigação estava impedindo a garota de render-se à histeria. – De onde você é?

– Não a perturbe – disse Kaeden. Sua voz estava trêmula. – Termine isso e vamos para casa.

Kaeden voltou a colocar o tabuleiro de crokin sobre a mesa. Enquanto Miara mastigava obedientemente, Kaeden começou a atirar peças lentamente, acertando no alvo central repetidas vezes, apesar de não ser assim que se jogava. Ahsoka imaginou que isso lhe proporcionava algo em que se focar.

– Você tem que tirar a peça que está lá – Ahsoka refletiu, olhando para o tabuleiro.

– O quê? – Kaeden disse.

– No crokin – Ahsoka esclareceu. – Você não dá simplesmente os tiros que quiser. Tem que atirar nas peças do seu adversário. Vamos fazer isso.

– Atirar com o quê? – Miara perguntou de boca cheia. – Não temos um monte de blasters.

– Não – disse Ahsoka. – Não desse jeito. Os Imperiais querem uma colheita rápida. Então, o que vocês fazem é diminuir o ritmo.

– Como? – Kaeden perguntou. As duas irmãs pareciam melhor agora. Ahsoka fez um bom trabalho em distraí-las.

– Eu não faço ideia – reconheceu Ahsoka. – Não sou agricultora. Mas Vartan saberá como, ou então um dos outros líderes de equipes. Vocês ainda conversam uns com os outros nas plantações, certo? E é mais difícil para os Imperiais ouvirem vocês lá. Vocês podem se organizar dessa maneira. Os líderes de equipe se reúnem para discutir informações e depois as repassam para as equipes.

– Isso é muito inteligente – elogiou Kaeden. – E isso nem quebra as regras. Temos permissão para nos encontrar com as nossas equipes.

– Eu sei. É por isso que o plano é bom – disse Ahsoka com uma piscadela.

– O que você vai fazer? – Miara perguntou. Ela engoliu o último pedaço de pão. – Há uma vaga em nossa equipe, se você quiser, porque Malat foi embora.

Ahsoka pensou a respeito – ela seria uma péssima agricultora, e isso certamente diminuiria o ritmo deles –, mas teve uma ideia melhor.

– Não – ela disse. – Vou permanecer como mecânica por enquanto, mas deixarei de ser tão boa. Se o equipamento não puder ser consertado, isso só deixará o ritmo de vocês ainda mais lento.

– Temos que ir andando – disse Kaeden. – Está quase na hora do toque de recolher e ainda temos uma caminhada pela frente.

Não era assim tão tarde, mas Ahsoka nem achou pertinente insistir nessa questão.

– Tomem cuidado – Ahsoka lhes pediu. – Vejo vocês amanhã. Tenham cautela ao contar a minha sugestão a Vartan, mas deixe-o prosseguir com ela, caso ele concorde.

As irmãs assentiram e se dirigiram para a porta. Miara quis evitar pisar o lugar onde Tibbola havia caído, desviando-se daquele ponto no piso da cantina pegando um caminho mais longo, e Ahsoka observou Kaeden deixá-la fazer isso. Então, Ahsoka dirigiu-se até o bar. Ela deveria ir embora também, mas queria ter uma conversa com Selda antes de fazê-lo. Sentou-se em uma das banquetas até se dar conta de que nem sequer sabia sobre o que queria falar com ele.

– Você pensou rápido, garantindo que as meninas não olhassem – disse Selda. – Tenho a sensação de que você mesma já viu muito esse tipo de coisa.

– Pode acreditar que sim – respondeu, cansada.

– Tome cuidado, pequenina – disse ele. Ahsoka começou a protestar, mas ele levantou a mão verdadeira e ela se deteve. – Embora não seja tão pequena, ainda é menor do que eu.

Ahsoka sorriu para ele. Era extremamente boa a sensação de tomarem conta de você. Talvez fosse isso de que precisasse, mesmo que não com muita frequência. Antes, quando se vira diante da morte, tivera Anakin para conversar sobre isso. Lidara sozinha com a questão desde então, é claro, mas isso não significava que gostasse.

Selda despejou todas as sobras em um recipiente e lhe entregou. O lacre não era tão bom quanto os dos pacotes de ração, mas ainda assim a comida aguentaria por vários dias. Ahsoka voltou para casa rapidamente, calculando a quantidade de comida que poderia ter em mãos e quanto tempo duraria, dependendo de com quem ela a compartilhasse. Ela ainda estava efetuando variações da equação quando adormeceu.

# CAPÍTULO 10

UMA SEMANA TORNOU-SE duas, e as colheitas cresciam lentamente. Os novos supervisores Imperiais estenderam os turnos mais uma vez para que os agricultores estivessem nos campos por quase todo o período diurno de Raada. Eles não aumentaram as rações alimentares ou o número de pausas, embora permitissem mais ingestão de água. Era a eficiência Imperial em sua manifestação mais pura.

Ahsoka passava os dias contrabandeando alimentos, suprimentos médicos e recicladores de água, levando-os para as cavernas. Ela havia encontrado um sistema interligado nas colinas entre sua base original e o local onde havia escondido sua nave. Selda era seu principal fornecedor na cidade, embora soubesse que outros comerciantes deviam estar contribuindo também. Ahsoka não precisava saber de todos os detalhes. Só tinha que fazer a parte dela.

Vartan e as outras mãos experientes tinham levado um tempo para identificar o que estavam cultivando. Eles enrolaram o plantio pelo máximo de tempo que puderam. Os arados todos quebraram e a mecânica não foi encontrada em lugar nenhum, mas então os Imperiais suspenderam a comida por completo e os agricultores retornaram ao trabalho. As sementes foram plantadas e regadas, e agora brotos podiam ser vistos projetando-se do solo. Foi aí que Vartan descobriu o que eles estavam cultivando.

– Não é nem comida de verdade – contou ele, sua voz um sussurro de repulsa enquanto eles se amontoavam ao redor do tabuleiro de crokin no Selda's. – É para os seus malditos suplementos nutricionais. Você sabe, aquelas coisas que eles fazem os militares comerem porque são insípidas e insossas, mas contêm todo o necessário para viver.

– Não sei por que você acha isso tão ofensivo – surpreendeu-se Neera. – Por que você se importa com o que os Imperiais comem?

– Porque essa planta em particular esgota toda a riqueza do solo em que cresce – explicou Vartan. – Na época da colheita, o solo inteiro dos campos estará inutilizável. Nada vai crescer durante várias estações, e até parece que vão nos pagar com alguma coisa que possamos usar para comprar fertilizantes. A lua inteira será arruinada.

Kaeden e Miara se entreolharam preocupadas. Raada era o único lar que já tinham conhecido, e não havia ninguém mais na galáxia para cuidar delas. As irmãs não tinham para onde ir.

– Existem outros campos? – Ahsoka perguntou, no tom de voz mais baixo e calmo que conseguiu.

– Não – respondeu Vartan. – Raada em sua totalidade é quase infértil, pra começo de conversa. É por isso que nunca houve por aqui uma presença Hutt ou algo assim. Tínhamos apenas os supervisores, e eles eram em sua maioria sensatos, mas acho que o Império os assustou e eles nos abandonaram.

– Eu posso entender isso – disse Neera. Hoban fuzilou-a com os olhos. – Não estou dizendo que gosto, mas entendo. A maioria deles tem famílias, como Malat. Você a odeia por partir?

Hoban não disse nada por um momento, e Ahsoka sabia que estava tentando permanecer com raiva, porque a única outra opção que via era a falta de esperança.

– Será que ainda podemos explodir coisas? – ele perguntou, por fim.

– Você tinha algo em particular em mente? – Ahsoka perguntou.

– Você tem? – Hoban exigiu saber.

Ahsoka suspirou e decidiu que era hora de pôr as cartas na mesa. Ou pelo menos a maioria delas. Se continuasse sonegando informações, era apenas uma questão de tempo até Hoban fazer algo estúpido, e isso poderia colocar Kaeden e Miara em perigo.

– Há cavernas nas colinas – revelou, pegando um disco de crokin do topo da pilha e atirando-o em direção ao centro do tabuleiro. Ele foi parar bem atrás de um dos pinos, bloqueando-o do tiro de um oponente.

– Todo mundo sabe disso – disse Hoban. – Há muitas delas para que se possa mapear efetivamente, e não cresce nada por aquelas bandas, então, ninguém vai lá.

– Eu vou lá – contou Ahsoka. – E levo todo tipo de coisas interessantes comigo.

– Você está montando acampamentos? – Kaeden quis saber. – Sem contar a ninguém?

– Selda sabe – disse Neera. Ahsoka levantou uma sobrancelha e Neera deu de ombros. – Selda sabe de tudo, e é ele quem deve estar fornecendo sua comida, eu imagino.

– Sim – confirmou Ahsoka. – Mas não é só comida. Há vários recicladores de água e todo suprimento médico que consegui descolar. Também há muita sucata. Vocês sabem, lâminas afiadas e circuitos que se deve tomar cuidado para não sobrecarregar, pois podem explodir na sua cara.

– Mas ainda assim você quer que aguardemos – disse Hoban. – Enquanto nosso lar morre sob nós.

– Eu quero que vocês *usem a cabeça* – esclareceu Ahsoka.

– Deixe-a em paz, Hoban. Ela está certa – disse Neera. Ela virou-se para o tabuleiro e tentou um peteleco no disco de crokin. Não acertou, quicando no pino que escondia a peça de Ahsoka.

– O que você quer que façamos? – questionou Vartan. – Não podemos diminuir o ritmo nos campos muito mais do que já estamos fazendo. Os Imperiais vão perceber e começarão a suspender a comida novamente.

– Você pode dispensar Miara e Kaeden por alguns dias? – perguntou Ahsoka. – Eu gostaria de levá-las comigo. Miara pode começar a produzir aqueles *cadeados* maiores de que você falou, e Kaeden e eu podemos organizar o restante de nossos equipamentos em potencial. Eu consigo consertar uma máquina bem o bastante, mas Kaeden está mais familiarizada com a geografia local. Ela pode me ajudar a decidir onde colocá-los.

Vartan olhou para as garotas e assentiu.

– Diremos aos Imperiais que vocês estão doentes, se perguntarem – disse ele. – E, misteriosamente, nós nos esqueceremos de onde vocês moram, para que não possam examiná-las eles próprios. Não é uma história de fachada das melhores, mas é o melhor que podemos fazer.

– Vai ficar tudo bem – assegurou Ahsoka. – Só precisamos de alguns dias para nos organizarmos, e então poderemos nos falar novamente para vermos em que pé estamos. Enquanto isso, não chamem atenção. Já estamos todos em bastante perigo do jeito que as coisas estão.

O olhar de Miara se voltou para o ponto no chão onde Tibbola havia sido executado, mas Hoban apenas olhou feio para Ahsoka. Se ele tinha algum protesto a fazer, não o verbalizou. Em vez disso, Selda chegou à mesa com o que passava por um jantar quente sob as novas restrições Imperiais, e logo todos estavam ocupados demais comendo para conversar.

Jenneth Pilar estava sentado em seu novo escritório temporário e verificava os números. Era terapêutico ver seus cálculos somarem do jeito que ele queria, vezes sem conta. A escassez de erros e a insignificância das margens o estimulavam. Tinha tudo planejado perfeitamente. Ali, naquele pequeno aposento vazio neste mundo que estava prestes a também ficar vazio, ele havia calculado a vida e a morte e foi pago por isso. Não era um trabalho ruim, considerando-se tudo, embora a comida fosse terrível.

Raada era um lugarzinho tedioso, mas serviria a seus propósitos. O Império conseguiria o que queria e depois seguiria seu caminho. Os agricultores teriam a sua liberdade de volta, mesmo que isso de nada lhes adiantasse. Eles realmente deveriam ter pensado nos riscos antes de se tornarem agricultores. Jenneth fez vista grossa pra sua responsabilidade no sofrimento incipiente, um privilégio que vinha com o fato de nunca ter realmente sofrido.

Olhou pela janela para as fileiras ordenadas nos campos e depois para os prados além deles, onde nada de proveitoso poderia crescer. Mais distante, havia as colinas baixas que compunham o restante da superfície da lua – rochosas, inúteis e provavelmente frias quando o sol se punha. Mas havia algo nelas que incomodava o senso de organização de Jenneth. Ele não incluíra as colinas em seus cálculos, porque as leituras do planeta que ele estudara garantiram que eram estéreis. Ao mesmo tempo, sua mera existência deveria justificar a inclusão nas fórmulas. Ele odiava equações desbalanceadas.

Pela manhã, Jenneth requisitaria uma nave para examinar o local mais de perto. Não podia ir agora, por mais que subitamente desejasse fazê-lo, porque já estava muito tarde. O toque de recolher se aproximava, com o sol se pondo e as últimas pobres almas exauridas voltando para casa depois de um dia difícil de quase escravidão a serviço do Império. Se eles soubessem o que os aguardava...

Jenneth olhou com grande aversão para o seu jantar, um tubo de nutrição pura que deixava suas entranhas com uma sensação que de alguma forma haviam sido enganadas, e não via a hora de estar bem longe daquela lua. Por mais rápido que fosse, não seria rápido como gostaria que fosse. Ele efetuou outra vez seus cálculos e permitiu que a contagem crescente de trabalho, produção, rendimento da colheita e destruição o inundasse. O trabalho que executava era bem-feito, e ele se certificava de mantê-lo bom o suficiente para que o Império continuasse pagando para fazê-lo. Jenneth não tinha a menor intenção de acabar como as almas ignorantes que chamavam Raada de lar: desamparadas e abandonadas em uma rocha sem vida.

Eles conversavam nos campos. Os Imperiais não podiam ouvir o que tramavam ali, e nem a garota que chamava a si mesma de Ashla.

– Eu não acho que seja uma boa ideia – disse Kaeden. – Ashla quer que aguardemos.

– Ashla não é daqui – argumentou Hoban. – Ela chegou a Raada pouco antes dos Imperiais, e a princípio nem sequer disse seu *nome* a você. Não sabemos nada a respeito dela. Até onde sabemos, poderia estar com eles.

– Isso é ridículo – revoltou-se Kaeden, mas até Miara parecia hesitante.

Kaeden indignou-se. Ela não gostava quando as outras pessoas especulavam sobre seus sentimentos, especialmente quando estavam certas. Neera levantou a mão.

– Olha, Kaeden, eu sei que você gosta dela, mas pense nisso – disse Neera. – A própria Ashla falou. Ela não entende de agricultura. Ela não entende de fato o que perdemos a cada dia em que essa porcaria de planta está no solo. Ashla tem uma nave. Ela pode ir embora quando quiser.

– Mas ela não foi! – Kaeden protestou.

– Toda gente com juízo na cabeça foi embora – disse Neera. – Toda gente que pôde. Ela, ao contrário, permanece aqui. Na sua opinião, qual é a razão disso?

– Talvez ela goste de nós – arriscou Kaeden.

– Oh, Kaeden – disse Neera. Seu tom foi quase gentil, mas carregado demais de pena para ser agradável de ouvir.

– Não me trate como uma criança, Neera – disse Kaeden, e odiou a forma como soou petulante. – E não ouse envolver minha irmã em nada perigoso.

– Eu vou fazer o que eu quiser – disse Miara. Kaeden olhou atentamente para a irmã. Tinham quase a mesma altura agora. Quando foi que *isso* aconteceu?

– Tudo o que estamos dizendo é que, quando Miara construir coisas para os estoques de Ashla, ela também construirá coisas para nós – disse Hoban. – Faz sentido repartir os nossos suprimentos. Dessa forma, se algo acontecer a Ashla, não ficaremos sem nada.

Kaeden hesitou. Ela queria confiar em Ashla, mas o que Hoban estava dizendo fazia sentido. Ashla mesmo havia dito muito isso, ou pelo menos sugerido. Ela trabalhara com Selda sem contar a nenhum deles, e roubara a própria nave. Não faria mal Kaeden ajudar sua equipe a elaborar os próprios planos.

– Tudo bem – disse ela. – Contem comigo. Amanhã, Miara e eu iremos com Ashla e aprenderemos o máximo que pudermos. E vamos compartilhar com vocês.

– Ótimo – disse Hoban. Ele olhou para cima e viu que Vartan estava vindo na direção deles, retornando, então, afastou-se das garotas e se focou no seu trabalho.

Hoban estava regando hoje. O trabalho não demandava muita concentração, mas exigia músculos dos ombros fortes, o que ele possuía de sobra. Miara era pequena demais para fazer mais do que correr, então, trabalhava como mensageira. Os ombros de Hoban doíam com o peso. Ele não se importava com o trabalho árduo, mas aquelas eram condições extremas, e era apenas uma questão de tempo até ele ficar fraco demais para trabalhar com as rações que recebia. E, se ele estava sentindo isso, os outros também estavam.

As meninas desmoronariam primeiro, ele sabia. Elas eram fortes, mas não indestrutíveis. Miara já estava atraindo atenção demais dos Imperiais já que eles questionavam suas habilidades no campo. Se a mandassem embora, ela perderia as pequenas rações que ainda recebia. Hoban as estava ajudando, mesmo que Ashla não pudesse enxergar isso. Ela simplesmente não compreendia a agricultura como ele, mas iria, e assim perceberia que todos estavam nisso juntos.

AHSOKA FEZ UM PÉSSIMO NEGÓCIO *pela nave, mas não se importou. Era um dinheiro que ela não tinha antes de fazer a troca, e a nave chamava muita atenção, era fácil demais de rastrear. Estava melhor sem ela, embora agora dispusesse de muito menos mobilidade. Limpou todos os vestígios de si mesma, do cockpit e do manche, e entregou os códigos de lançamento com apenas um momento de hesitação.*

*O homem que comprou a nave tinha pele marrom e cabelos negros e disse que seu nome era Fardi, embora Ahsoka não houvesse perguntado. Foram suas filhas, ou talvez sobrinhas – não estava totalmente claro para Ahsoka o parentesco entre eles –, quem ela conheceu na pista de pouso. Elas tinham o mesmo tom de pele que Fardi, só que seus cabelos pretos e lustrosos eram longos o suficiente para penderem e completamente lisos. Elas conversaram sobre a cidade, sobre onde Ahsoka poderia encontrar comida e um lugar para ficar, e então ela perguntou se conheciam alguém que pudesse comprar sua nave por um preço razoável.*

*Ou pelo menos um preço quase razoável. Mas o negócio fez dela uma amiga, e também não era como se tivesse comprado a nave com seus próprios créditos, pra começo de conversa.*

*As garotas Fardi – ela descobriu que Fardi era o nome de família das irmãs – colocaram Ahsoka sob sua proteção, embora fosse pelo menos três anos mais velha do que a mais velha delas. Foram elas quem lhe mostraram a casa vazia que ela compraria e que lhe disseram quais estabelecimentos tinham os melhores preços. Depois que descobriram que Ahsoka poderia consertar droides, seu lugar estava assegurado no que ela começava a perceber que era uma pequena e organizada operação de contrabando. Com certeza, vários dos negócios dos Fardi eram legítimos, mas serviam principalmente de fachada para os menos legítimos. Ashla não fazia perguntas, então, eles gostavam de tê-la por perto. Em troca, ela ganhava um pouco de dinheiro e não precisava responder a nenhum questionamento sobre sua origem, o que considerava um acordo justo.*

*Por vários meses, Ahsoka havia entrado em uma espécie de estado de coma funcional. Recusava-se a sentir o que quer que fosse e não conversava muito com ninguém, mas conseguia lidar com as questões da vida cotidiana como se nada estivesse errado. Alguém que a conhecesse de fato não seria enganado por um instante sequer, mas ninguém a conhecia realmente, então, a mentira se sustentou. No fim das contas, ela era capaz inclusive de mentir para si mesma e acreditar que Ashla era uma pessoa de verdade. Gostava de ser útil e fazer parte de alguma coisa, e os negócios dos Fardi não envolviam derramamento de sangue, apenas dinheiro, assim, ela conseguia dormir à noite.*

*Dois meses antes do primeiro aniversário da ascensão de Palpatine como Imperador, Ahsoka testemunhou algo que quase mudou tudo. Ela estava no estaleiro, mexendo em um dos droides maiores que não era fácil de remover do local. Várias das crianças Fardi mais novas distraíam-se no local, o que não deveriam fazer, pois era perigoso. Ahsoka estava prestes a expulsá-las quando uma pilha de caixotes sobre os quais duas das meninas brincavam balançou e começou a desabar.*

*Mais tarde, quando pôde pensar a respeito, ficou feliz em notar que havia reagido instantaneamente, entrando em contato com a Força. O torpor que se empenhara tanto para preservar desde a Ordem 66 permanecia intacto, mas ela não observou em silêncio os caixotes caírem e as crianças gritando enquanto isso. Ela agira.*

*E, então, os gritos cessaram. Os caixotes pousaram suavemente no chão e as crianças da mesma forma pousaram em cima deles. As outras meninas ficaram apenas olhando, incapazes de entender o que havia acontecido, mas Ahsoka sabia. Ela se preparou para fugir. Olhou em volta e aí viu a pequena Hedala Fardi, nova demais para ser incluída na brincadeira, parada em pé não muito longe dos caixotes com uma expressão de fascínio estampada no rosto.*

*– Vocês sabem que não devem brincar aqui – disse Ahsoka, esperando evitar qualquer pergunta inconveniente que as crianças pudessem fazer. – Vocês quase foram esmagadas pelos caixotes que caíram. Isso não é jeito de uma Fardi morrer!*

*Ela estava certa ao apelar para o orgulho e medo da encrenca em que se meteriam se fossem pegas. As meninas fizeram Ahsoka jurar não entregá-las – por seu silêncio, exigiu delas uma quantidade razoável de doces, a única moeda de troca de que dispunham –, e, então, todas partiram correndo. Elas nunca mais mencionaram o incidente, e Ahsoka tinha quase certeza de que nem haviam notado o contato que tiveram com o fisicamente impossível.*

*Ela ficou de olho em Hedala depois disso. Tinha certeza de que a menina era a única que tinha visto e compreendido o que havia feito. Três dias depois, ela testemunhou, com certo horror, como Hedala, deixada sozinha pelas crianças mais velhas, movia despreocupadamente uma pequena pedra de um lado para o outro de uma porta sem tocar um dedo sequer nela.*

*Ahsoka deveria ter feito alguma coisa. Deveria ter contado à família da garota e ajudado a protegê-la do mundo. Mas ela não fazia ideia de como esconder do Império uma criança sensível à Força. Ela própria mal conseguia se esconder. Então, não fez nada. Disse a si mesma que pensaria em um plano, mas não o fez, ou pelo menos não se esforçou muito.*

*E, assim, era o Dia do Império e os Imperiais chegavam em maior número. Ahsoka poderia ter defendido suas convicções, poderia ter lutado contra eles, mas não podia enfrentar o Império todo. Quando as garotas Fardi a avisaram e ofereceram uma saída, aceitou sem pensar duas vezes. Não se lembrara de Hedala Fardi até estar em órbita, e aí já era tarde demais.*

# CAPÍTULO 11

KAEDEN SENTOU-SE de pernas cruzadas em cima de um caixote com um mapa de Raada aberto no colo e observou a irmã. Miara estava montando uma série de artefatos explosivos, todos com potências mais altas do que qualquer um dos choques que embutia nas fechaduras, e Kaeden ficou um pouco desgostosa com a facilidade com que Miara os armava. Ashla havia saído por uma hora mais ou menos, para buscar alguma coisa, dissera, e Miara aproveitou o tempo para construir bombas que estavam mais condizentes com as especificações de Hoban do que com as que Ashla havia sugerido.

– É uma boa combinação, eu acho – disse Miara enquanto trabalhava. Estava alheia ao desagrado da irmã, ou então o ignorava propositalmente. – As bombas de Ashla são boas para as articulações dos andadores Imperiais ou para arrombar portas. Mas as de Hoban abrirão caminho para nós aonde quer que precisemos ir.

– E se houver pessoas onde você for abrir caminho? – Kaeden questionou. – É como deixar solta a sua debulhadora, só que, em vez de plantações, pessoas é que serão cortadas.

Pela primeira vez, Miara hesitou. E sua expressão endureceu.

– Somos nós ou eles – disse. Ela não soava mais como uma menina de quatorze anos. – Kaeden, não temos escolha.

Kaeden ficou quieta. Havia passado algumas horas no dia anterior, depois que o turno delas terminara, tentando convencer Miara a desistir do plano de Hoban, mas de nada adiantou. Toda vez que tentava fazê-lo, Miara retrucava com o exemplo de alguma ocasião em que alguém em Raada as ajudara antes que tivessem idade suficiente para cuidarem de si próprias. Kaeden sentia cada uma dessas dívidas como um peso em volta do pescoço. Antes de ela ter idade suficiente para trabalhar em turnos completos, tinha sido a bondade e a generosidade que mantiveram as irmãs alimentadas e lhes possibilitou manter a casa da família, a mesma que os pais construíram quando decidiram se estabelecer em Raada. Não era muito, mas Kaeden gostava de preparar o café da manhã no fogão que seu pai usava e apreciava consertar as paredes que sua mãe havia levantado, mesmo que não fosse páreo para a mãe quando se tratava de habilidades de construção. Miara sabia como Kaeden se sentia e, pela primeira vez, foi absolutamente impiedosa ao aproveitar-se disso contra ela. No momento em que Kaeden desistiu e foi para a cama, era ela própria quem quase havia mudado de ideia. Então, sonhara com Tibbola sendo executado; só que era Vartan levando um tiro em seu lugar, depois Miara, e, por fim, Ashla, enquanto Kaeden era forçada a assistir.

Pela manhã, estava abalada e em conflito, e, acima de tudo, imprestável. Não contou a Ashla o que os outros estavam aprontando e também não ajudou muito Miara, apesar dos olhares feios que a irmã lhe dirigia. Em vez disso, ficou encarando o mapa a maior parte do tempo e esperando que ninguém lhe fizesse perguntas para as quais não queria dar respostas.

Funcionara muito bem nas primeiras horas. Ela e Ashla não podiam incluir marcações no mapa, para o caso de ele cair em mãos erradas, dissera Ashla, mas elas discutiram onde se localizavam as cavernas que Ashla havia encontrado e onde poderiam montar um acampamento grande o bastante para abrigar todas as pessoas que Vartan estava recrutando sob o disfarce de reuniões no campo. Então, tudo o que Kaeden tinha que fazer era memorizá-lo, e ela o fazia ostensivamente enquanto Ashla estava fora em sua misteriosa missão.

– Aonde você acha que ela foi? – Miara perguntou. Kaeden esperava que a irmã estivesse tentando mudar de assunto e estava mais do que feliz em contribuir com isso.

– Não faço ideia – respondeu. Ela apontou para o mapa. – Este é o sistema de cavernas principal. Existem túneis para outras, mas a maioria é pequena demais para fazer passar os equipamentos. Eles são grandes o bastante apenas para uma pessoa com uma mochila pequena. Talvez ela tenha ido buscar algo de uma dessas cavernas para trazer para esta. Conversamos sobre uma porta ou, mais provavelmente, uma cobertura para a entrada para ocultá-la um pouco.

– Uma porta seria uma boa ideia – disse Miara. – Eu posso protegê-la, se conseguirmos instalá-la.

– Há também os estoques dela – disse Kaeden. – Eu sei que ela tem estoques particulares, porque a nave dela ainda está por aí em algum lugar, mas ela tem um para nós também, aquele que montou com Selda.

– Eu queria que ela nos contasse onde está a nave dela – comentou Miara.

– E eu queria que você contasse a ela sobre as bombas – respondeu Kaeden. – Mas você não vai contar, então, pare de reclamar.

– Só não sei por que ela está tão ávida por ajudar – disse Miara, repetindo o discurso de Neera na noite anterior. – Ela pode ir embora a hora que quiser.

– Você quer que ela vá? – Kaeden perguntou, quase desafiando a irmã a verbalizar o escárnio sobre os sentimentos de Miara por Ashla que até agora haviam ficado implícitos. Miara não mordeu a isca.

– Claro que não – respondeu. – Ela sabe mais sobre esse tipo de coisa do que qualquer outra pessoa em Raada. Eu só quero que ela nos conte como aprendeu.

– Bem – disse Kaeden. – Dê a ela talvez um pouco mais de tempo. Acho que o que aconteceu com ela foi muito ruim, por isso não quer falar nada ainda.

Miara fez um som evasivo e retornou para as complexidades de seu trabalho de engenharia. Kaeden deslizou um dedo ao longo de uma linha no mapa, que demarcava uma ravina íngreme. Era lá que ela esconderia uma nave, se tivesse uma para esconder. Mas decidiu não compartilhar essa informação com Miara.

Ashla apareceu na entrada da caverna, sobressaltando ambas as garotas. Trazia uma mochila tão volumosa que Kaeden não imaginava nem como fora capaz de carregá-la. Ashla não tinha ombros largos como Neera, não era alta como Vartan e nem acumulava anos de experiência trabalhando nos campos para consolidar sua força. Mas de alguma forma ela obviamente era muito forte, mesmo parecendo delicada. Talvez fosse um lance dos Togruta. Kaeden não sabia muito sobre a fisiologia deles, mas gostou.

– Aqui estão todos os suprimentos que eu havia armazenado na primeira caverna que encontrei. – A mochila produziu um estrondo quando Ahsoka a largou. – Comecei a prepará-los antes de saber que iria compartilhá-los. Mas provavelmente é melhor guardar tudo em um só lugar.

Miara estava prestes a tecer um comentário mordaz sobre a nave, mas Kaeden a interrompeu antes que pudesse fazê-lo.

– Por que você montou um estoque assim que chegou aqui? – ela questionou. – Ainda não havia Imperiais.

– Força do hábito – esclareceu Ashla. Ela tentou fazer parecer uma piada, mas havia algo mortalmente sério em seus olhos. – Eu ainda não tinha certeza se a casa era segura, mas agora já sei.

Kaeden levantou-se para ajudá-la a descarregar, e elas passaram as duas horas seguintes organizando para onde deveriam direcionar os suprimentos médicos e tentando ativar um conversor de energia que parecia mais velho do que as três juntas.

– O que é isso? – Miara perguntou quando elas se acomodaram com um pacote de ração cada e um cantil de água para passarem entre si.

Ashla segurava uma pequena bolsa de pano. Kaeden a tinha visto apanhá-la do monte maior no início da tarde, mas não dissera nada.

– Ah, são apenas algumas quinquilharias que coletei – respondeu, abrindo a bolsa para que Miara pudesse espiar em seu interior.

– Tem um monte de sucata aí dentro – disse Miara com desdém. – Quero dizer, não posso usar nada disso. As peças nem se encaixam.

– É só uma coisa que eu tenho o hábito de fazer – explicou Ashla. Havia um tom estranho em sua voz, uma mistura de atitude defensiva e nostalgia que Kaeden achou que também conhecia.

– Nossa mãe era assim – contou Kaeden. – Sempre estava com os bolsos cheios de tralhas que achava por aí. Isso deixava nosso pai maluco, as coisas que ele encontrava quando lavava as roupas.

– Eles costumavam brigar por causa disso – disse Miara. – Mas no bom sentido, sabe?

Kaeden percebeu que era muito provável que Ashla não soubesse, mas era uma questão sobre a qual não resistiu perguntar.

– Seus pais discutiam? – ela quis saber. – Os adotivos, quero dizer.

Um sorriso lento surgiu no rosto de Ashla, curvando primeiro um lado da boca e depois o outro. Seja lá do que estivesse se lembrando, dava para Kaeden ver que era algo bom.

– O tempo todo – disse Ashla, quase como se estivesse falando sozinha.

Miara começou a contar uma história sobre os pais, um pequeno acoplamento de energia, e o sinal que soou para marcar a mudança de turno. Era uma história que Kaeden recordava bem, então, apenas prestou atenção parcialmente enquanto a irmã a narrava. O restante de sua atenção estava voltado para o que ela faria em seguida: se ouviria o conselho de Ashla ou seguiria a irmã e sua equipe. Ela sabia que não podia abandonar Miara, mas muito do que Ashla sugerira pareceu uma boa ideia. No fim das contas, ela chegou a um consenso que se adequava aos dois lados de sua consciência em conflito. Seguiria Miara e ouviria atentamente o que Hoban planejava. Se Vartan considerasse que era uma boa ideia, ela concordaria, mas, assim que as coisas saíssem do controle, procuraria Ashla e lhe contaria tudo. A solução não era perfeita, mas conseguiria conviver com ela, e Kaeden era boa em conviver.

– Por que você está com um ar tão sério? – Miara perguntou quando a irmã não riu da parte engraçada da história. Ashla ria, o que pelo menos fez Kaeden sorrir.

– Desculpe – disse ela. – Estou cansada e um pouco preocupada com tudo isso. – Ela gesticulou para a caverna de forma abrangente, mas sabia que sua irmã interpretaria o movimento de modo diferente do de Ashla.

– Devemos descansar um pouco – sugeriu Ashla. – Temos mais alguns dias aqui pela frente, e todas as tarefas exigem atenção aos detalhes.

O chão da caverna era duro, mas elas conseguiram montar um espaço para dormir em uma parte plana onde nenhuma pedra se projetava do chão.

– Camas de campanha – Ashla refletiu enquanto desdobrava um cobertor. – Mas não tenho ideia de como as transportaremos para cá.

– Selda surgirá com alguma ideia – disse Kaeden, e elas se deitaram para dormir.

Nos dois dias que se seguiram, Miara montou explosivos de acordo com as especificações de Ahsoka. Foram necessárias mais peças do que ela esperava, mas fabricação de armas nunca foi seu ponto forte. Enquanto Miara trabalhava, Ahsoka e Kaeden instalaram a porta, usando uma velha escotilha de metal que Selda deu um jeito de conseguir e uma solda que entrava em curto-circuito nos momentos mais inoportunos. Assim elas desmoronaram cuidadosamente a maioria das outras entradas da caverna. Deixaram algumas intactas, as que estavam mais escondidas de vista e as que tinham um ângulo de visão que dava direto para o assentamento. Era arriscado, mas Ahsoka decidiu que a entrada era estrategicamente necessária. Não havia vantagem alguma em levantar um acampamento se não pudessem usá-lo também como posto de vigia.

No quarto dia, retornaram à cidade no momento em que o sol se punha. Kaeden e Miara foram direto para casa, pois teriam que se apresentar nos campos no dia seguinte, mas Ahsoka foi ao Selda's para se encontrar com Vartan. Durante uma partida de crokin, que Ahsoka perdia com impressionante incompetência para o jogo superior de Vartan, o líder da equipe descreveu como havia sido o seu trabalho.

– Escolhi os outros líderes de equipe com cuidado – informou ele. – Não apenas os que estão em Raada há mais tempo, mas os que trabalham com as mesmas equipes há mais tempo.

Ahsoka deu um peteleco no seu disco e errou. Era um jogo difícil quando ela não conseguia exercer todas as suas habilidades ao máximo.

– Eu observei os stormtroopers e vi que eles têm unidades e grupos de patrulha. Achei que faria sentido manter-nos organizados também, e já temos equipes com as quais estamos acostumados a trabalhar, então, foi assim que recrutei as pessoas -- prosseguiu Vartan. – Funcionou bem.

– Quantas pessoas? – perguntou Ahsoka. Vartan encaixou outro disco no centro do tabuleiro e seus pontos apareceram em luzes piscando no placar.

– Oito equipes, incluindo a nossa – respondeu Vartan.

– Então, isso dá cerca de quarenta pessoas, se levarmos em conta acréscimos como você e perdas como Malat e o marido.

Não houve amargura quando ele mencionou Malat, embora ela estivesse na equipe dele há mais tempo do que qualquer um dos outros. Ahsoka sabia que Malat havia tentado dar um jeito para que Kaeden e Miara fossem com sua família, mas não achava que alguém tivesse contado às garotas. No fim das contas, não dera em nada, mas ela sabia que Vartan apreciara o esforço.

– Tenho que ir para casa – disse Ahsoka. – Está mais tarde do que eu pensava e estou fora da cidade há tanto tempo que alguém pode ter notado. Amanhã faremos um relatório completo.

– Tenha cuidado – disse Vartan.

Ela respondeu da mesma forma e partiu, com uma breve pausa para se despedir de Selda enquanto passava pelo bar.

Ela não viu Hoban, sentado no canto oposto. Ele a observou ir embora e depois se inclinou para a frente para chamar a atenção de Vartan. O homem mais velho assentiu, e Hoban levantou-se para dar andamento aos próprios planos.

# CAPÍTULO 12

AHSOKA PULOU O MURO dos fundos do estaleiro e ajeitou o capuz para que pudesse puxá-lo sobre o rosto. Selda havia lhe arranjado um novo que se ajustava melhor. Era também de uma cor mais escura, o que a ajudava a se misturar com a noite. Miara, Neera e um jovem Rodiano chamado Kolvin, de outra equipe, acompanhavam-na. Ahsoka estava ostensivamente no comando, Miara era necessária para acrescentar os toques finais nos explosivos, Neera havia sido escolhida por pensar rápido e Kolvin fora incluído por ser um escalador ágil.

Todos usavam capuzes como o de Ahsoka para ocultá-los das câmeras de vigilância e se deslocavam com passos leves, procurando fazer o mínimo de barulho possível.

Essa parte do estaleiro havia sido confiscada pelos Imperiais para servir de local para organizar seus andadores. Ahsoka os viu sendo descarregados quando a ocupação teve início, mas levou alguns dias para Vartan descobrir seus modelos exatos e onde os Imperiais haviam decidido mantê-los. Depois disso, foi relativamente fácil para Ahsoka planejar seu primeiro ataque.

Eles aguardaram sob a sombra do muro até a patrulha Imperial aparecer. Sabiam que o estaleiro inteiro era vigiado por apenas meia dúzia de stormtroopers e que o muro dos fundos por onde haviam escalado era considerado inexpugnável.

– Que falta de imaginação... – murmurou Vartan quando Ahsoka lhe passou as informações. Em seguida, eles se dedicaram a alterar os repulsores na parte de baixo das máquinas debulhadoras para ajudar Miara e Neera a escalarem.

Miara moveu sua mochila com muito cuidado. Ela não apenas precisava impedir que as peças produzissem ruídos, como também garantir que nenhum dos circuitos fosse ativado prematuramente. Embora fosse um trabalho meticuloso, Miara era infinitamente paciente com ele, apesar de estar inquieta em relação a outras coisas.

– Estamos prontos? – ela perguntou a Ahsoka, certificando-se de se aproximar da Togruta ao fazê-lo para que sua voz não fosse carregada pelo ar.

– Quero observar a patrulha algumas vezes – respondeu. – Essa pode ser a nossa única chance de invadir este local com facilidade, e devemos tirar vantagem disso.

– Ela está certa – disse Neera. – Acomodem-se, crianças.

Miara resmungou, mas fez o que lhe foi dito. Kolvin, que Ahsoka ainda não conhecia muito bem, obedeceu sem protestar, aparentemente acostumado tanto a esperar como a seguir ordens.

Passaram-se dez minutos até a patrulha voltar, os mesmos dois stormtroopers. Eles nem sequer entraram no estaleiro. Apenas apontaram seus holofotes por alguns instantes e seguiram em frente. Atrás dos caixotes, Ahsoka e os outros jamais correriam o risco de serem descobertos. Estava fácil demais, o que deixou Ahsoka nervosa. Ela afastou a sensação. Precisava se concentrar no que estava à sua frente e nada mais.

Eles aguardaram mais dez minutos e a patrulha retornou. Após prosseguirem, Neera se inclinou para perto de Ahsoka.

– Devemos ir agora. Os outros ficarão ansiosos aguardando o nosso retorno se não o fizermos.

Ahsoka assentiu. Eles eram agricultores, tinha que lembrar constantemente a si mesma. Ela já havia ajudado antes a treinar agricultores em Felucia para uma batalha contra piratas. Eles eram espertos e aprenderam rápido, mas continuaram não sendo soldados. Não possuíam a adaptabilidade ou paciência dos clones, e ela tivera que se lembrar de tratá-los de maneira diferente por causa disso. Havia aprendido muita coisa naquela missão que poderia usar em Raada agora.

– Tudo bem – disse. – Miara, me dê a sua mochila e me siga. Neera, você e Kolvin nos deem um tempinho e depois prossigam para instalar suas partes do explosivo.

Seus objetivos eram simples, como convinha à sua primeira missão de verdade. Miara havia construído vários dispositivos que ativaria no último minuto, e Ahsoka instalaria cada um deles nas articulações dos andadores. Então, Kolvin, que tinha mãos mais firmes que Ahsoka – já que ela não podia usar abertamente a Força – subiria com a segunda peça. Quando o líquido na metade de Kolvin começasse a se misturar com o líquido na de Ahsoka, ele se tornaria corrosivo o suficiente para derreter não apenas o explosivo, mas também a própria articulação do joelho.

– Se tivermos bastante sorte – Ahsoka havia dito a Vartan e Selda enquanto os outros escutavam –, os dispositivos serão totalmente corroídos e os Imperiais acharão que alguma coisa relativa ao clima de Raada é responsável pelos danos.

– Você acha mesmo? – Kaeden perguntou.

– Não – respondeu Ahsoka. – Ninguém tem tanta sorte assim. Mas podemos torcer pelo melhor.

O único problema com o plano era o fato de o líquido na metade do dispositivo de Ahsoka ser bastante corrosivo por si só. Ela teria que deixar Miara abrir a vedação dos dispositivos na base de todos os andadores e depois escalá-los com muito cuidado. Não era um bom lugar para se cometer erros.

Ahsoka acenou para Miara a fim de chamar sua atenção e apontou para o primeiro alvo deles. As duas se esgueiraram no escuro, deixando Neera e Kolvin para trás, esperando até que terminassem. As chances de serem apanhados eram pequenas, mas dividir-se em duplas significava que, se dois deles fossem pegos, os outros dois poderiam escapar.

Na base do primeiro andador, Miara depositou com cuidado o dispositivo na mão de Ahsoka. Isso limitava sua capacidade de escalar, o que a desacelerava, mas, por outro lado, os joelhos no andador não ficavam a uma altura muito elevada. Lembrou-se de treinar os rebeldes de Onderon para destruir armas Separatistas explorando suas fraquezas, e tentou não pensar muito no fato de que agora era ela quem estava explorando as vulnerabilidades no equipamento em que certa vez servira.

Ela posicionou os quatro primeiros explosivos sem incidentes. Se escutasse detidamente, poderia ouvir Neera e Kolvin trabalhando atrás deles, mas os dois estavam se saindo bem em não fazer barulho. A patrulha deveria regressar a qualquer momento, então, Ahsoka e Miara se agacharam atrás dos pés de um dos andadores, que as ocultaria dos holofotes que os soldados negligentemente empregavam. Ahsoka já estava segurando o próximo explosivo, pronta para subir assim que a barra estivesse limpa, mas notou algo diferente nele, mesmo no escuro. Não se tratava de um explosivo corrosivo. Era uma bomba de verdade.

– Miara, o que é isso? – ela sussurrou, depois de verificar se os Imperiais ainda não haviam retornado.

– Ah, desculpe   respondeu a garota. – Eu passci para você o explosivo errado. Devo ter embalado isso por acidente.

Miara falou como se não fosse nada sério, mas Ahsoka não podia deixar o assunto morrer tão facilmente. Ela não se lembrava de Miara montando esse tipo de explosivo, e certamente ele não estava incluído em nenhum dos planos que Ahsoka havia repassado com Vartan.

– Vocês estão planejando suas próprias operações sem mim? – questionou próximo ao ouvido de Miara, mas, antes que pudesse receber uma resposta, o holofote acendeu.

Ambas congelaram, e Ahsoka esperava que Neera e Kolvin estivessem igualmente ocultos. Desta vez, os stormtroopers entraram no estaleiro – deram apenas dois ou três passos, mas se aproximando o suficiente para ela se preparar para o pior. Escondida ao lado dela, Miara não ousava respirar, mas Ahsoka podia senti-la tremer. Pela primeira vez, Miara estava realmente assustada. Depois de mais alguns instantes de tensão, o holofote se apagou e os soldados seguiram em frente. Ahsoka colocou o explosivo mais perigoso em seu bolso e estendeu as mãos para receber o adequado. Miara o entregou sem pedir o outro de volta.

Elas não conversaram pelo restante da missão, não até que todos os explosivos estivessem instalados e Neera e Kolvin as alcançassem no outro extremo do estaleiro. Ahsoka já podia ouvir o som de suportes de metal cedendo, esforçando-se para permanecer em pé, e sabia que eles haviam executado corretamente a sua tarefa.

– Vamos voltar para o Selda's – ordenou.

Neera lançou-lhe um olhar surpreso. Não era esse o plano. Ahsoka não lhes deu tempo para protestar. Ela liderou o caminho de volta por cima do muro e depois desceu as ruas sem iluminação até a cantina.

Havia mais pessoas lá dentro do que deveria, Ahsoka percebeu, mas pelo menos estavam afastadas das janelas. Ela irrompeu pela porta da frente.

– Agora! – Vartan pôs-se de pé num pulo, um blaster em sua mão. Houve o som de várias cadeiras sendo arrastadas para trás quando outros se levantaram rápido também. – Esperem, esperem – disse. – Eles são nossos amigos. Baixem as armas.

Algo estava muito errado. Kaeden não estava lá. Ahsoka não podia imaginar que estivesse em casa se Vartan estava na cantina. E, no entanto, se estivesse presente, teria corrido na direção de Miara imediatamente. Pior ainda: Kaeden não era a única pessoa faltando.

– Onde está Hoban? – Ahsoka exigiu saber.

Não houve resposta imediata. Neera desabou em uma cadeira e gesticulou para Vartan como se dissesse: *Agora é problema seu, chefe*, então, Ahsoka voltou sua atenção para ele. Ela calculou mentalmente quem não estava presente. Tratava-se de metade dos recrutas de

Vartan. Ele misturara as equipes. Os mais velhos, os mais *lentos*, estavam todos lá. Os que podiam correr tinham sumido.

Adotando sua expressão mais feroz, Ahsoka puxou a cadeira em frente ao lugar onde Vartan estava de pé e os dois se sentaram. Ele se inclinou para trás o máximo que conseguiu, com medo dela, embora segurasse um blaster e ela estivesse, ao que parecia, desarmada. Quando Ahsoka enfiou a mão no bolso para pegar o explosivo de Miara e o depositou sobre a mesa, ele se encolheu como se ela o houvesse golpeado. A Togruta não se importou. Kaeden estava lá fora, fazendo alguma coisa estúpida, e Ahsoka não sabia se seria capaz de consertar as coisas.

– Deixe-me ver se entendi o que está acontecendo – disse ela. – Vocês acharam que eu estaria distraída com a operação dos andadores e que seria um bom momento para executarem sua própria missão.

Ninguém disse coisa alguma. Ela não tinha certeza se sequer ainda estavam respirando.

– Vocês escolheram um alvo. O prédio da administração, talvez? Espero que não seja o quartel. – Vartan encolheu-se novamente, e ela sabia que seu palpite estava certo. – Você os enviou, suas próprias equipes, para instalar explosivos.

– Tínhamos que fazer alguma coisa. – Era a líder da equipe de Kolvin quem se pronunciava. Ahsoka não sabia o nome da mulher. – Nós não podemos simplesmente ficar sentados aqui.

– A qualquer momento, um par de stormtroopers descobrirá que seus andadores estão danificados – disse Ahsoka. – Todos os seus andadores. E vão disparar um alarme, o que acordará todos os outros troopers. E para onde vocês acham que esses soldados irão para receberem suas ordens?

Miara ofegou e tentou fugir pela porta. Selda a segurou e a conteve até que ela parou de se debater contra ele.

– Nós não sabíamos – disse Vartan.

– Vocês nem tentaram – repreendeu Ahsoka. – No que estavam pensando?

– Podemos ir ajudá-los – disse a líder da equipe de Kolvin.

– Não – ordenou Ahsoka. – Agora, vocês vão me ouvir. Todos que estão aqui têm que ir para casa. Agora mesmo. Se alguém lhes perguntar, neguem qualquer conhecimento do que aconteceu esta noite. Mintam.

– Não podemos deixá-los – protestou Vartan.

– Vocês precisam – disse Ahsoka. – Ou todos os membros do nosso grupo vão acabar presos, mortos ou em fuga hoje à noite mesmo. Precisamos de gente nossa na cidade.

– Ela tem razão – interveio Selda. Seu tom de voz não admitia contestação, e ele não recebeu nenhuma. Ele apontou para a porta. – E acho que o bar está fechado.

– Eu não vou para casa – disse Miara, abrindo caminho por entre o grupo para se postar ao lado de Ahsoka. – Sinto muito, Ashla, sinto muito. Ela é tudo que tenho.

Ahsoka olhou para Vartan, que conduzia as pessoas pela porta com a ajuda de Selda, e depois encarou Neera. Ahsoka percebeu que ela estava tão determinada quanto Miara.

– Tudo bem – concordou Ahsoka. – Mas vocês farão tudo o que eu lhes disser para fazer.

Ambas assentiram.

– E tragam os explosivos.

# CAPÍTULO 13

DISCRIÇÃO ERA INVIÁVEL, então, simplesmente tiveram que sair e meter a cara. As ruas estavam praticamente desertas, devido ao toque de recolher. Ahsoka e as outras estavam quase na metade do caminho para o complexo Imperial quando os alarmes soaram. Os stormtroopers demoraram um tempo para identificar os danos causados aos andadores. Eram boas notícias, até onde Ahsoka sabia. Qualquer coisa que lhes proporcionasse mais tempo era boa notícia.

Enquanto corria, ela deixou de lado a raiva. Não lhe ajudaria em nada no próximo confronto. Também deixou de lado seu desespero para se certificar de que Kaeden estava bem e todo pensamento sobre seus fracassos ao longo do último ano. Concentrou-se em seus pontos fortes: sua velocidade, adaptabilidade e familiaridade com táticas militares. Era isso que lhes permitiria vencer a situação.

Estavam a um quarteirão do complexo quando a primeira explosão as colocou em estado de alerta. Ahsoka olhou para Miara com certa surpresa. Ela não fazia ideia de que a garota era capaz de montar algo tão potente.

– Não foi uma das minhas! – Miara apressou-se em esclarecer. – Eles devem ter encontrado outra coisa. Ou é isso ou...

Ela se deteve, não querendo verbalizar a outra opção.

Ahsoka gesticulou para as duas se aproximarem. Elas estavam abrigadas atrás do último edifício não Imperial antes de ficarem expostas à artilharia. E precisavam obter mais informações antes de entrar na briga. Depois que dobrassem a esquina, ficariam à vista e não teriam mais tempo para conferenciar.

– Contem-me tudo sobre o plano – disse ela. – Números, objetivos, todos os detalhes. Rapidamente.

– Hoban dividiu o grupo em três, um para cada porta – explicou Neera. – Todos eles têm explosivos, e a maioria tem blasters também.

– Onde vocês conseguiram os blasters? – Ahsoka quis saber.

– Por aí – respondeu Neera. – Vartan disse que a maioria deles está em péssimas condições, mas farão o seu trabalho, pelo menos por um tempo.

– Espero que seja tempo suficiente – observou Ahsoka.

Elas caminharam com cautela pelo último quarteirão, mesmo sem encontrar resistência. Os Imperiais deveriam estar ocupados com os outros. Não era exatamente um pensamento animador.

– Miara, você consegue localizar novamente as cavernas no escuro? – Ahsoka perguntou quando pararam mais uma vez. Ela esticou a cabeça ao redor da esquina, deu uma espiada para ver como a batalha estava se desenrolando, e depois se virou para as companheiras para concluir o plano.

– Sim – respondeu Miara. Ela parecia segura.

– Então, você aguarda aqui – instruiu Ahsoka. Miara começou a protestar, mas ela levantou a mão. – Essa é uma daquelas coisas sobre as quais eu disse que vocês teriam que me obedecer, entendeu? Você espera aqui, e Neera começará a encaminhar o nosso pessoal na sua direção. Diga-lhes onde devem se reunir nos limites da cidade. Não no Selda's. Escolha um lugar aleatório. Então, leve todos para as cavernas o mais rápido e silenciosamente possível.

– Neera, você vem comigo. Há uma fileira de tanques Imperiais apontada para longe do complexo. Eles devem tê-los preparado para defesa e ainda não tiveram tempo de virá-los. Vou inutilizar o maior número deles que conseguir. Você vai até as portas da lateral esquerda do complexo e tira essas pessoas de lá. Como não estão sendo tão atacadas, devem conseguir escapar mais facilmente. – Neera assentiu. – Se você conseguir chegar às portas da lateral direita, tente isso também, mas, se não puder, deixe-as lá, entendeu?

– Onde está Hoban? – Neera perguntou, percebendo astutamente que Ahsoka havia omitido essa informação.

– Eu não o vi – respondeu Ahsoka. – Sinto muito, mas você também precisa se concentrar.

– Eu entendo – resignou-se Neera.

– O que você vai fazer, Ashla? – Miara perguntou. Pela primeira vez, ela soou como uma criança.

– Vou para a entrada principal – respondeu. – O grosso da batalha acontece lá, mas talvez eu tenha condições de ajudar o tempo necessário para que o nosso pessoal recue.

– De onde você surgiu? – Neera quis saber. Ela não parecia estar esperando por uma resposta, mas Ahsoka decidiu oferecer-lhe uma. Era bem provável que descobrissem em breve.

– Das Guerras Clônicas – revelou. – Eu lutei nas Guerras Clônicas.

Ela não forneceu mais detalhes. Deixou-as pensar que fazia parte de uma milícia planetária. Tinha certeza de que era isso que Selda e Vartan já pensavam. E nem chegavam a estar errados. Ela *fizera* mesmo parte de uma milícia planetária. Mas ela também fizera parte de outra coisa.

Houve outra explosão. Não podiam aguardar mais.

– Você está pronta? – perguntou a Neera.

Neera segurava numa das mãos o blaster que havia recebido de Vartan e, na outra, alguns explosivos. Ahsoka carregava a maior parte dos artefatos, porque ela própria não carregava nenhum blaster. Tinha certeza de que conseguiria obter um após alguns minutos de batalha.

– Boa sorte – disse ela a Miara. A garota mais jovem engoliu em seco e agachou-se para esperar.

Neera e Ahsoka se viraram e correram para o pátio.

A avaliação tática inicial de Ahsoka foi imediata, instintiva e nem um pouco promissora. Agora que conseguia visualizar todo o complexo de uma só vez, não se tornou mais otimista. Ela os advertira de que esse tipo de ataque era uma péssima ideia, exatamente por este motivo: os agricultores estavam em menor número e ela ainda não tinha certeza do que estavam enfrentando. Mas eles não lhe deram ouvidos. Agora, tinha de deixá-los à própria sorte ou ir em seu socorro. Não havia opção, na verdade. A única vantagem que tinha era o fato de estarem enfrentando os novos stormtroopers do Império, não os formidáveis clones. Ela não podia usar a Força para algo tão espalhafatoso como desviar de disparos de blaster, mas podia pular e correr, e isso teria que bastar.

A maioria de seus amigos já havia se retirado e Neera os estava reunindo. A lateral esquerda estava sendo liberada e até os combatentes da lateral direita começavam a recuar agora que sabiam de suas opções. Foi a tentativa desastrosa de tomar o portão da frente do complexo Imperial que estava causando o maior problema. Terminara quase antes de começar. Como Ahsoka havia suspeitado, a artilharia pesada era demais para os agricultores enfrentarem, mal equipados como estavam, mesmo contando com o elemento surpresa e os explosivos de Miara para dar-lhes suporte. Os cinco que permaneciam vivos haviam sido encurralados com os reforços Imperiais em solo se aproximando. Através da fumaça, Ahsoka pôde ver Hoban e Kaeden agachados entre os sobreviventes. Não lhes restava muito tempo e ela era sua única esperança.

Ahsoka avançou com cautela, mantendo-se abaixada o máximo possível para representar um alvo mínimo para as armas que guarneciam as paredes do complexo. Ela estava longe o bastante para que os troopers não pudessem atingi-la com a mesma facilidade com que atingiam seus amigos, e não queria chamar atenção até que fosse forçada a fazê-lo. Escutou atentamente para ver se havia caças chegando, mas não conseguiu ouvir nada com o barulho da batalha e o martelar do próprio coração.

– Estou mesmo enferrujada – disse ela, falando como costumava fazer com os antigos companheiros que já não estavam mais com ela. Falava por força do hábito, entrando na brincadeira tão facilmente quanto fez um balanço de seu entorno, mesmo que não houvesse mais ninguém com quem gracejar. Ela balançou a cabeça e voltou a se concentrar: não era hora de se perder no passado. Havia muitas pessoas, pessoas vivas, que precisavam dela naquele momento.

Permanecendo atrás da fileira de tanques Imperiais, Ahsoka instalou explosivos em cada um dos que podia alcançar. Aparentemente, um fim de mundo como Raada não merecia armas totalmente novas, e ela conhecia esses veículos como a palma de sua mão, do tempo das Guerras Clônicas. Os explosivos não destruiriam por completo os tanques, mas os deixariam sem poder se deslocar, e Ahsoka precisava de toda a ajuda que pudesse obter. As explosões começaram no momento em que saltou para longe do último tanque, rendendo a seus amigos um alívio momentâneo do bombardeio que sofriam.

– Por aqui! – ela gritou, acenando-lhes para que viessem em sua direção e ela pudesse guiá-los para a questionável segurança das colinas. Pelo menos, seria mais difícil para os caças manobrarem naquele terreno.

Os cinco sobreviventes obedeceram, mas três deles estavam feridos, e isso os retardava. Não conseguiram ir muito longe antes que os stormtroopers do complexo os alcançassem. Ahsoka enfrentou um deles em um combate corpo a corpo, derrubando-o com um chute violento na barriga e mantendo-o no chão com um golpe na cabeça. Kaeden testemunhou a cena boquiaberta, mas Ahsoka não tinha tempo para explicações. Ela apanhou o blaster do stormtrooper caído e fez o possível para dar cobertura à retirada dos amigos com a arma recém-conquistada. Apesar de seus esforços, a distância entre os Imperiais e eles continuava encolhendo.

– Deixe-nos! – gritou Kaeden. Ela amparava Hoban, embora ele tivesse o dobro do seu tamanho, que estava sangrando por um corte na testa. – Você nos disse para não entrar nisso. E não é justo que você pague pelo nosso erro.

– Isso não é uma opção! – Ahsoka gritou de volta.

Qualquer outra coisa que Kaeden pudesse ter dito foi abafada por uma enorme explosão diante deles. Uma cratera se abriu, provocada por um dos tanques que ainda possuía uma arma em funcionamento. Levaria muito tempo para contornar o buraco fumegante no chão e, se caíssem nele, era morte na certa.

– Parados – disse o stormtrooper mais próximo.

– É o nosso dia de sorte – disse Hoban sarcasticamente enquanto Ahsoka baixava a arma. – Eles querem prisioneiros.

Ela não teve coragem de lhe dizer que o mais provável era que os stormtroopers quisessem alvos mais fáceis. Com efeito, quando se virou, se deparou com uma fileira de blasters e nenhum sinal de misericórdia.

Numa situação como essa, Obi-Wan teria sacado uma tirada espirituosa, algo que contrastaria com o perigo do momento, e confundiria seus adversários, fazendo-os duvidarem de si mesmos. Anakin nem teria se rendido, para início de conversa. Ahsoka geralmente ficava dividida entre as duas diferentes abordagens, mas agora não podia se dar ao luxo de ponderar.

Hoban se lançou na direção da formação de stormtroopers. Era inútil, mas Ahsoka não conseguiu detê-lo. Ouviu Neera gritando atrás dela, mas o som foi abafado pelo barulho estridente dos blasters Imperiais quando despedaçaram Hoban à queima-roupa. Quando ele morreu, houve um horrível momento de silêncio. Alguém devia ter calado Neera, ou a arrastado para bastante longe, de modo que Ahsoka não conseguia mais ouvi-la.

Então, a tenente Imperial ergueu a mão, dando a ordem para dispararem, e Ahsoka levantou a dela ao mesmo tempo. Desde que começara a ajudar os Raadianos a se organizarem, ela havia usado a Força apenas para pressentir amigos e evitar inimigos. Tinha sido cuidadosa, contivera-se, certificando-se de que não fosse detectada. Essa cautela agora se fora. Pela primeira vez em muito tempo, sentiu todo o poder da Força fluir através de si e o acolheu.

Blasters voaram para trás no ar, alguns inclusive arrastando os stormtroopers que os empunhavam. O metal estalou quando foi entortado e arremessado para longe dela e de seus amigos, e até o chão pareceu sofrer um deslocamento quando Ahsoka empurrou a linha de fogo Imperial para trás. A tenente fitou-a com surpresa, boquiaberta, cambaleando como se alguém a houvesse atingido no rosto.

– Ashla! – Kaeden também a encarava, e foi aí que Ahsoka percebeu exatamente o que havia feito.

– Corra agora – disse ela. – Fale depois.

Os Raadianos fizeram o que lhes foi ordenado, rumando para as colinas. Ahsoka ficou para trás. Com seu disfarce completamente arruinado, ela não hesitou em continuar a desviar a artilharia pesada apontada para eles. Demorou mais tempo do que gostaria e ela só podia imaginar o espetáculo que proporcionara, mas, no fim das contas, ela e os agricultores alcançaram a segurança temporária das colinas e da caverna onde poderiam se esconder até que tivessem um plano melhor.

Assim que Ahsoka entrou na caverna, todos os olhares se voltaram para ela. Kaeden, que estava sentada ao lado da irmã em uma cama de campanha, virou-se e caminhou decidida até ela.

– E aí – disse ela, os olhos brilhando de raiva –, tem alguma coisa que você queira nos contar?

# CAPÍTULO 14

ISSO AINDA PODERIA ser controlado. Consertado. Jenneth poderia refazer seus cálculos, levando em conta suas novas variáveis, e encontrar uma solução viável. Ele só precisava saber quais recursos estavam disponíveis no momento. Acessou os relatórios do incidente que os oficiais Imperiais já haviam inserido no sistema e os leu rapidamente a fim de começar suas extrapolações.

A perda dos andadores fora dura. Eram mais novos do que os tanques, construídos na época da ascensão do

Império, e muito mais adequados para patrulhar, porque eram operados por equipes menores e cobriam mais terreno. Sem eles, os stormtroopers teriam que efetuar buscas a pé enquanto os tanques estavam sendo reparados. Pelo menos as torres de armas ainda funcionavam. O complexo Imperial não estava indefeso.

O que ele realmente precisava era de mais unidades de stormtroopers. Embora não fossem adequados para o trabalho nas plantações, seriam mais do que capazes de supervisionar a mão de obra local. O plano inicial tinha sido bem implementado, mas era hora de medidas mais rígidas. O toque de recolher, instituído de forma negligente, seria rigorosamente monitorado e aqueles que o desobedecessem seriam punidos. Em plena luz do dia. De preferência no centro da cidade. Ele também teria que garantir que os líderes fossem presos. Eles não seriam executados – isso apenas deixaria os agricultores ainda mais furiosos –, mas a tortura pública e o sofrimento visível fariam maravilhas para abalar o moral.

Jenneth conseguia lidar com isso.

Agora, aquilo com que ele não conseguia lidar era também seu maior problema. Não havia testemunhado o ataque – na verdade, estava dormindo enquanto ocorria –, mas havia relatórios demais que corroboravam o acontecido para ele simplesmente o ignorar. Havia uma usuária da Força no levante. Ela aparecera do nada e, de acordo com todos os relatos, era muito poderosa. Já tinha idade para ter recebido o treinamento Jedi. Jenneth queria zombar, descartar a ideia. Todos os Jedi estavam mortos. E, mesmo que alguns houvessem escapado, por que raios na galáxia um deles surgiria em um fim de mundo como Raada?

Ele remoeu o cálculo na cabeça e encontrou a resposta. A Jedi estava ali *justamente* porque era um fim de mundo. Ela achou que o Império não viria a Raada, e ele, Jenneth Pilar, a surpreendera. Isso o fez se sentir muito melhor a respeito da coisa toda.

Ele não fazia ideia de como denunciar um suposto Jedi. Deixaria a comandante Imperial cuidar disso. Tinha apenas que enviar seu novo relatório com a análise e oferecer suas sugestões o mais rápido possível para manter sua boa reputação.

Jenneth tocou seu datapad, abrindo uma tela em branco, e começou a inserir suas novas informações e providências.

No fim, eles tiveram que sedar Neera para impedir que ela se machucasse. Ahsoka a cobriu com um cobertor, colocou as mãos de Neera por baixo dele e verificou sua respiração. Ela inspirava e expirava pacificamente, no ritmo adequado. Não seria uma solução de longo prazo, mas, por enquanto, eles precisavam de silêncio e tempo para pensar. E Ahsoka tinha algumas explicações a dar.

Ela se sentou à mesa onde Kaeden e Miara montavam mais explosivos. Nenhuma das irmãs dispensou-lhe um único olhar, nem mesmo um olhar fuzilante. Ahsoka suspirou. Isso não seria fácil.

– Meu nome verdadeiro é Ahsoka Tano – disse ela. – Lamento não ter lhes contado.

Ahsoka sempre achou melhor começar de trás para a frente, com o pedido de desculpas primeiro e por último a explicação. Era algo que Anakin nunca havia dominado.

– Não é muito seguro ser como eu – prosseguiu ela. – O Império paga generosamente pelos Jedi e não tem miscricórdia.

– Nós percebemos – disse Miara num tom malcriado. Ela ainda não lhe dirigia o olhar, mas suas mãos tremiam de raiva, e provavelmente de medo.

– Eu nunca quis colocar nenhum de vocês em perigo

– Ahsoka continuou. – Não achei que alguém fosse descobrir, e esperava que isso os mantivesse seguros.

– Seguros? – Kaeden disse. Ela desistiu de fingir que estava trabalhando e olhou Ahsoka bem nos olhos. – Não estamos bravas porque a sua existência nos colocou em perigo, Ash... Ahsoka. Estamos com raiva porque você não fez tudo o que podia para nos ajudar antes.

A sensação era de ser golpeada no rosto por Kaeden. Ahsoka havia feito tudo em que pudera pensar. Encontrara um lugar para se esconderem. Armazenara comida, água e suprimentos médicos. Ela os havia ajudado a se organizar.

Mas ela não usara a Força para salvar Hoban.

– Kaeden – ela disse da forma mais gentil que conseguiu –, até mesmo um Jedi tem os seus limites. E juro que fiz o melhor que pude para ajudar seus amigos e sua família.

– O que você sabe sobre família? – Kaeden retrucou. – Você nunca teve uma. E provavelmente nunca teve amigos, também. Apenas clones que tinham de fazer tudo o que você mandava, porque você era a oficial superior deles.

Ela partiu indignada antes que Ahsoka pudesse pensar em uma resposta. Miara recolheu acintosamente todas as peças em que estava trabalhando e as transferiu para outra mesa, deixando Ahsoka sozinha. Ninguém olhava ou falava com ela, embora, com exceção das garotas, os fazendeiros parecessem mais exaustos e assustados do que zangados. Ahsoka levantou-se e deixou a caverna principal. Ela rastejou pelo túnel que conduzia a uma das outras câmaras, aquela com a entrada que dava para a cidade, e sentou-se ali, sozinha, olhando para as luzes.

– Nós tomamos uma peça, vocês tomam uma peça – disse ela baixinho. Não sabia ao certo por que pensar no tabuleiro de crokin ajudava. Ela sempre foi capaz de visualizar táticas em termos simples antes. Decidiu que a diferença residia em seus companheiros. Os clones conheciam a batalha. Estava em seu sangue. Os agricultores conheciam crokin. Era a maneira mais fácil que lhe ocorrera para explicar isso para eles, e agora era um hábito.

Ela teria que partir em breve e confirmar todas as piores suspeitas de Kaeden a respeito dela. Se o Império já estava interessado na lua antes, saber que havia um Jedi ali aumentaria dez vezes a presença Imperial. Eles ficariam lentos sem os seus andadores, mas estariam por aí, procurando. E mesmo as pessoas que permaneceram na cidade não estariam seguras, ainda mais quando os oficiais percebessem que os agricultores haviam usado suas equipes de campo para organizar a insurreição.

Ahsoka fechou os olhos e respirou fundo. Sua intenção era meditar, mas, em vez da serenidade que costumava encontrar, a primeira coisa que viu foi o rosto solene de Hedala Fardi, de quatro anos. Isso era quase pior do que o espaço vazio onde Anakin costumava ficar. Pelo menos seu antigo mestre poderia cuidar de si mesmo. A pequena Fardi merecia muito mais do que ser esquecida.

Piscando para recuperar a concentração, Ahsoka tomou uma decisão. Ela não podia voltar por Hedala, não agora, mas poderia ficar com Kaeden, Miara e os outros o máximo de tempo possível. Sua nave ainda estava escondida em segurança, e agora que seu segredo já havia sido revelado, ela não precisava ser sutil em nenhuma tentativa repentina de fuga. Ela permaneceria em Raada e continuaria ajudando os agricultores a resistir, presumindo que lhe permitissem fazê-lo, é claro. Depois daquela noite, havia uma boa chance de a expulsarem da cidade. Ela ficaria pelo menos por tempo suficiente para pedir desculpas e constatar se havia algo que pudesse fazer por Neera.

– Ahsoka! – O grito veio de trás dela. Era Miara, a voz fraca por preocupação e lágrimas e carregada de ressentimento por ter que falar com ela pra começar.

– O que foi? – Ahsoka perguntou.

– É Kaeden – Miara arfou, sem fôlego por rastejar pelo túnel. Devia tê-lo feito com pressa. – Ela saiu revoltada depois de gritar com você, e eu pensei que havia voltado para a área médica para ficar com Neera, mas não voltou. O guarda de vigia na porta disse que ele a deixou sair, e ela não retornou.

Ahsoka virou-se rápido, olhando fixamente para as colinas relvadas entre as cavernas e a cidade. Estava escuro demais para distinguir algo, e as pessoas estavam aglomeradas, muito próximas umas das outras para Ahsoka obter uma sondagem precisa por meio da Força.

– Se ela for à cidade, eles vão capturá-la? – Miara perguntou.

– Ela não estava usando máscara, e dá para notar seu ferimento assim que se olha para o rosto dela – disse Ahsoka. – Eles sabem como ela é. Vão capturá-la com certeza.

Ela não acrescentou que os Imperiais torturariam Kaeden também. Presumiriam que ela soubesse onde o restante dos insurgentes estava escondido; imaginariam que soubesse onde estava Ahsoka, e eles queriam muito, muito mesmo, capturar Ahsoka.

– O que nós vamos fazer? – Miara perguntou.

– Você vai ficar aqui com Neera – ordenou. – Ela vai precisar muito de uma amiga quando acordar, e você é a única que ela tem neste momento.

Miara engoliu em seco, mas assentiu.

– Você vai atrás dela? – perguntou. – Mesmo que Kaeden estivesse tão zangada com você?

– Sim – respondeu Ahsoka. – Eu vou.

Ela não olhou para trás, mas presumiu que Miara a seguiu pelo túnel até a caverna principal. Ahsoka parou apenas pelo tempo de pegar as peças de sucata que estavam escondidas, caso ela ficasse impossibilitada de voltar para buscá-las, e o blaster Imperial que havia roubado durante a batalha. Ninguém tentou detê-la e ela desapareceu na escuridão.

Kaeden percebeu seu erro praticamente assim que retornou para a cidade. Era óbvio que haveria mais vigilância, dado o ataque em duas frentes daquela noite. Era óbvio que estariam efetuando intenso patrulhamento agora, não apenas mostrando sua presença e deixando o medo fazer o restante. E era óbvio que saberiam como ela era. Pelo menos, ela havia surrupiado o capuz de Miara para cobrir o ferimento na testa. Latejava, mas o sangramento havia estancado, e o insurgente com treinamento médico que lhe dera pontos disse que ela provavelmente não sofrera uma concussão. De qualquer forma, era tarde demais para retornar agora.

Não foi para a própria casa. Dirigiu-se para a de Vartan, mas ele não estava lá. Provavelmente ficara com Selda, aguardando notícias. Ela não queria tentar chegar até eles antes de clarear o dia. Pelo menos, uma vez encerrado o toque de recolher, seria mais fácil se deslocar. Kaeden tinha acabado de desarmar a fechadura da porta de Vartan quando oito stormtroopers dobraram a esquina em rápida sucessão. Estavam obviamente a caminho da casa dele e ficaram surpresos ao encontrá-la lá, mas não estavam dispostos a deixar passar a oportunidade.

– Peguem-na – ordenou o trooper de espaldeira.

Kaeden pensou em lutar, mas as chances não eram nada boas sendo oito contra uma. Ela ofereceu um pouco de resistência, mas não o suficiente para que eles precisassem mais do que um bom golpe que lhe tirou o ar dos pulmões.

– Cuidado com esta – disse o líder dos troopers. – Eles terão algumas perguntas para ela lá na base.

A maneira como ele disse isso fez o sangue de Kaeden gelar. *Ahsoka*, ela pensou, perguntando-se se os Jedi realmente conseguiam ler mentes, *Ahsoka, me desculpe.* Então, o comandante golpeou-a novamente e tudo escureceu.

# CAPÍTULO 15

AHSOKA OBSERVAVA. Ahsoka aguardava. Ahsoka não estava com medo.

Kaeden ouvira histórias a vida inteira sobre coisas cruéis que os homens faziam pelo poder. Órfã em um mundo distante, e praticamente sem dinheiro nenhum, ela viu mais do que algumas dessas histórias ocorrendo na vida real. Ela sabia de companheiros que batiam.

Ela vira os machucados nos olhos de suas colegas. Uma vez, um dos supervisores tentou montar um esquema de racionamento de alimentos paralelo, controlando tudo a que seus trabalhadores tinham acesso. Tal esquema logo foi desfeito – foi Vartan quem quebrou os dedos do supervisor –, mas Kaeden lembrava-se daqueles poucos dias em que ficara atenta a cada movimento seu, e de Miara também, para se manterem longe da linha de fogo.

Depois que foi capturada e jogada em uma cela, eles a deixaram sozinha pelo que pareceram horas. Ela sabia que não poderiam ter se passado mais do que quatro, porque tinha uma janela no lugar e ainda estava escuro lá fora. Mas foi mais do que suficiente para que revivesse todas as histórias terríveis que já tinha escutado e sua imaginação a deixasse em pânico. Ela não se deu ao trabalho de esconder as lágrimas. Sabia que os Imperiais as veriam – e em muito mais quantidade –, mais cedo ou mais tarde.

A primeira interrogadora não fez perguntas. Ela pressionou uma máquina contra o peito de Kaeden e, quando ativada, tudo o que Kaeden conseguia fazer era gritar de dor. Ela teria dito qualquer coisa, entregado qualquer pessoa para fazer com que a dor cessasse, mas a mulher não fez perguntas, e ela nunca parava por tempo suficiente para Kaeden falar. Quando finalmente removeu o aparelho, Kaeden caiu de lado no chão, a garganta esfolada de tanto gritar para dizer o que quer que fosse.

O segundo grupo de interrogadores perguntou, dentre todas as coisas, sobre sua saúde. Queriam saber se ela tinha problemas cardíacos, se era totalmente humana ou se possuía alguma peculiaridade genética. A voz de Kaeden estava demorando para retornar, por isso, ela assentia ou meneava a cabeça em resposta e, quando se deram por satisfeitos, amarraram-na à cadeira com as palmas para cima. Kaeden percebeu que isso expunha todas as veias em seus braços. Um dos interrogadores foi até o corredor buscar a bandeja de metal e não perdeu a oportunidade de ser teatral ao mostrar a Kaeden as agulhas e os frascos que estavam prestes a usar nela. Após todas as injeções, ela sentiu muito frio e muito calor ao mesmo tempo, e teve dificuldade em manter a cabeça erguida.

– Dê a ela alguns minutos – Kaeden ouviu um deles dizer para alguém que estava no corredor. – Podemos ter estimado pra cima o peso dela. Eles são um pouco magros aqui na Orla Exterior. Isso dificulta medicá-los.

Kaeden piscou abobalhadamente e desejou muito um copo de água. Então, riu alto. Água! Por que não desejar os braços soltos, a mente desanuviada e uma nave que a levaria para a segurança. O que ela realmente desejava, mais do que tudo, era que a primeira interrogadora e sua terrível máquina jamais retornassem à sua cela.

A porta voltou a se abrir. Kaeden tentou erguer a vista, mas sua cabeça ainda estava pesada demais para o pescoço sustentar. Uma luz muito forte acendeu e algo zumbiu alto, desconfortavelmente perto de sua orelha. Ela se virou ligeiramente e viu o droide interrogador redondo e negro pairando ali, com agulhas brilhantes projetando-se dele. A ameaça era clara: fale ou sinta dor. Kaeden sinceramente ainda não tinha certeza de qual opção escolheria.

Uma segunda cadeira foi arrastada no chão e uma figura sentou-se em frente a ela. Os trajes dele eram no tom cinzento habitual dos Imperiais e seu quepe estava puxado sobre os olhos. Kaeden não conseguiu identificar sua patente, mas ele se comportava como alguém que estava acostumado a ser obedecido.

– Kaeden Larte – disse ele. Ela ficou um pouco surpresa que soubesse seu nome, mas tentou não demonstrar. Não obteve sucesso. – Mulher humana, maior de idade, responsável por Miara Larte, uma irmã. Você não nasceu aqui, mas tornou-se órfã neste lugar; nunca passou por treinamento formal, porém, seu histórico de trabalho é impecável. O líder de sua equipe achava que você poderia substituí-lo quando ele se aposentasse.

Isso foi uma surpresa. Vartan nunca mencionara essa opinião e Kaeden também nunca considerara tal hipótese. De alguma forma, era reconfortante saber que ele pensava o melhor dela, mesmo que isso não lhe adiantasse de nada naquele momento.

– Mais recentemente, no entanto, suas perspectivas diminuíram um pouco – prosseguiu o homem. – Roubo, vandalismo, conspiração, assassinato e traição. Isso provavelmente acabará com o movimento ascendente na sua carreira.

Ela desejou ter algo inteligente para dizer, como um personagem em um holoromance, mas sua língua estava muito pesada e seu cérebro, muito lento. Além disso, estava com muito medo.

– A única decisão que lhe resta é como deseja que sua sentença seja executada. – Ele levantou o quepe e Kaeden ficou impressionada com a expressão impiedosa em seus olhos. – Você morrerá por seus crimes, é claro, mas, se cooperar conosco, garantiremos que você deixe esse invólucro mortal, digamos, sem preocupações em seu peito.

Kaeden se contraiu com tamanha violência que torceu os braços de lado nas amarras. As articulações de seus ombros foram forçadas de maneira lancinante, mas, antes que ela pudesse registrar completamente a dor, a cadeira tombou. Seu braço se movera apenas o suficiente para ser esmagado sob a cadeira de metal, e foi essa dor, real e concreta, que finalmente rompeu a névoa em seu cérebro. Dois stormtroopers entraram na cela para recolhê-la do chão e endireitá-la.

– Vejo que estamos nos entendendo – disse ele, como se nada tivesse acontecido. – Preciso que você me diga duas coisas, Kaeden, duas simples coisinhas, e você morrerá com um único disparo de blaster no coração. Onde seus amigos estão se escondendo? Sabemos que eles fugiram e a deixaram para ser capturada, mas você deve saber para onde eles foram. Conte-me.

Ela tentou responder, mas apenas balbuciou.

– E qual é o nome da Jedi? – Desta vez, a expressão em seus olhos era demoníaca. Ele não queria capturar ou torturar Ahsoka. Ele queria matá-la, por uma promoção ou pelo poder ou pela oportunidade de dizer que ele, pessoalmente, havia matado um Jedi. Ele queria Ahsoka morta.

Kaeden balbuciou mais alto desta vez. Se ele pensasse que ela de fato não conseguia falar, isso poderia fazê-la ganhar algum tempo.

– Sua falta de cooperação é lamentável. – Ele estalou a língua para ela. – Mas não é de todo surpreendente.

Pense com calma, Kaeden Larte, e voltarei quando o sol nascer. Ou talvez um de meus colegas venha.

Kaeden conseguiu controlar um pouco a contração desta vez. A dor em seu braço ajudou, dando-lhe outra coisa no que focar. Definitivamente, estava cedendo.

Eles a deixaram amarrada à cadeira.

Ahsoka empoleirou-se no telhado do edifício administrativo Imperial. Subir tinha sido fácil. Agora que não estava mais tomando cuidado para esconder quem era de verdade, ela conseguiu fazer isso em dois saltos. A parte mais difícil foi aguardar um intervalo nas patrulhas e escolher o melhor local onde aterrissar quando saltasse. A parte dos fundos do complexo ainda estava desprotegida.

Sua avaliação da construção pré-fabricada produziu alguns resultados interessantes. Ahsoka tinha visto os tanques, é claro, mas o edifício em si era do estilo usado durante as Guerras Clônicas, o que significava que ela podia presumir a planta interna sem de fato vê-la. Ela se permitiu um leve sorriso ante a ideia de que a monotonia Imperial estava trabalhando a seu favor.

Ahsoka cruzou o telhado até a lateral esquerda – à sua direita, já que se aproximava pelos fundos –, pois esse lado do prédio havia sofrido o maior dano durante o ataque do dia. Descartou essa possibilidade assim que o viu, no entanto, porque a guarda havia sido quadruplicada para compensar os estragos. Não haveria entrada fácil por aquele caminho. Então, deslizou pela parede até a linha mais baixa do telhado, ainda na parte dos fundos do edifício. Se a planta fosse coerente com o que ela conhecia, era ali que estariam localizadas as celas de detenção.

Espiou pela lateral as paredes bastante íngremes, e viu as janelas estreitas que lembrava situarem-se no topo das celas. Eram incluídas na planta por causa da circulação de ar e não chegavam a ser consideradas um risco de segurança relevante, já que eram estreitas demais para alguém escapar por elas. Também tinham sido projetadas, Ahsoka observou, tendo em mente humanoides adultos completamente desenvolvidos. Esse seria o seu caminho de entrada.

Uma das janelas emitia uma luz muito forte, do tipo que um interrogador poderia usar para manter o prisioneiro o mais desconfortável possível. A luz se apagou de repente, e Ahsoka obrigou-se a contar até cem antes de se abaixar de cabeça, com os dedos dos pés agarrados à borda, para verificar o aposento. Não havia sentido em ser apanhada por causa de impaciência.

Ela examinou rigorosamente a penumbra e sentiu seu estômago se revirar. Lá estava Kaeden, e viva o suficiente para se sustentar sentada numa cadeira. Ahsoka enfiou a mão no bolso e sacou os últimos artefatos corrosivos de Miara. Ela não podia arriscar explodir a janela, por causa do barulho, mesmo que de outro modo levasse mais tempo. De cabeça para baixo era difícil instalar os artefatos, e Ahsoka quase queimou os polegares, mas no fim conseguiu e moveu-se para o lado para esperar.

Sua cabeça já estava latejando quando o vidro ficou frágil o bastante para empurrá-lo para dentro da cela. Produziu mais barulho do que ela gostaria, mas as grossas paredes o abafaram um pouco. Ela se arrastou pela janela, atravessando-a, mordendo a língua de dor quando roçou na substância corrosiva remanescente e depois caiu no chão.

– Kaeden – ela sussurrou. – Kaeden, acorde.

Kaeden se mexeu, fitou-a, e sua cabeça pendeu para o lado. Drogas, então, além do que quer que tivessem feito a ela. Seu braço estava quebrado e o ferimento na cabeça voltara a abrir, o sangue do corte escorrendo para os olhos. Ahsoka foi lidar com as restrições dos membros. Ela não se incomodou em quebrar as fechaduras; simplesmente arrebentou as amarras usando a Força.

– Kaeden, eu preciso que você acorde – insistiu Ahsoka. – Preciso de sua ajuda para a próxima parte.

– Ashla... Ahsoka, você não deveria ter vindo – disse Kaeden. Parecia que ela estava falando com uma visão, mas pelo menos sua voz era baixa. – Eles querem muito apanhar você, Ahsoka. Querem você morta.

– Shhh, eu sei – respondeu Ahsoka. – Está tudo bem. Posso cuidar de mim mesma. Mas primeiro preciso cuidar de você. Pode me ajudar?

Kaeden tentou responder, mas seus olhos reviraram, e Ahsoka perdeu segundos preciosos tentando decidir se era seguro sacudi-la. Então colocou Kaeden em pé e avaliou a postura cambaleante e o membro quebrado da garota. Seria difícil, mas não impossível. Ela colocou as mãos nos ombros de Kaeden, delicadamente, consciente do braço machucado, e deu um suspiro de alívio quando os olhos da garota voltaram a focar.

– Ok – disse Ahsoka. – Eu vou escalar para fora da janela e depois puxá-la atrás de mim. Vai doer, mas preciso que você fique o mais quieta que puder.

Kaeden conseguiu assentir, e foi só. Elas teriam que fazer isso um passo de cada vez, porque cada passo adiante era um avanço em relação à sua situação atual.

Ahsoka içou-se para fora da janela e depois se inclinou de volta para ajudar Kaeden. Era uma posição desconfortável. Sua cabeça era muito grande e seus ombros estavam em um ângulo doloroso. Ela usou a Força para puxar Kaeden para cima e manobrá-la através da abertura estreita, e em seguida baixou-a até o chão antes de pular atrás dela.

– Você consegue correr? – ela perguntou.

Kaeden aninhou o braço quebrado contra o peito, sua mente mais desanuviada agora que estava ao ar livre. Ahsoka não conseguiria carregá-la de volta à segurança por todo o trajeto, mas algo – fosse pânico ou determinação – revigorou Kaeden. Estava firme em pé e havia perdido o olhar vidrado produzido pelas drogas. Elas tinham cerca de três minutos antes que a patrulha dobrasse a esquina, e havia ainda um bocado de terreno para cobrirem.

– Não tenho outra opção – disse Kaeden, e elas partiram, movendo-se o mais rápido que podiam.

Ahsoka ia na frente. Não havia tempo para criar diversionismo, e nenhuma necessidade real disso, então, ela foi direto para sua pequena casa nos limites da cidade. Não estava sendo vigiada, e a fechadura ainda se conservava intacta. Ela e Kaeden entraram assim que o sol estava nascendo. Era tudo o que Kaeden podia administrar por enquanto.

– Vamos esperar até escurecer – disse Ahsoka –, e depois voltaremos para as cavernas.

– Não, Ahsoka – disse Kaeden. Ela deitou na cama, completamente exaurida. – Você tem que ir agora.

– Não vou deixá-la – retrucou. Ela encheu um cantil com água e ajudou Kaeden enquanto a garota lutava para se sentar e beber.

– Sim, você vai – Kaeden lhe disse quando Ahsoka voltou a deitá-la com cuidado. – Eu vi o rosto dele quando falou de você, o comandante Imperial. Ahsoka, ele quer que você morra só para vê-la morrer, e sofrendo bastante. Você tem que buscar a sua nave e partir. Agora.

A pior parte era que Kaeden tinha razão, e Ahsoka sabia disso mesmo antes de tirá-la da cela. Ficar não apenas colocaria a si própria em perigo, mas todos os outros também.

– Eu voltarei por você. Eu prometo – Ahsoka lhe assegurou, sua voz o mais firme que conseguiu.

A questão era que não estava apenas abandonando seus amigos; ela estava abandonando seus amigos *de novo*. Desta vez, pelo menos, ela conseguira realizar um ato de heroísmo antes de ser forçada a partir. Kaeden estava segura.

– Você já fez mais do que deveria por nós – disse Kaeden. – Fomos apenas estúpidos demais para enxergar isso.

– Eu vou voltar – repetiu Ahsoka. Então, ela fez uma pausa. – Obrigada. Por me acolher quando cheguei aqui. Mesmo eu tendo escondido segredos de você.

– A galáxia é muito maior que Raada – disse Kaeden. – Demorei um pouco para entender isso.

Ahsoka enfiou a mão no bolso, onde as peças de tecnologia descartadas ainda estavam firmemente acondicionadas em seu embrulho. Ela estava perto de seu objetivo, mas não o bastante.

Ahsoka não precisava da escuridão para lhe proporcionar cobertura como Kaeden precisaria. Era mais rápida e podia lidar com qualquer perseguição. Conseguiria chegar à sua nave e escapar. Tinha que deixar de lado seus sentimentos. Então, olhou para Kaeden uma última vez e partiu.

O MEIO DE UM CAMPO DE BATALHA *estava longe de ser o lugar ideal para autorreflexão profunda, mas Anakin Skywalker era um Jedi bem treinado e mais do que à altura do desafio. Desde que havia deixado de ser o aprendiz Padawan de Obi-Wan, passara a apreciar a independência de ser seu próprio mestre. Claro, ele ainda tinha que seguir as regras do Templo e ir para onde o Conselho Jedi o enviasse, mas agora ele era um general. E os clones estavam sob seu comando.*

*Era tudo muito diferente do que havia imaginado, quando ainda era aquele menino em Tatooine que tinha olhado para as estrelas e sabido que havia coisas melhores reservadas para ele. A galáxia era muito mais complicada do que o Mestre Qui-Gon revelara, e, mesmo que fosse grato pelos ensinamentos de Obi-Wan, Anakin não podia deixar de se perguntar às vezes como seriam as coisas se Qui-Gon não tivesse morrido. Por mais que os Jedi desaprovassem laços emocionais, não havia nada na galáxia que estivesse verdadeiramente desconectado. O próprio retorno não oficial de Anakin ao seu planeta natal era prova suficiente disso.*

*E agora Anakin tinha inegáveis laços emocionais: por seus votos ao Templo e a Padmé, seus juramentos implícitos, mas não menos sinceros, a Obi-Wan, suas responsabilidades como comandante das tropas do exército da República. Os clones haviam sido concebidos como uma multidão sem rosto, mas já estavam exibindo sinais de individualidade inegáveis, e Anakin não duvidava de que iriam continuar a fazê-lo.*

*Talvez esse novo Padawan que Obi-Wan havia requisitado o ajudasse a ganhar perspectiva. Anakin estava relutante em trazer alguém sem treinamento de combate prático assim de tão longe para a guerra. Christophsis era um lugar perigoso, até mesmo para dois Jedi com as habilidades de Anakin e Obi-Wan, e eles já tinham tido a prova de que poderiam tomar o planeta e logo em seguida correrem o risco de perder o controle. Ao mesmo tempo, Anakin sabia que não havia mais garantia de segurança alguma para um Padawan em nenhum outro lugar, e sabia também, por experiência própria, que Obi-Wan Kenobi era o melhor dos professores. Além disso, desta vez, ele teria Anakin para ajudá-lo.*

*Ou pelo menos teria, se Obi-Wan quisesse.*

*Anakin não tinha muita certeza de qual seria o seu lugar ao lado de Obi-Wan quando seu amigo tivesse um novo aprendiz. Os Jedi não se prendiam à regra de dois como acontecia com os Sith, mas a maioria deles agia isoladamente ou em duplas. Essa era uma das razões pelas quais Anakin nunca solicitara um Padawan para si. Não queria que parecesse que estava deixando Obi--Wan de lado. Agora, Obi-Wan tomara a iniciativa de fazê-lo, e Anakin ainda não tinha certeza de como se sentia a respeito disso.*

*Ele examinou o campo de batalha abaixo de si pela centésima vez desde que os ataques haviam cessado. Seria apenas uma questão de tempo até que os Separatistas perpetrassem outra tentativa contra o armamento pesado da República, e Anakin queria ter certeza de que estava pronto para qualquer coisa quando isso acontecesse, mesmo que envolvesse incluir o Padawan de Obi-Wan em sua estratégia.*

*Talvez fosse melhor assim. A inclusão de um Jedi mais jovem lembraria constantemente a Obi-Wan que Anakin já tinha idade suficiente para ter mais responsabilidades, que ele estava bem perto de se tornar ele próprio um mestre. E receber missões diferentes das de Obi-Wan não seria tão mal. Isso poderia inclusive lhe dar a oportunidade de passar mais tempo com Padmé. Em assuntos estritamente oficiais, é claro.*

*Anakin olhou para o alto quando um novo som cortou o ar acima de onde estava empoleirado. Uma nave mensageira da República havia rompido o bloqueio Separatista. Esperava que estivesse carregando os seus reforços iniciais, o suficiente para começar a mudar o rumo da batalha na superfície do planeta. Anakin ordenou à unidade de soldados clones de elite sob seu comando que mantivessem suas posições e, em seguida, saiu para se reunir com Obi-Wan. Não conseguia afastar a sensação de que sua vida estava prestes a mudar.*

# CAPÍTULO 16

BAIL ORGANA SENTIA COMO se estivesse sendo soterrado pela burocracia. Seu escritório no palácio real em Alderaan era espaçoso, e nunca tinha experimentado essa sensação de opressão antes. Havia espaço mais do que o necessário para cadeiras, uma mesa e um aquário cheio de criaturas marinhas vivamente coloridas. Ele o instalara para que sua filha tivesse com que se distrair e não ficasse atrás dele o tempo todo, atrapalhando-o no serviço, mas sentia que mesmo todo o espaço da galáxia não comportaria a dupla responsabilidade que agora carregava. Bail fazia o que podia para representar o povo do setor de Alderaan no Senado Imperial, e também fazia o que podia para ajudar a população da galáxia quando tinha certeza de que ninguém estava vendo.

Ele tinha quase certeza de que ninguém o estava vendo agora.

Espiou com o canto do olho para checar se sua filha estava entretida com os peixes e, então, abriu o mais recente de seus arquivos secretos. Estavam criptografados, é claro, mas logo os decodificaria. Espiou mais uma vez. O problema de se adotar uma criança de dois prodígios era que haveria uma boa chance de ela vir a ser extraordinariamente inteligente também. Estava quase convencido de que Leia não tinha aprendido a ler enquanto ele estivera em Coruscant na última sessão do Senado, mas, em se tratando dela, nunca poderia ter certeza. Bail não seria capaz de afastá-la dos enredos políticos para sempre, mas ele e Breha tinham concordado que deveriam mantê-la longe daquilo pelo menos até que a menina conseguisse formar seguramente frases coerentes.

Ele começou a ler e quase se esqueceu de que Leia estava no quarto.

A lua se chamava Raada, um pequeno satélite de um planeta inabitável que Bail precisou procurar em um mapa estelar para localizar. Não fazia ideia do motivo de o Império ter ido para lá, mas eles foram, e a população local – agricultores, em sua maioria, de acordo com o relatório – não tinha reagido bem à ocupação. Durante a sua resistência, vários deles tinham morrido ou sido capturados. Toda essa informação mexia profundamente com seus sentimentos, mas foi a observação no final que fez seu coração quase parar: *Atividade Jedi confirmada.*

Ele ainda tinha pesadelos com aquela última noite, quando o Templo havia ardido em chamas. Às vezes, conseguia fazer com que o Padawan subisse em seu speeder a tempo. Outras vezes, os clones alvejavam a ele próprio, também, quando atiravam no menino. Vez ou outra não conseguia resgatar Yoda e acordava suando frio com o som de blasters e sabres de luz ecoando em seus ouvidos, e visões de um pequeno corpo verde destroçado assombrando-o. Quando tinha o sonho em Coruscant, não havia nada que pudesse fazer senão aceitar a sua derrota, mas era só mais uma noite de sono perdido. Quando o fazia em Alderaan, tirava Leia de seu berço, aninhava-a contra o peito e nutria esperanças, contra todas as expectativas, de que manifestasse somente os dons da mãe, e não os do pai. Ele ficava ali, embalando-a, até que Breha os encontrava e conduzia a ambos de volta para suas camas.

A ideia de que havia um sobrevivente em algum lugar por aí enchia seu peito tanto de expectativa quanto de pavor. Pavor porque o Império jamais iria parar de caçar os Jedi, e expectativa porque um Jedi era um aliado natural à sua causa. Não havia descrição do Jedi em questão, então, não sabia quem estava procurando. Ao certo só sabia que não poderia ser Obi-Wan. Havia milhares de Jedi antes do expurgo. Era provável que esse remanescente fosse um perfeito estranho e ele não teria motivos para confiar se lhe fizesse um gesto amistoso. Posto isso, teria que ser alguém relativamente poderoso para ter sobrevivido por tanto tempo, o que compensava o esforço para encontrá-lo.

Bail ponderou enviar uma mensagem a Obi-Wan, mas descartou a ideia quase que imediatamente. Tinham concordado em não manter contato algum, a não ser nas mais graves emergências e, por mais que um sobrevivente Jedi pudesse fazer seu velho amigo se sentir melhor, sabia que isso não valia o risco. Um dia, se tivesse uma razão para contatá-lo, ele o faria. Mas a bebê em seu escritório era motivo suficiente para que ficasse em silêncio, e havia outra criança, uma que chegara a ver por apenas alguns instantes, que também necessitava de sua discrição.

Bail excluiu o relatório e apagou a unidade, limpando-a. Em algum momento, seria útil ter uma forma de armazenar esses arquivos, mas agora simplesmente não tinha como guardá-los, já que estavam descriptografados. Contava atualmente com a transmissão verbal e a memória viva, o que era inconveniente, mas em geral mais seguro para todos os envolvidos. Olhou pela janela, o verde e azul das montanhas de seu planeta natal lhe trazendo um conforto, como sempre.

Ele pegaria de volta a unidade R2 do Capitão Antilles. O droide era confiável e capaz de se defender por conta própria. Bail somente teria que se certificar de jamais deixá-lo sozinho com sua filha, caso qualquer um dos dois resolvesse aprontar.

Pensar nela fez Bail voltar a olhar para o aquário. Leia havia ficado em pé, com as mãozinhas e o nariz pressionados contra o vidro, enquanto observava a criatura roxa e laranja com tentáculos movimentar-se na água como uma bailarina. Ela ria cada vez que o animal mudava de direção, soltando bolhas ao fazê-lo. Bail não conseguia imaginar sua vida sem a filha. Não podia conceber a ideia de deixar de trabalhar para tornar a galáxia um lugar melhor no qual ela crescesse. Ele ainda não sabia ao certo como conseguiria fazer tudo isso e, *ao mesmo tempo*, mantê-la segura.

Fechou todos os arquivos em sua mesa depois de enviar a mensagem ao Capitão Antilles. Receberia uma resposta em breve e, até lá, precisava pensar sobre o próximo passo e discutir as opções com a esposa. Bail atravessou a sala em silêncio, contando com os tentáculos para impedir sua filha de enxergar seu reflexo no vidro, e, então, levantou-a nos braços. Suas risadinhas de surpresa ecoaram pelo escritório, o contraponto perfeito para a risada dele, mais grave.

– Lá fora – disse ela, agora que tinha a sua atenção e não estava disposta a abrir mão dela, mesmo que isso significasse deixarem o aquário de lado.

– Lá fora – ele concordou, e a carregou até a varanda, o mesmo local em que ele a apresentara àquela que agora chamava de mamãe e ao planeta em que iria crescer chamando de lar.

O principal problema era que depois de um determinado ponto, apesar de seu treinamento como Inquisidor e de sua capacidade de observação, todas as crianças pareciam iguais para o Sexto Irmão. Desta vez, esse momento chegou bem cedo em sua inquisição, por causa do grande número de crianças que essa família parecia ter gerado. Ele pôde descartar as mais velhas, que já teriam chegado ao conhecimento do Templo Jedi antes de ele cair, mas havia no mínimo uma dúzia de crianças mais jovens que pareciam ir a todo lugar em bando.

Além disso, o relatório também não era totalmente confiável. Os holos de vigilância cheios de estática de um estaleiro não eram muito úteis, e ele próprio ainda nem havia assistido à reprodução quando algum subalterno incompetente deu um jeito de arruiná-la. Tudo o que tinha agora eram as declarações de quatro stormtroopers e uma tenente que tinham visto a gravação antes de ser destruída, e nenhum deles fora capaz de afirmar com certeza se era uma criança no registro. Ninguém havia testemunhado uma criança fazer coisa alguma, ou pelo menos ele não tinha encontrado tal pessoa para interrogá-la. A família não parecia estar ciente de que podia estar escondendo uma traidora entre eles.

Assim, estava reduzido à seguinte situação: locado em um planeta nos confins da galáxia, observando uma horda indisciplinada de crianças até que uma delas pudesse dar sinais ou não de sensibilidade à Força. Em mais de uma ocasião, desejou poder providenciar um acidente para resolver de vez esse problema. A família Fardi era importante em Thabeska, mas praticamente desconhecida em qualquer outro ponto da galáxia. Não haveria denúncias se uma geração inteira dela tivesse um fim prematuro. Infelizmente, isso ia contra a sua atual diretriz. Ele não matava crianças. Apenas as adquiria para os seus mestres.

O console em que estava sentado sinalizou uma mensagem recebida. Tratava-se da hologravação de uma lua ainda mais distante do que o planeta em que se encontrava, por isso, por pouco não a ignorou por completo. Mas notou o código da mensagem. Era uma nova encriptação, criada especialmente para ele e seus irmãos e irmãs. Poderia tratar-se de outra caçada a mynocks selvagens, mas também poderia ser algo que lhe interessasse muito assistir.

– Atenção, Imperiais – iniciou a gravação. Era um comandante distrital de baixo escalão, apesar de sua posição ser estranhamente elevada para ser destacado para uma lua tão afastada. Devia haver algo na lua que o Imperador quisesse muito. – Detectamos a presença de um ser sensível à Força. A identidade não pôde ser determinada, mas sua capacidade de usar a Força foi confirmada por várias fontes. A idade indica um certo nível de treinamento Jedi. Suspeita-se que seja Padawan, nada superior a isso. Relatório realizado de acordo com o procedimento padrão enquanto aguardamos mais instruções. Por favor, informem.

Isso era muito melhor do que procurar por uma criança. No caso delas, deveriam ser capturadas, levadas para serem submetidas a experimentos e corrompidas. Um Jedi, até mesmo um mero Padawan, ele poderia matar. Além disso, tinha respaldo Imperial ilimitado quando se tratava de localizar um Jedi, e ele vinha querendo matar a saudade de seus métodos de interrogatório. Agora, tudo o que precisava fazer era se certificar de que chegaria lá primeiro.

Gravou uma resposta rápida, usando o mesmo código, de modo que o comandante distrital não acharia sua chegada inesperada. Com base no que deixara de ser dito na mensagem, imaginou que o Jedi já havia conseguido escapar e o comandante precisava de toda a ajuda que pudesse reunir antes que o grau de sua incompetência transparecesse. O Inquisidor enviou uma longa mensagem, embora ainda bastante sucinta, para o seu próprio quartel-general, detalhando para onde estava indo e por quê. Nenhum dos outros havia respondido ainda, o que significava que sua reivindicação era sólida. Entretanto, assim como ele não tinha o menor problema em puxar o tapete de alguém, não podia esperar que os outros não pudessem fazer o mesmo com ele. Por isso, precisava chegar até a pequena e inútil lua o mais rápido possível.

Sem hesitar, fechou o arquivo que estivera monitorando e o marcou como não importante. Se uma das crianças tinha algum poder, não era o suficiente para que ele encontrasse e localizasse e, portanto, não havia nada com que se preocupar. O Império sempre poderia enviar outro Inquisidor se futuramente considerasse necessário, mas ele estava farto daquele planeta empoeirado. E um adulto era presa melhor. Levantou-se, baixou o capacete sobre a pele cinzenta de seu rosto e cruzou determinado o estaleiro onde a sua navezinha lustrosa e perigosa estava pousada. Não carregava pertences, a não ser o sabre que levava preso às suas costas, e, quase num piscar de olhos, já estava em órbita calculando o salto para o hiperespaço.

Na poeira da superfície do planeta, Hedala Fardi brincava com suas primas no estaleiro vazio onde ficavam as naves de sua família. A sensação ruim que a vinha incomodando nos últimos dias, como uma dor de dente ou uma mancha escura no canto do olho que nunca conseguia identificar, de repente se fora, como o sol saindo de trás de uma nuvem. Era a vez dela na brincadeira de atirar e apanhar a bolinha e saiu-se primorosamente bem, como de costume, efetuando o seu lançamento visivelmente sem esforço. Suas irmãs e primas mais velhas não questionavam a sua habilidade no jogo. Já fazia muito tempo que haviam deixado de se maravilhar com isso.

# CAPÍTULO 17

ESTAVA MUITO PIOR do que Ahsoka esperava. Por todo sistema que passava havia presença Imperial, e não eram meras e discretas bases para monitorar os governos locais. Era uma presença opressiva, controlando tanto os recursos quanto as populações, sem se importar com os direitos e necessidades pessoais. Qualquer resistência aberta era esmagada. Ahsoka quase chorara quando leu os boletins atualizados do que continuava acontecendo em Kashyyyk, enquanto estava fora de contato em Raada. Ela se perguntou o que teria acontecido a Chewbacca, o Wookiee com quem tinha escapado do cativeiro na lua dos caçadores. Esperava que houvesse sobrevivido e que não tivesse recuperado a sua liberdade apenas para perdê-la novamente, mas começava a perder as esperanças.

Todos os planetas que não estavam sob o controle do Império tinham sido invadidos por senhores do crime, nenhum deles amistoso. Ahsoka não achava que Jabba, o Hutt se sentiria obrigado a lhe mostrar qualquer sinal de benevolência, e muito menos manter sua presença em segredo. Ela considerou brevemente Takodana, um planeta verde coberto de água e com mais plantas do que se sentiria à vontade, e decidiu contra o planeta sem ao menos chegar a aterrissar. Condições nem um pouco familiares a ela.

Após o sétimo sistema na Orla Exterior que considerou Imperial demais para se aproximar, Ahsoka tomou uma decisão. Ela não podia voltar para Raada ainda. Era mais seguro para todos, mais seguro para Kaeden se ficasse afastada até que encontrasse uma maneira de salvar a todos ao mesmo tempo. Os Imperiais ainda estariam procurando por ela, e seria melhor para os seus amigos se não soubessem onde estava.

Ela também não podia ir para qualquer lugar do Núcleo. Mesmo na Orla Interior estaria muito exposta. Por mais atraente que fosse a ideia de encontrar um vale escondido em uma montanha em algum planeta como Alderaan ou Chandrila, não podia se arriscar. Sua vida como Jedi significava que conhecia muitas pessoas lá.

O que poderia fazer era voltar para os Fardi. O Império já estava instalado lá, então, as coisas estavam estáveis, mas aquele planeta não era muito relevante para a política galáctica. Ela nem mesmo tinha certeza de quem era o senador, apesar de ter vivido no planeta por quase um ano. As guildas e federações que possuíam tanto poder sob os Separatistas haviam sido quase que totalmente destruídas na mesma época em que os Jedi. Foi isso que possibilitou aos Fardi chegar ao poder em primeiro lugar sem precisar se aliar a uma família maior, como os Hutts. Ela poderia se esquivar das patrulhas, pois sabia que podia passar sem levantar suspeitas enquanto mantivesse a discrição e estava absolutamente convicta de não usar a Força em situação alguma. Nunca.

No fundo, estava disposta a admitir uma motivação secundária. Precisava verificar como estava Hedala Fardi. Ahsoka havia falhado com a criança antes, e já que não podia mais ajudar Kaeden, ao menos tentaria ajudar alguém que precisava dela. Se tinha outro resgate para organizar, precisava saber o mais rápido possível. Ela devia isso à família.

Estava perto o suficiente para que o salto no hiperespaço fosse curto – um cálculo simples, e então estava em órbita. Olhou para baixo, contemplando a familiar e empoeirada paisagem que havia considerado brevemente como seu lar e suspirou. Teria que usar toda a sua lábia com os Fardi para convencê-los a aceitá-la de volta, mesmo que praticamente tivessem lhe dado autorização para partir.

Ahsoka poderia simplesmente se esconder. Enterrar a cabeça na areia, comer apenas o que pudesse caçar, e desaparecer da vida civilizada por completo. Não seria fácil, mas estaria segura. Também estaria totalmente isolada. Esconder-se não iria proteger ninguém, exceto a si mesma, e não teria expectativas. Só definharia, sozinha. Seria melhor tentar ser discreta outra vez até que pudesse descobrir qual seria o seu próximo passo. Apertou o pacote de peças de metal, mas isso não a fez sentir-se melhor. Não ter uma missão era difícil.

Da última vez que desembarcou no estaleiro dos Fardi fora recebida pelas meninas. Desta vez, era o chefe Fardi quem estava lá, o homem que havia comprado sua nave da República, e ele não parecia particularmente feliz em vê-la.

– Vejo que voltou – ele gritou enquanto Ahsoka desembarcava. –Veio devolver o que me pertence?

– Acho que vou ficar com ela um pouco mais, se não for problema – respondeu Ahsoka. – Se você tiver alguma coisa que precise de conserto, com certeza eu ficaria feliz em ajudar novamente.

Ele a olhou, avaliando-a. Sabia que não conhecia a verdade sobre quem ela era, mas também sabia que havia aproveitado a oportunidade de fugir assim que pôde em vez de ficar e enfrentar o escrutínio Imperial. Talvez tivesse decidido que o risco não valia a pena.

– Sempre há espaço para uma boa mecânica – disse ele depois de um longo momento. – Ou até mesmo uma competente como você.

Ahsoka sorriu. Ser competente era tolerável.

– Vem com menos bagagem ainda desta vez – Fardi comentou.

– É mais prático e rápido assim – retornou.

– Bem, você pode muito bem voltar pra casa comigo – sugeriu Fardi. – Nós vamos atrair a atenção se ficarmos parados aqui por muito tempo. Normalmente, somos ignorados, porque os Imperiais não conseguem nos diferenciar, mas você obviamente não é uma parente, então, é melhor sair do espaço aberto. As meninas têm saudades de você, e haverá comida.

Ahsoka o seguiu pela rua empoeirada. O lugar estava diferente do que costumava ser quando se foi: mais silencioso, com um ar de expectativa que pairava em cada esquina, mas não a expectativa de alguma coisa boa. As pessoas mantinham as cabeças baixas, e ela teria que fazer o mesmo. Mas manter a cabeça baixa não era o mesmo que ignorar o que estava acontecendo ao seu redor, e Ahsoka não tinha intenção de fazer isso. Iria verificar como Hedala estava, consertaria as relações com os Fardi e depois veria o que poderia fazer por Kaeden no retorno a Raada.

Hedala Fardi sabia que Ahsoka estava chegando. Essa era a única explicação para a menina aparecer na porta da casa da família sozinha, longe do bando de crianças que normalmente integrava. Mesmo o seu tio percebeu a estranheza do fato, embora não tenha tecido comentários a respeito. Talvez estivessem se acostumando com a ideia de Hedala ser estranha.

A menina foi até Ahsoka e abraçou-a pela cintura. Ahsoka ficou satisfeita ao ver que estava viva e bem. Ela se ajoelhou para dar à menina um abraço adequado.

– Estou feliz em ver você – sussurrou.

– Eu também – Hedala respondeu de volta. A menina tinha cerca de um ano a mais do que a idade em que o Templo a teria encontrado, estando tão longe do Núcleo. Sua língua presa de bebê se fora, desaparecera nas semanas em que Ahsoka esteve ausente. – Havia uma sombra enquanto você esteve fora.

Ela queria perguntar do que Hedala estava falando, mas, antes que tivesse chance de fazê-lo, as primas Fardi a rodearam. Já no chão, Ahsoka não tinha escolha senão submeter-se aos abraços e queixas por sua ausência.

– Mas estamos felizes que você esteja bem, Ashla – disse a menina mais velha. Ahsoka ainda não conseguia lembrar o nome dela. Teria que se dedicar mais desta vez.

– Fico contente que tudo esteja bem – respondeu. – A galáxia está se tornando um lugar muito feio.

– Shhhh, não deixe a mamãe ouvir você falar assim – interveio uma das meninas. – Ela não gosta de política, e vai nos fazer falar sobre algo chato em vez disso. Vamos esperar até que estejamos sozinhas.

Ahsoka assentiu, feliz de ser envolvida em uma conspiração tão inocente se isso consertasse as coisas, e lutou para se pôr de pé através dos abraços das meninas menores.

– Eu realmente sinto muito – Ahsoka disse –, mas eu esqueci os nomes de vocês.

Instantaneamente, uma tagarelice de risos e nomes a atacou. Ela levantou as mãos em sinal de protesto.

– Uma de cada vez! – pediu. – Provavelmente foi por causa dessa confusão que nunca consegui distinguir vocês direito.

– Ninguém nunca nos distingue direito – falou uma garota que era mais velha que Hedala, mas não muito. – É assim que evitamos a lei.

– Segredos demais, meus amores – disse Fardi. Ele veio por trás delas e estava rindo. – Mas não há problema em dizer a Ashla seus nomes. Só parem de me atazanar enquanto fazem isso. Vocês falam mais do que as minhas próprias irmãs.

As meninas reagiram ao insulto, diante da crítica às suas mães e Fardi se apressou em se retirar na direção do seu escritório. Enquanto elas o perseguiram, Hedala ficou em silêncio ao lado de Ahsoka. Ela aproveitou a oportunidade para alertar a menina a tomar cuidado.

– Eu preciso que você me conte sobre a sombra – disse ela. – Mas você não deve contar isso a ninguém, entende?

Hedala assentiu, pequenina e solene.

– Vamos conversar mais tarde – decidiu Ahsoka. Ela tomou a mão da menina. – Vamos lá, vamos salvar seu tio.

Demorou muito pouco para distrair as garotas. Elas levaram Ahsoka para o pátio externo, onde todas se sentaram em almofadas coloridas. Os altos muros a faziam se sentir segura, mesmo sabendo que um andador Imperial poderia irromper através deles. A menina Fardi mais velha apareceu com uma bandeja com uma enorme chaleira e mais de uma dúzia de pequenas xícaras.

– Sou Chenna – ela disse, enchendo uma xícara e entregando-a a Ahsoka. Apesar do calor do dia, o chá estava muito quente, e Ahsoka assoprou-o antes de tomar um gole.

Chenna distribuiu todas as xícaras, nomeando cada menina que recebia a sua. Era realmente muita preguiça dizer que todas elas pareciam iguais. Semelhantes, sim, mas isso era a genética. Ahsoka foi memorizando cada nome enquanto os ouvia, associando-os com alguma característica única em cada menina. Por fim, Chenna chegou a Hedala.

– E essa é a Hedala – esclareceu ela. – Mas você já sabia disso, porque todo mundo sempre se lembra do nome dela.

– Ela vai ter problemas com a lei – disse Makala numa voz cantarolante.

– Você é que vai ter problemas com a lei – retrucou Chenna –, se não prestar mais atenção às suas aulas de pilotagem.

Makala se enfureceu, enquanto o restante das meninas ria. Elas começaram a falar sobre aprender a pilotar, uma exigência familiar, e todas as outras coisas que haviam feito desde que Ahsoka as deixara. Eventualmente, enquanto o sol se punha no céu, começaram a se levantar em busca de seu jantar, e apenas Chenna, Ahsoka e Hedala permaneceram no pátio. Hedala estava sentada no colo de Chenna, e a menina mais velha penteava os cabelos negros e lisos da menor com os dedos. A essa altura, Ahsoka tinha descoberto que Chenna era irmã de Hedala e por isso dedicava-lhe um cuidado especial.

– Você viu coisas ruins enquanto esteve fora, Ashla? – perguntou Chenna. – Pode me contar na frente de Hedala. Nada a assusta.

– Sim – respondeu Ahsoka. Era importante que Hedala soubesse, mas Chenna precisava ouvir isso também, se quisesse sobreviver. – As pessoas que conheci sofreram, e não havia nada que eu pudesse fazer a respeito.

– Então, você as deixou? – Chenna quis saber. Ela segurou Hedala mais apertado, e a menina se contorceu.

– Foi mais complicado do que isso – disse Ahsoka. – Elas se esconderam, e eu não podia me esconder com elas.

– Por que não? – perguntou Chenna.

Ela pensou por um momento e, em seguida, escolheu uma mentira carregada com verdade suficiente para ser razoável.

– Não há tantos Togrutas espalhados pela galáxia para que eu consiga me misturar na multidão – explicou. – Seria diferente se eu fosse uma Twi'lek, e seria muito diferente se eu fosse humana, mas não sou nem uma coisa nem outra. Não tenho vergonha de quem eu sou, mas preciso ter cuidado extra por causa disso.

– Nós todos nos parecemos uns com os outros, todos na minha família – disse Hedala. Ela tinha o ar de alguém recitando uma lição, o que explicava para Ahsoka por que a menina soava repentinamente madura. – Nosso cabelo longo e nossa pele marrom. As pessoas não tentam nos diferenciar, e as enganamos. Isso nos ajudou a evitar a sombra, e mantém-nos a salvo da lei. Gostaria que você também se parecesse conosco.

– Minha irmãzinha inteligente – disse Chenna. Seu tom era cheio de carinho, e isso fez com que algo dentro de Ahsoka doesse. Hedala era muito jovem para ser tão sábia, e nunca teria a oportunidade de demonstrar a sua inteligência para o Mestre Yoda como deveria. – Provavelmente, tudo graças à minha influência.

Ahsoka riu, e as meninas Fardi riram com ela. Ela estava bastante segura por ora.

# CAPÍTULO 18

PASSARAM-SE CINCO DIAS até que Ahsoka conseguisse ficar sozinha com Hedala. Ela empregou esse tempo trabalhando em uma das maiores naves de transporte dos Fardi, ajustando o motor e instalando um novo compressor sem questionar qual seria a carga. Os Fardi eram acolhedores, porque ela era útil, mas não estavam dispostos a lhe contar os segredos de suas operações. Na verdade, Ahsoka não tinha certeza se queria saber.

No fim, Hedala foi procurá-la, entrando silenciosamente em seu minúsculo quarto no complexo da família, depois do horário em que já deveria estar na cama. Ahsoka preferia ter recusado a oferta de ficar hospedada na residência dos Fardi, mas não conseguiu pensar num jeito de fazer isso educadamente. Sua antiga moradia tinha sido ocupada por outra pessoa, e não podia dormir na nave. Então, não tinha muita opção. A casa era cheia e barulhenta, mas pelo menos poderia ficar de olho nas coisas.

– Sente-se, pequena – disse ela da forma como teria falado a um aprendiz Jedi.

Hedala sentou-se na plataforma da cama de Ahsoka. Cruzou os pés descalços e colocou as mãos sobre os joelhos. Era a posição preferida de Ahsoka quando meditava, e ela imitou a menina sem pensar.

– Hedala, eu preciso que você me conte sobre a sombra – encorajou-a. – Qualquer coisa que você puder se lembrar sobre ela. Consegue fazer isso?

– Sim – respondeu a garotinha. – Eu nunca a vi, mas sabia que estava aqui na cidade.

– Como você sabia? – indagou Ahsoka. – Quero dizer, como você sabia se não podia vê-la?

– Eu podia sentir – revelou. – Da mesma forma como sinto o sol quando está muito quente, só que com escuridão, não com luz.

– E então um dia a sombra se foi? – perguntou.

– Sim. – A menina bateu com os dedos sobre os joelhos.

Ahsoka considerou a melhor forma de proceder. Não queria aterrorizar totalmente a criança, mas queria que Hedala fosse cautelosa. Gostaria de ter passado mais tempo com os pequenos aprendizes. Mestre Yoda sempre pareceu ter muita habilidade para falar com eles. Tentou imaginar o que ele diria e, em seguida, pegou-se tentando controlar sorrisos inesperados ao se lembrar da forma peculiar de falar do Mestre Yoda. Talvez fosse por isso que as crianças gostavam tanto dele.

– Você foi muito inteligente em ficar fora do caminho da sombra – Ahsoka elogiou. – É sempre mais sensato esperar e aprender quando algo é estranho e assustador.

– Eu não contei a ninguém – Hedala apressou-se em acrescentar. – Você acha que isso foi uma tolice? Eu não achei que iriam acreditar em mim.

– Mas você sabia que eu sim? – perguntou Ahsoka.

– Chenna diz que as pessoas muito viajadas sempre acreditam mais nas coisas – Hedala respondeu com toda naturalidade. – Elas viram mais, então, têm uma imaginação maior.

– Chenna pode estar certa – confirmou. – Eu acho que você fez bem em guardar a sombra para si mesma.

É mais fácil se esconder de algo como isso se ninguém mais estiver procurando.

– Eu sou muito boa em me esconder – disse Hedala.

– Fico feliz em ouvir isso – falou. – Mas acho que você deveria voltar para a sua cama antes que alguém venha procurar por você, só para manter a sua reputação.

Hedala riu e seguiu o seu caminho, deixando Ahsoka com os próprios pensamentos.

Muito provavelmente a sombra era uma das criaturas do lado negro. Ela não fazia ideia de qual tipo de coisa poderia ser, mas o que quer que fosse não poderia ser tão poderoso, porque não tinha sido capaz de rastrear Hedala. Isso descartava o próprio Palpatine – não que o Imperador pudesse simplesmente aparecer em um planeta sem causar um grande alarde. Também descartava seja lá o que Palpatine estivesse usando para rastrear os Jedi sobreviventes. Ahsoka tinha ouvido rumores de um lorde sombrio que servia ao Imperador, mas nada confirmado. Como de costume, sentia-se desconectada sem seus antigos canais de inteligência. Pelo menos Hedala disse que a sombra havia desaparecido.

Ahsoka deteve-se um momento a se perguntar para onde a sombra teria ido. Contou os dias nos dedos, levando em conta o tempo gasto no hiperespaço, que sempre fazia com que as coisas ficassem um pouco confusas, e percebeu que a sombra de Hedala havia partido um pouco depois de Ahsoka ter resgatado Kaeden em Raada. Provavelmente era só coincidência, mas, ao mesmo tempo, tinha experiência suficiente para saber que coincidências e a Força raramente andavam juntas. Havia sempre algum tipo de ligação.

Bateu os dedos sobre os joelhos, da mesma forma que Hedala fizera antes, e se perguntou o que a sombra faria a Raada depois que descobrisse que ela tinha ido embora. Não havia feito nada aos Fardi, mas eles ainda não eram alvo de uma investigação Imperial. Talvez devesse tentar fazer a sombra voltar.

Exceto, é claro, que iria colocar Hedala em perigo novamente e também a si mesma. Ahsoka resistiu ao impulso de bater a cabeça contra a parede. Era difícil seguir as próprias recomendações. Sentia falta de pedir conselhos. Imaginar o que seus mestres fariam teria uma utilidade limitada, e sempre se sentia uma tola quando falava consigo mesma. Quando meditou e pensou sobre o dilema, a voz que lhe veio como sugestão, surpreendentemente, era a de Padmé Amidala. Política como sempre, a senadora de Naboo apreciava coletar informações e apostava em seus pontos fortes.

Neste momento em particular, todos os pontos fortes de Ahsoka estavam dentro do complexo Fardi. Estava o mais protegida que poderia estar, tinha acesso às notícias da Holonet, e se investisse um pouco mais de tempo para conquistar a confiança dos membros mais velhos da família, eles provavelmente seriam capazes de lhe dar uma ideia muito boa do que estava acontecendo, mesmo que tivesse que reinterpretar a situação a partir da perspectiva de acordos comerciais obscuros. Não era a forma como costumava pensar sobre a política, mas, com alguma sorte, tampouco era como os seus adversários desconhecidos estavam esperando que agisse.

Ahsoka se deitou, descansando a cabeça no travesseiro e pensando, como sempre fazia, como era mais macio do que qualquer coisa em que tinha dormido quando era uma Padawan. Se ia aprender sobre comércio intergaláctico pela manhã, precisava estar muito bem descansada.

Fardi havia ficado surpreso quando, depois de apenas uma semana de estada, Ahsoka tinha ido procurá-lo com o pedido de um novo emprego. Ele fez questão de conferir suas habilidades de pilotagem pessoalmente, o que fazia sentido, já que envolvia os negócios da família. Ela sabia que o havia impressionado, tanto na atmosfera em torno de Thabeska como num circuito mais amplo no sistema.

– Não vejo razão para que você não possa ter os dois empregos – disse Fardi, enquanto Ahsoka aterrissava o cargueiro depois de concluir seu último teste. – Nós a avisaremos quando tivermos necessidade de um piloto. No mais, fica tudo como está.

Estava ótimo dessa forma para Ahsoka.

Então, eles começaram a lhe passar pequenos serviços. Ela voava para outras cidades em Thabeska, controladas por outros ramos da família, e fazia entregas. Em certas ocasiões, voava com a própria nave; em outras, designavam-lhe uma nave maior. Ela nunca perguntava o que tinha nos caixotes, de modo que, se a sua carga não condizia com o declarado, não sabia de nada. Depois de sua décima viagem, estava começando a pensar que os Fardi contrabandeavam só para não perder a prática, visto que, cada vez que descarregava algo em algum beco escuro ou atrás de um armazém isolado, as pessoas que vinham receber eram abatidas, desesperadas e *agradecidas*. Era um trabalho estranhamente gratificante também.

Ela aprendeu que a principal arma do Império, depois do medo, era a fome. Tinha visto essa estratégia funcionar em Raada e também durante as Guerras Clônicas, mas vê-la aplicada em tão larga escala a deixava muito desconfortável. O Império ainda era novo, estava se estabelecendo nos confins da galáxia, e ainda assim já era incrivelmente poderoso. E percebeu que tinha ajudado a construí-lo. Os mecanismos criados durante as Guerras Clônicas haviam sido distorcidos para uso do Império, e cada dia o domínio do Imperador se tornava mais esmagador. Ela quase admirava Palpatine por sua capacidade de implementar um plano de longo prazo – tirando o fato de que era mau e tudo mais.

Quando os Fardi começaram a confiar a ela missões de transporte fora do planeta, Ahsoka se tornou mais convencida do que nunca da necessidade de uma resistência contra o Império. Infelizmente, ainda não fazia ideia de como isso poderia ser feito. Ela entendeu, finalmente, como os agricultores em Raada haviam se sentido quando foram forçados a envenenar os próprios campos. Sentiu a frustração e a raiva deles e se deu conta de como isso os empurrara para a imprudência. Devia um pedido de desculpas a Neera quando voltasse, supondo que ela a escutaria.

Nesse meio-tempo, sua única opção era essa resistência passiva, e Ahsoka era grata por isso enquanto procurava por outras alternativas, mesmo que não passasse de uma distração.

Tudo isso mudou muito rapidamente quando captou uma chamada de socorro no meio de uma de suas viagens de rotina pra fora do planeta. Vinha de uma cápsula de fuga, e Ahsoka hesitou apenas um segundo para considerar suas opções. O transporte em que estava voando tinha um compartimento de carga grande o suficiente para comportar uma cápsula, e a cápsula não estava muito longe. Rapidamente, traçou o curso, e logo encontrou três seres humanos em estado de choque, embora aliviados, parados diante dela. A julgar por suas expressões e abalo geral, não achava que haviam perdido sua nave por erro mecânico.

– Foram piratas – contou a mulher. Ela foi a primeira a se acalmar o suficiente para falar. – Atacaram o transportador em que estávamos e fizeram vários prisioneiros. Nós mal conseguimos entrar na cápsula.

– Por que eles os atacaram? – Ahsoka lhe perguntou, falando o mais delicadamente que pôde.

– Para pedirem resgate, eu suspeito – respondeu a mulher. Ela se mexeu desconfortavelmente no lugar.

Sequestros eram algo que o sindicato do crime Sol Negro fazia naquele setor, e eles tinham fama de não serem corteses com os seus reféns.

– Vocês não precisam me contar sobre os seus negócios – Ahsoka disse a ela. – Apenas me diga por que foram alvo.

– Uma grande empresa conhecida suplantou nossa oferta para um grande projeto – o mais alto dos dois homens explicou, depois de considerar suas palavras por um momento. – Os únicos grandes projetos eram os Imperiais. Estávamos revisando os números para ver se poderíamos igualar o lance menor quando fomos atacados.

– Vocês acham que seus concorrentes gostariam de levá-los à falência para que não pudessem oferecer um lance menor? – perguntou Ahsoka.

A mulher assentiu.

– Se eu os ajudar e vocês pouparem os seus créditos, ainda assim irão se envolver? – ela perguntou. Estava disposta a socorrer pessoas que precisassem de ajuda, mas sentia-se muito menos confortável facilitando as coisas para eles servirem o Império. O fato de se ver forçada a fazer esse tipo de distinção a deixava doente.

– Não – a mulher afirmou enfaticamente. – Nenhum crédito vale esse tipo de problema. Nós só queremos a nossa gente de volta e estamos fora.

A forma como disse *gente* a fez pensar que a humana não estava falando apenas de funcionários.

– Tudo bem – disse Ahsoka. – Dê-me as coordenadas.

Depois disso, parecia que não parava mais de encontrar pessoas que precisavam de ajuda. As missões – se é que ela poderia chamá-las assim – eram aleatórias e desorganizadas, e às vezes terminavam mal. Mais de uma vez foi traída e só escapou por ter sido treinada para voar pelo melhor piloto da galáxia. Mas, pouco a pouco, Ahsoka construiu uma reputação. Ou Ashla o fez. Depois da primeira vez, fazia o que podia para evitar que aqueles que estava ajudando vissem seu rosto. Eles geralmente entendiam. O anonimato era a melhor defesa que podia conseguir.

Se os Fardi sabiam o que ela estava fazendo enquanto levava as suas naves e cargas para fora do planeta, não reclamavam. Ela se assegurou de que as naves em que voava fossem difíceis de rastrear, e apagava todas as evidências de resíduos de carbono cada vez que retornava ao solo. Logo, pensou, estaria pronta para voltar para Raada. Logo iria encontrar uma nave grande o suficiente para seus amigos. E o restante dos agricultores também. Não era uma cidade grande. Ela pensaria em algo.

Na verdade, ser novamente uma heroína a fazia se sentir *bem* outra vez. Havia sido treinada para isso, para a justiça, e o fato de que estava trabalhando contra aqueles que a tinham machucado tanto só melhorava as coisas. Era cautelosa e fazia o possível para resistir à sua natureza temerária. E tornava a vida um pouco mais fácil para as pessoas da Orla Exterior.

Seu bom trabalho não passou despercebido.

# CAPÍTULO 19

O SEXTO IRMÃO não usou o fracasso do comandante distrital em deter o Padawan Jedi contra ele. Afinal de contas, se qualquer um pudesse pegar um Jedi não haveria necessidade de Inquisidores. Ele se certificou de apresentar um relatório detalhando os pontos em que o comandante deixara a desejar, frisando suas sugestões de retaliação, mas não guardava ressentimento. Era profissional demais para esse tipo de sentimento mesquinho.

Estava consideravelmente menos impressionado com o civil bajulador que se identificava como Jenneth Pilar.

– Você não é exatamente o que eu tinha em mente – disse Pilar, concluindo uma extensa série de queixas sobre como achava que a base Imperial não dispunha de pessoal suficiente e por que suas sugestões deviam ser seguidas a fim de corrigir isso. – Tenho certeza de que você é bom no seu trabalho, qualquer que seja, mas eu preciso de homens para patrulhar, para impor a ordem, e garantir que o trabalho nas plantações seja feito dentro do cronograma.

– Então, terá que fazê-lo você mesmo – respondeu o Inquisidor. Ele gostou da forma como Pilar recuou diante da rispidez de seu tom de voz. – O Império agora tem outras prioridades em Raada.

Pilar bufou mais um pouco, mas finalmente bateu em retirada quando a expressão do Inquisidor tornou-se mais sombria e mais ameaçadora. Essa era a maneira mais fácil de lidar com os burocratas de mente fraca. Eles não escutavam mesmo, então, era melhor intimidá-los até que desistissem.

O Inquisidor abriu o relatório do interrogatório da garota chamada Kaeden Larte. Ela não havia dado nenhuma indicação de que sabia algo sobre qualquer Jedi, mas é óbvio que o seu interrogatório havia sido, em grande parte, mal realizado. Eles a pressionaram demais, tentando assustá-la, e deixaram-na fisicamente impossibilitada de falar pouco antes de seu resgate. O resgate em si foi quase que certamente realizado pela Jedi. Ninguém tinha visto nada, e a janela era muito alta para uma garota com um braço quebrado conseguir subir sozinha.

Um mapa da área circundante substituiu o relatório na tela do Inquisidor. Não havia onde se esconder na região agrícola do planeta. Estava muito bem patrulhada, não havia cobertura e levaria muito tempo para atravessá-la. Os insurgentes não poderiam estar escondidos na cidade propriamente dita. Teriam sido descobertos a essa altura, até mesmo pela mais incompetente patrulha de stormtroopers. Sobravam apenas as colinas, então. Sem os andadores como recurso disponível, o comandante seria lento ao cobrir a área, porque exigiria muito pessoal. Talvez aquele desgraçado do Pilar tivesse razão sobre o pessoal ser insuficiente.

Não importava. A Padawan Jedi já havia partido há muito tempo. Sua nave tinha sido avistada deixando o planeta após a missão de resgate bem-sucedida. O que o Sexto Irmão precisava decidir era a ordem de seus próximos passos. Iria encontrar os insurgentes e torturá-los, mas imaginou que poderia ser mais inteligente rastrear primeiro a Jedi, para que chegasse a seu conhecimento o sofrimento das pessoas que havia deixado para trás. Então, ela voltaria para salvá-los e cairia em suas mãos. Ele sabia, ou ao menos suspeitava, que direção a Jedi havia tomado. Recebera relatos de uma série de atos heroicos e aparentemente aleatórios que, quando considerados em conjunto, faziam-no sentir que eram da autoria de um Jedi. Ele só necessitava de confirmação. Odiaria esforçar-se tanto para preparar uma armadilha sem ter certeza de que a sua presa seria capaz de encontrá-la.

Tendo tomado a decisão, preparou-se para retornar à sua nave. Que o Império drenasse os recursos de Raada por mais um tempo. As pessoas não tinham mesmo outro lugar para ir. Ele chamaria a atenção da Jedi e, então, acabaria com todos de uma só vez. Apagou o relatório sobre o comandante distrital antes de partir. Odiaria ter que lhe restaurar a autoridade, e, se o incompetente fosse substituído antes de o Inquisidor voltar, era justo isso que teria que fazer. Era muito mais fácil deixar Raada como estava, por enquanto: no ponto, pronta para seu retorno.

O observador casual poderia pensar que se tratava de uma reunião de praxe entre um senador e sua equipe. Bail Organa estava sentado atrás de sua mesa e discutia a logística enquanto seus subordinados tomavam nota, e tudo parecia absolutamente legítimo. Do lado de fora da janela atrás dele, o tráfego de Coruscant fluía incessantemente em fileiras ordenadas.

O que Bail estava realmente fazendo era criar uma lista. Houve várias felizes coincidências na Orla Exterior ultimamente que tinham chamado a sua atenção. Um contrato Imperial tinha sido cancelado. Um planeta que necessitava desesperadamente de alimentos recebera ajuda. Uma nave pirata conhecida por executar operações para o Sol Negro, que vinha atacando transportadores de passageiros, havia sido impedida. Não existia um padrão em termos de horário ou local, mas, por razões que não conseguia explicar, Bail tinha certeza de que era o Jedi que procurava quem estava por trás de tudo isso.

Até agora, nenhum de seus métodos de rastreamento trouxera resultado. Não podia dizer que estava surpreso. O Jedi estaria se escondendo de observadores Imperiais, e o Império era muito mais propenso a empregar tipos desagradáveis para fazer o seu trabalho sujo do que Bail.

Ele tinha pegado de volta R2-D2 do Capitão Antilles, mas deixara o droide com Breha em Alderaan quando chegou a hora de voltar para o Senado. Embora o droide estivesse ansioso para ajudar, Bail ainda não tinha uma missão para ele. Deixara o pequeno astromecânico lidando alegremente com o banco de dados histórico dos alderaanianos, mas esperava ter um trabalho mais prático para ele em breve.

– É complicado, Senador, mas acho que, se nós realmente formos lá e começarmos a rastrear essas linhas de abastecimento, podemos ser bem-sucedidos em encontrar a fonte. – Chardri Tage era um piloto que Bail conhecia desde antes das Guerras Clônicas. Ele confiava no homem, tanto para guardar segredos quanto para planejar estratégias. O fato de Chardri conseguir acompanhar um código falado apenas confirmava o instinto de Bail em pedir ao piloto para realizar a tarefa, e sua manipulação, levando-o a pensar que tinha sido ideia sua, contribuía para manter o disfarce de Bail.

– Eu concordo. – Parceira e copiloto de Chardri de longa data, Tamsin era uma mulher miúda que não hesitava nem um pouco em usar seu belo rostinho para induzir seus inimigos a subestimá-la para, então, lançar mão de seu belo blaster para matá-los.

– Vocês vão precisar de uma nave ou podem usar a sua? – Bail perguntou. Ele não dispunha de muitos recursos quando estava atuando como rebelde em vez de Senador, mas tinha alguns benefícios em ser casado com a rainha de um planeta.

– Podemos usar a nossa própria – assegurou Chardri. – Tenho a sensação de que teremos que executar algumas manobras arriscadas, e é sempre melhor efetuá-las com um veículo familiar.

Bail não havia lhes dito que estariam procurando por um Jedi. Confiava neles, mas não era tolo. Além disso, para ser totalmente franco, estava um pouco receoso em pronunciar tais palavras em voz alta. Sabia que seus escritórios em Coruscant não deveriam ser completamente seguros. Mas, mesmo que fossem, ainda assim ele não achava que lhes teria contado sobre o Jedi. Havia muita coisa em jogo. Pelo que Chardri e Tamsin sabiam, estavam procurando por uma espécie de líder clandestino, uma pessoa como o próprio Bail, só que em uma escala muito menor – provavelmente, alguém que não estivesse neste momento atrasado para uma votação no Senado.

– Da próxima vez, onde quer que a gente se reúna? – perguntou Tamsin delicadamente enquanto se levantava.

Bail ponderou a respeito. Alderaan estava fora de questão, assim como Coruscant. Na verdade, qualquer planeta era muito arriscado. Teria que pedir outro favor ao Capitão Antilles, ao que tudo levava a crer.

– Encontraremos a nave de vocês – disse Bail. – Entrem em contato quando atingirem o objetivo e eu lhe passarei as coordenadas.

Chardri e Tamsin se entreolharam, mas não protestaram.

– Se me derem licença, estou atrasado para a votação – disse Bail. Ambos os pilotos interpretaram isso como a dispensa que de fato era. – Boa caçada – desejou-lhes, enquanto os dois partiam para a saída do escritório. *E que a Força esteja conosco*, pensou.

Ahsoka aterrissou a sua nave, soltou os controles e estalou o pescoço. O voo havia sido muito longo, e, embora nada tivesse dado errado, seus nervos estavam à flor da pele. Não conseguia afastar a sensação de que algo estava chegando, algo que mudaria tudo o que vinha trabalhando para construir. Ela fez sua inspeção pós-voo o mais rápido que pôde, ávida por comer uma comida de verdade, tomar um banho decente, e então dormir em sua própria cama.

Nenhum dos Fardi foi ao seu encontro, o que era incomum o suficiente para perturbar ainda mais os seus nervos. Ela se dirigiu à grande residência, atenta a qualquer perturbação, chegando até mesmo a utilizar a Força para sondar. Quando se aproximou da porta, ela estava aberta, então, entrou.

Todos os membros da família que se encontravam em casa naquele momento estavam reunidos na sala de estar, e havia quatro stormtroopers com blasters de pé na soleira da porta. Eles avistaram Ahsoka instantaneamente, por isso, não fazia sentido correr. Poderia fugir, mas os Fardi, não. Ela tinha a vida deles em suas mãos, e dava pra ver que os mais velhos sabiam disso. Ela pensou rápido.

– Sua nave está reparada – declarou. Ahsoka não fazia ideia do que os Fardi haviam dito aos Imperiais sobre ela, se é que haviam feito isso. Era melhor começar com uma mentira simples e esperar que eles entrassem no jogo. – Levei-a para dar uma volta em torno do sistema, e todos os defeitos parecem ter sido resolvidos.

– Excelente – disse Fardi. Havia suor em sua testa, mas a sala estava quente com tantas pessoas nela. – Essa é a mecânica de quem estava falando – ele explicou aos stormtroopers. – Quando se tem tantas naves como a minha família, faz sentido empregar em tempo integral alguém para cuidar da manutenção. Na verdade, ela mora aqui; desse modo, está sempre à disposição quando necessário.

– Não nos importamos com a sua mecânica – disse um dos troopers. – Estamos apenas realizando uma busca de rotina na casa.

Ahsoka fez questão de manter uma expressão neutra, mas as palavras do trooper a surpreenderam. Não existia tal coisa como uma busca de rotina numa propriedade privada. Estavam procurando por algo, ou não estariam ali.

– Claro, claro – respondeu Fardi. – Estamos às ordens para ajudar no que for preciso.

Ela foi se sentar ao lado de Hedala, que estava no colo de Chenna. Ahsoka se inclinou para a frente discretamente e sussurrou no ouvido da menina.

– Alguma sombra hoje? – perguntou.

– Não – respondeu Hedala, igualmente em voz baixa. – Céus limpos, bons pra voar.

Ahsoka respirou um pouco mais aliviada. Ela também não sentia nada, mas a menina sabia exatamente o que estava procurando, então, fazia sentido perguntar para ter certeza.

Mais dois troopers e um oficial entraram na sala. Os stormtroopers que já estavam presentes se puseram em posição de sentido.

– Nós estávamos em um pequeno quarto nos fundos da casa – disse o oficial. – De quem é esse quarto?

– Meu – respondeu Ahsoka, novamente em pé. Ela tentou não medir a distância até a porta ou calcular como podia saltar pela janela.

– Por favor, explique isso – disse o oficial, erguendo o pacote de peças de metal que Ahsoka mantinha sob o travesseiro. Sua pele se arrepiou ao pensar que haviam revirado o seu quarto tão profundamente.

– Ah, são apenas refugos que fui juntando de vários serviços – respondeu, deliberadamente menosprezando o valor da tecnologia que havia recolhido. – Posso lhe mostrar se quiser.

– Abra-o – ordenou o oficial.

Ahsoka puxou as tiras. Os Imperiais deviam pensar que o pacote estava armado para explodir ou algo assim. Ele estava fechado apenas com nós. O invólucro se abriu e revelou pequenas peças que Ahsoka havia recolhido em Raada. Ela ainda não saberia dizer por que aquelas peças eram importantes, mas sabia que não queria entregá-las a quaisquer Imperiais.

– Nada aqui, senhor – disse um dos stormtroopers. – Só sucata.

O oficial postou-se diante de Fardi.

– Pode ser sensato limitar sua exposição a pessoas que não pertençam à sua família – ele disse com sarcasmo. Seus olhos se desviaram para Ahsoka e depois voltaram a fixar Fardi. – Nós detectamos atividade de certo elemento criminoso nesta cidade, e odiaríamos rastreá-lo até a sua casa.

– Vou levar isso em consideração – afirmou Fardi.

– Ótimo – declarou o oficial. Ele sinalizou para os stormtroopers e todos eles se dirigiram para fora da casa.

Fardi soltou o ar assim que eles foram embora.

– Todo mundo pra fora – disse ele, parecendo derrotado. – Exceto Ashla. Nós precisamos conversar.

# CAPÍTULO 20

– VOU EMBORA – DISSE Ahsoka, levantando-se assim que a sala estava vazia. – Não vai demorar muito tempo para eu recolher as minhas coisas.

– Ashla – disse Fardi. – Sinto muito que a tenhamos colocado nesse fogo cruzado aqui. Não queríamos que o Império colocasse a culpa das nossas atividades em você.

Isso a trouxe de volta à realidade.

– Suas atividades? – perguntou ela. – Mas eu tenho feito...

Por um instante, ela e Fardi olharam um para o outro num silêncio atordoado e depois, inesperadamente, Fardi começou a rir.

– Você usou nossas naves para executar suas próprias missões de caridade – disse ele, e Ahsoka se deu conta de que ele não sabia disso ao certo até aquele momento. – Você achou que os Imperais estavam aqui por sua causa.

– Hã, sim – confirmou Ahsoka. – Não estavam?

– Bem, eles poderiam estar aqui por todos nós, como se vê – disse Fardi. – Não sei o que você andou fazendo, mas temos feito contratos e transportado mercadorias que vão contra os regulamentos Imperiais. Você fez alguns dos envios para nós. Minha esposa estava furiosa por eu estar colocando você em perigo, mas pelo jeito você poderia lidar com isso.

– Eu pensava que era contrabando comum – Ahsoka admitiu. – E isso me incomodou um pouco no início, mas depois eu constatei como os seus fornecimentos eram necessários em todo o setor. Toda vez que descarregava, parecia que eu estava fazendo a diferença... Mas não era o suficiente. A primeira vez que ouvi um chamado de socorro, soube que eu poderia fazer mais.

– Eu me perguntava por que você estava se desviando da sua agenda tão aleatoriamente – confessou Fardi.

– Talvez, se tivéssemos conversado sobre isso, organizado de verdade, poderíamos ter realizado algo duradouro. Mas, do jeito como estão as coisas, acho que você vai ter que ir embora, e nós aqui teremos que andar na linha por uns tempos para termos a nossa reputação de volta.

– Estou em dívida com vocês novamente – disse Ahsoka. – Esta é a segunda vez que fui acolhida quando não tinha outro lugar para ir e a segunda vez que me deixam partir em vez de me entregarem.

– Você é uma boa mecânica – retrucou Fardi com um sorriso. – Não existem tantos assim para que possamos abrir mão de uma só por causa de algumas complicações com os Imperiais.

– Obrigada – disse Ahsoka. Ela começou a se mover em direção à porta e depois parou. Era um risco dizer em voz alta, mas tinha que fazer tudo o que podia antes de partir. – Fardi, você precisa ter cuidado com Hedala.

A mudança no homem foi instantânea. Ele franziu a testa e havia um brilho de determinação em seus olhos.

– O que tem ela? – perguntou.

– Ela é... – Ahsoka se interrompeu. Ela não tinha certeza de como dizer o necessário sem revelar muito. – Ela é especial. É importante que ninguém perceba o quanto é especial.

Fardi piscou perplexo, juntando as peças. Ahsoka se perguntou o que ele já tinha visto a menina fazer, se já achara o seu comportamento estranho e depois deixara pra lá porque estava ocupado. Se sim, certamente estava se lembrando agora.

– Você acha que vai crescer para ser uma mecânica? – perguntou, e Ahsoka então soube que ele entendera tudo o que ela não havia dito.

– Não há ninguém para ensiná-la – respondeu Ahsoka, escolhendo as palavras com cuidado. Era mais do que queria revelar sobre si mesma, mas até ali os Fardi lhe haviam dado todos os motivos para confiar neles. – Na realidade, ela não vai deixar de ser especial, mas eventualmente vai aprender a ser outras coisas.

– Vou ficar de olho nela – disse Fardi. – Eu prometo.

– Obrigada – agradeceu Ahsoka. – Desculpe-me por não poder fazer mais.

– Estou muito ciente do que você tem feito, Ashla – disse Fardi. – E agora que eu sei a razão de você voltar, acho que estamos quites.

Fardi estendeu a mão e Ahsoka a apertou. Então, pegou o embrulho de peças de tecnologia e voltou para o seu quarto. Ela parou no centro dele, olhando a cama e a pequena prateleira onde guardava seus poucos pertences. Então, ajoelhou-se e despejou o conteúdo sobre o colchão para examiná-los novamente.

O embrulho estava começando a se desgastar, o que não era realmente uma surpresa, considerando todas as peças de formas irregulares que continha. Ela as espalhou, encontrando os pares e as poucas que não combinavam. Gostou das cores do metal e do peso das peças em suas mãos.

O que realmente queria fazer era fechar os olhos, usar a Força e ver se todas as peças de alguma forma se encaixavam. Mas a porta estava aberta atrás dela e podia ouvir os ruídos da casa. Confiava em Fardi e em sua família, mas havia uma diferença entre suspeitar de algo e saber ao certo, e essa diferença era perigosa. Não havia razão para Ahsoka expor qualquer membro da família a um risco maior do que aquele que já corriam por sua causa. Estaria sozinha em breve. E então seria capaz de testar a sua teoria.

Cuidadosamente, deslizou as peças de volta no embrulho e reatou as extremidades desgastadas. Colocou-o na mochila que Neera lhe dera em Raada e acrescentou outras bugigangas que tinha pegado, a maioria das crianças, que aparentemente pensavam que ela precisava de mais coisas brilhantes para olhar.

Ahsoka colocou a mochila nas costas, ajustou-a ao redor de seus lekku e se virou. Hedala estava parada na porta, olhando para ela com uma expressão séria.

– Não quero que você vá embora – disse a garotinha.

– Eu tenho que ir, pequenina – afirmou. – É perigoso para todos se eu ficar.

– A sombra não voltou – declarou Hedala. – Mas eu acho que há outras sombras.

Ahsoka não estava muito surpresa que Hedala pudesse sentir algo que ela não podia. Acontecia frequentemente com crianças aprendizes. Elas eram boas em alguns aspectos da Força e não em outros, até que fossem treinadas. Obi-Wan disse que Anakin tinha sido encontrado pelo mestre de Obi-Wan, Qui-Gon, por causa de seus reflexos rápidos. Era a sua capacidade de perceber os sentimentos e intenções dos outros que a havia distinguido. Hedala, aparentemente, era boa em pressentir o perigo a distância. Não era uma habilidade ruim de se ter, sem treinamento, num momento em que ter qualquer habilidade era o suficiente para torná-la um alvo automático.

– Eu posso lidar com isso graças à sua advertência – disse Ahsoka. Ela tinha quase certeza de que estava dizendo a verdade. – O seu trabalho é evitar as sombras completamente, você entendeu?

Hedala assentiu e, em seguida, jogou os braços ao redor da cintura de Ahsoka, tão alto quanto podia alcançar. Surpresa, apoiou os braços sobre os ombros da menina por um momento, e depois Hedala se afastou.

– Adeus, Ashla – disse Hedala. – Eu vou sentir sua falta.

– Vou sentir sua falta também – afirmou.

Hedala segurou a mão dela até chegarem à porta da frente e, depois, acenou até Ahsoka dobrar a esquina. Ela não apreciava o fato de deixar a menina pra trás outra vez, mas não havia nada que pudesse fazer quanto a isso. Sua posição era demasiadamente frágil para incluir o acompanhamento de crianças. Era melhor para Hedala ficar com sua família. E, agora que Fardi sabia que tinha que ficar de olho nela, iria dizer à família o que era necessário saber.

O que a corroía por dentro ainda mais era saber que Hedala não podia ser a única criança sensível à Força na galáxia. Houvera milhares de Jedi porque houvera milhares de crianças como Hedala, e ainda havia, mesmo que não existisse um lugar aonde pudessem ir para receber treinamento. E o Império as estava caçando. Era outro item na lista de coisas sobre as quais Ahsoka nada podia fazer. Ela estava começando realmente a não gostar dessa lista. Era pesada, e não tinha escolha senão carregá-la.

Subiu a rampa de sua nave, cujo exterior fora limpo desde sua última missão, assim como o computador de navegação, e guardou sua mochila. Quando se instalou no assento do piloto, sua visão era clara. Isso, pelo menos, era algo que poderia fazer. Ahsoka executou as verificações de pré-voo de maneira rápida, embora não estivesse particularmente com pressa, e partiu quando teve autorização. Sem nenhum destino específico em mente, estabeleceu um curso na velocidade sub-luz e se dirigiu para um dos planetas vizinhos no sistema. Era pouco povoado e coberto de montanhas. Não podia ficar em isolamento por muito tempo, mas ter vários dias para esfriar a cabeça e formular um novo plano, provavelmente, era uma boa ideia. Não havia necessidade de se precipitar.

Enquanto a nave seguia sua trajetória, fez uma varredura na parte externa do veículo e no sistema do computador em busca de qualquer tipo de dispositivo de rastreamento. O repentino aparecimento dos Imperiais na casa dos Fardi era muito alarmante para ser ignorado por completo. Ela não tinha ficado longe de sua nave por muito tempo, mas fora tempo mais do que suficiente para alguém instalar um dispositivo. Não encontrou nada, mas não conseguia afastar a sensação de inquietação que o aviso de Hedala sobre as novas sombras havia despertado nela. Ainda bem que o blaster Imperial roubado estava a bordo, assim teria algo com que se defender se precisasse. Ela o tirou de seu esconderijo para mantê-lo à mão.

Sua nave deslizou na atmosfera planetária com apenas um pequeno tremor, e Ahsoka começou a esquadrinhar a superfície em busca de um bom lugar para aterrissar e permanecer por alguns dias. Acabou encontrando um local com uma plataforma ampla o suficiente para acomodar a nave. Por ser muito alto, o ar era frio. O planeta era menor do que aquele em que os Fardi viviam, porém, maior do que Raada, então já estava acostumada com a gravidade. Dito isso, não era um mau lugar para se estabelecer por um tempo e checar a nave. Parecia funcionar muito bem, mas, já que dispunha de algum tempo, poderia realizar uma revisão completa.

Ela estava ajustando o coletor de plasma quando ouviu o zumbido inconfundível de motores se aproximando. O blaster continuava ao lado da cadeira do piloto, então, teve que correr até a rampa e voltar para a nave para buscá-lo. Prendeu-o na lateral do corpo e cautelosamente desceu a rampa.

Agora já dava para Ahsoka ver a nave que se aproximava. Estava voando baixo, rente aos topos das montanhas e costurando para evitar os picos mais altos. Definitivamente, a nave a estava seguindo. Se estivesse analisando o terreno aleatoriamente, estaria voando mais alto. Ela se perguntou como a tinham encontrado, e então percebeu que, já que não fora para o hiperespaço, quem estava voando naquela coisa poderia simplesmente tê-la rastreado visualmente.

A nave não era nova, mas estava bem conservada. Mesmo a distância, Ahsoka podia perceber isso. Não tinha espaço para carga. Apenas um piloto, suspeitou. Talvez um ou dois tripulantes. A nave começou a descer em direção a ela, o que era interessante. Quem quer que fosse não iria atirar primeiro e perguntar depois.

Ahsoka aguardou, calma e serena, até que a nave aterrissasse. A rampa dessa outra nave baixou e, em seguida, uma única figura emergiu. Não tinha como adivinhar se era do sexo masculino, feminino, nem nada. Sua armadura era escura, cobrindo-a da cabeça aos pés. Portava ao menos dois blasters que Ahsoka pôde notar logo de cara.

– Piloto Ashla. – A voz era fortemente modulada. – Parabéns. Você chamou a atenção do Sol Negro.

OBI-WAN CONECTOU-SE COM A FORÇA *e não encontrou nada.*

*Levara um tempo para alcançar este nível de transe profundo, e, agora que estava ali, relutava em parar, mesmo que já tivesse falhado mais de uma vez. Deveria haver outras coisas que conseguisse ver, outros Jedi que pudesse encontrar e talvez ajudar.*

*Imagens passaram em rápida sucessão por seus olhos. Padmé morrendo, os bebês ao seu lado. Yoda exigindo uma promessa e dando-lhe um novo objetivo. Anakin queimando nas encostas vulcânicas de Mustafar, culpando-o por tudo o que tinha dado errado.*

*E tudo dera tão errado.*

*Agora ele estava de volta ao lugar onde sua vida cuidadosamente organizada havia começado a sair do controle. Não a localização exata, é claro. A família Lars vivia no meio do nada, e era uma parte de Tatooine para onde Obi-Wan nunca tinha ido até que trouxera Luke para eles. Mas era o planeta no qual toda a sua existência havia sido alterada para sempre.*

*Ele tinha visitado o túmulo de Shmi Skywalker para pedir desculpas por perder seu filho. Nunca a conhecera, sabia dela apenas pelas histórias de Anakin, mas Qui-Gon lhe havia feito uma promessa e Obi-Wan não tinha sido capaz de cumpri-la. Enquanto estava ali, olhando para a lápide, sentiu uma vergonha ainda mais profunda. Qui-Gon a deixara lá na condição de escrava, e Obi-Wan fizera tudo ao seu alcance para evitar o retorno de Anakin. Foi só o amor de um bom homem, aqui em Tatooine, que a havia salvo – o tipo de amor do qual os Jedi deveriam abster-se. No entanto, fizera algo que os Jedi não poderiam.*

*Mas isso era passado. O que ele fazia agora, fazia por um futuro incerto e por esperança. Havia confiado no lado luminoso da Força sua vida inteira. Não havia razão para parar agora. Encontrou o centro de sua meditação, o lugar calmo onde não havia emoção alguma, nenhuma resistência, nem laços terrenos. Firmou os pés ali e conectou-se novamente com a Força.*

*Nada ainda.*

*Obi-Wan saiu do transe, mais irritado do que desapontado com o fracasso, e descobriu que ainda estava sentado no chão da casa de Ben Kenobi. Era pouco mobiliada, atendendo apenas às necessidades básicas. Ele não estava ali há muito tempo, mas tinha a impressão de que, mesmo que ficasse ali até que Luke Skywalker estivesse com uma barba longa e grisalha, ainda assim não acumularia muitos pertences. Tatooine não era esse tipo de lugar.*

*Ele se levantou, os joelhos rangendo de forma um tanto alarmante. Certamente não estava tão velho ainda. Devia ser o clima do deserto que o afetava de forma estranha. Pegou um pequeno copo, encheu-o com água e depois retornou à sua posição no chão. Algo lhe chamou a atenção, uma das poucas peças de sua antiga vida que havia trazido consigo para a solidão do deserto.*

*O sabre de luz de Anakin Skywalker.*

*Era tudo que restava do homem que tinha sido, muitas vezes, simultaneamente, a maior fonte de irritação, um irmão e o amigo mais próximo de Obi-Wan. Se alguma outra parte de Anakin tinha sobrevivido, estava perdida para o mal e a escuridão. Obi-Wan não poderia salvá-lo, da mesma forma que não poderia salvar qualquer outro Jedi que ainda estivesse em fuga pela galáxia, tentando se adaptar à nova ordem. Tudo o que Obi-Wan podia fazer era se certificar de que o pequeno Luke sobrevivesse até a idade adulta e treiná-lo se desse sinais do talento do pai.*

*Perguntou-se por um instante como a filha estaria se saindo sob a tutela de Bail Organa.*

*Então, fechou os olhos e respirou fundo.*

*Mergulhou profundamente nas lembranças e no sonho. Lá estava o Comandante Cody, entregando-lhe de volta o seu sabre de luz apenas para disparar contra ele e derrubá-lo da encosta rochosa instantes depois. Anakin, achando graça enquanto fazia uma aterrissagem forçada incrivelmente difícil, salvando a vida de todos mais uma vez. Ahsoka, com as mãos nos quadris, suas perguntas intermináveis desafiando-o a cada oportunidade. E Palpatine, como Chanceler, seu disfarce tão perfeito que Obi-Wan não conseguira detectar sua maldade mesmo quando sabia onde procurar.*

*Obrigou-se a passar direto por tudo isso. Estava mais fácil desta vez. Ficava cada vez mais fácil. Machucava seu coração pensar que era tão volúvel que poderia virar-lhes as costas para atingir seus próprios fins. Quando pensava nisso, ouvia Yoda, lembrando-o de que seu trabalho era importante, que ele deveria se concentrar apenas no futuro, obscurecendo o passado e até mesmo ignorando o presente se fosse necessário. Ele tinha que avançar.*

*Alcançou o ponto mais profundo novamente, um lugar calmo onde suas dúvidas, paixões e medos desapareciam.*

*Então, percebeu que não era o ponto mais profundo, não inteiramente. Havia outro nível mais abaixo.*

*Obi-Wan afastou-se da casa de Ben Kenobi, o último lugar na galáxia onde uma parte de Anakin Skywalker ainda repousava, e rompeu o muro entre a vida e a morte.*

*Havia escuridão ali caso pretendesse levar algo consigo ou deixar algo para trás, mas não desejava nenhuma dessas coisas, então, permaneceu na luz. Seus sentidos eram aguçados. Podia ouvir todos os sons ao mesmo tempo, e também nenhum deles. Levou um instante para se concentrar na voz que mais queria ouvir.*

*Sozinho e conectado. Distante e irremediavelmente envolvido. Obi-Wan teve pouco tempo antes de ser arrancado de volta ao mundo físico, mas foi tempo suficiente para renovar a sua esperança.*

*– Obi-Wan – disse Qui-Gon Jinn. Ele tinha certeza de que a voz estava mais forte dessa vez. – Liberte-se.*

# CAPÍTULO 21

O RETORNO DO SEXTO IRMÃO a Raada não havia sido tão triunfante como ele esperava. Não tinha sido capaz de fazer uma identificação positiva da Jedi, mas estava certo de que qualquer notícia de suas próximas ações na lua agrícola chamaria a atenção da Padawan. Ele já havia rastreado uma série de felizes acasos... isto é, felizes para as pessoas que tinham sido salvas de desentendimentos com o Império. Os eventos traziam a digital da virtuosidade Jedi por todos os lados: baixa contagem de mortes, civis agradecidos e ausência de registros oficiais. Tudo que precisava fazer era se certificar de que alguém em Raada enviasse um pedido de socorro na direção certa e a Jedi viria a ele.

Sua primeira providência do dia, depois que aterrissou e cuidou de sua nave, foi ler as atualizações sobre a situação dos insurgentes. Como havia suspeitado, as tropas locais tinham feito incursões para capturá-los, o que lhe convinha muito bem. O comandante distrital parecia estar evitando-o, o que também era adequado aos seus propósitos, então, chamou o interrogador-chefe em vez dele.

– Preciso de informações sobre a garota que escapou de sua custódia – ordenou, indo direto ao ponto. Interrogadores geralmente apreciavam a abordagem direta, o que era algo que admirava. – A sua aparência, de preferência. Não sua personalidade.

– Ela tinha pele escura – respondeu o interrogador. – E seu cabelo estava trançado quando a vi, mas, ao menos que encontre alguém para refazer as tranças, imagino que deva estar usando um lenço ou algo parecido agora.

– Por que não fazê-lo ela própria? – quis saber o Inquisidor.

– Seu braço está quebrado – foi a resposta. – O direito. Acho que também pode estar com o ombro machucado, mas não tenho certeza.

– Seus métodos são muito cruéis? – Era sempre bom trocar informação profissional.

– Não, o braço foi um acidente – esclareceu o interrogador. – Nossa tortura inicial a assustou tanto que, quando mencionei a possibilidade de aplicá-la novamente, ela tombou a cadeira, caindo em cima do braço.

– Você foi muito útil – disse o Inquisidor. – Está dispensado.

O interrogador era bastante inteligente para não se ofender com alguém sem patente visível dando ordens. Esse tipo de gente era propensa a se sair bem na hierarquia Imperial, o que exigia uma certa dose de flexibilidade. O Sexto Irmão tomou nota de escrever uma recomendação. Seu trabalho, e de seus irmãos e irmãs, seria mais fácil se os escalões superiores fossem preenchidos por pessoas que o escutassem.

Agora sozinho, o Inquisidor abriu o mapa da superfície da lua, a fim de refrescar sua memória quanto à geografia. Levou apenas alguns minutos para identificar os melhores lugares para esconder um grande grupo de pessoas e, então, fechou o terminal e se dirigiu para a porta. Era hora de parar de fazer perguntas e ir à caça.

Kaeden tinha jogado, segundo sua estimativa, cerca de dez bilhões de partidas de crokin desde que Ahsoka a resgatara e deixara Raada. Tinha sido sugestão de Miara. Com um braço quebrado e tratamento médico limitado, ela precisava aprender a usar a outra mão, e crokin era a maneira mais fácil de fazer isso. Então jogava bastante com a irmã, mas a sua adversária mais frequente era Neera. Assim que os sedativos perderam o efeito, Neera passara a cambalear pela caverna como se parte dela estivesse faltando, e Kaeden achava que isso não estava muito longe da verdade. As únicas ocasiões em que mostrava algum sinal de vitalidade era quando elas jogavam. Neera sempre a derrotava, mas isso a fazia se sentir melhor, por isso, ficava contente em perder.

Com exceção do jogo de tabuleiro e da capacidade de ir sozinha ao banheiro, viver se escondendo do Império não era tão diferente de ser presa por ele. A comida era terrível. A iluminação era ruim. Ela estava sempre nervosa e agitada, sobressaltava-se com qualquer som. Mas não havia máquinas de tortura, então, pelo menos já tinha isso de bom. E sua irmã estava com ela, segura, o que também era muito bom.

Estendendo a mão boa, Kaeden ajustou outra vez o lenço que estava usando para prender o cabelo. Suas costumeiras tranças haviam se saído tão bem sob tortura quanto ela, e não tinha sido capaz de refazê-las com uma só mão. Miara tentara caprichar, mas, apesar da sua capacidade de elaborar minúsculos circuitos que podiam explodir quando devidamente acionados, a garota não tinha o menor talento para elaborar tranças. Kaeden acabou por desmanchá-las totalmente e depois tentou fazer o melhor que pôde para lidar com a volumosa cabeleira solta. Ela deveria cortá-la, mas sabia que seu braço iria melhorar com o tempo, e gostava das longas tranças. Podia ser paciente.

Ou pelo menos podia ser paciente com seu cabelo. Ter paciência enquanto se escondia do Império era uma questão completamente diferente. Ninguém comentava sobre isso, porque pareceria falar mal dos mortos, mas Kaeden podia notar que até mesmo o mais esquentado dentre eles desejava jamais ter dado ouvidos a Hoban. E, à medida que seus suprimentos se esgotavam, começaram a acontecer conversas sobre quem deveria ir à cidade buscar mais e discussões sobre deixar ou não o planeta de uma vez.

– Você não acha estranho os Imperiais não terem nos encontrado ainda? – perguntou Miara. Ela se sentou ao lado de Kaeden, que dava petelecos nas peças de crokin no centro do tabuleiro. Sua pontaria estava ficando melhor, mas não muito.

– Nós arruinamos os andadores antes que as coisas saíssem do controle – ponderou Kaeden. – Mas você tem razão. Eles teriam que saber que não há tantos lugares para nos escondermos. Até mesmo os stormtroopers mais estúpidos já deveriam ter procurado aqui a essa altura.

– O que você acha que estão esperando? – perguntou a irmã mais nova.

– Acho que estão ocupados procurando outra coisa – respondeu. – Não chegamos a ser uma ameaça para eles.

– Mas Ahsoka se foi – observou Miara.

– Ela disse que iria voltar – Kaeden lembrou. Já havia dito isso umas mil vezes, e, a cada vez que o fazia, um pouco da sua certeza morria.

Miara olhou para ela desdenhosamente. Era um olhar velho para um rosto jovem, e Kaeden não gostou.

– Por que voltaria? – questionou Miara. – Não há nada aqui.

– Nós estamos aqui – disse Kaeden, ignorando a insinuação da irmã sobre acreditar que Ahsoka voltaria apenas por ela. – Ela pode voltar por nós.

– Ela e que exército? – perguntou Miara. – Ou você deixaria todo mundo pra trás para se salvar?

Kaeden não poderia dizer que sim, não aguentaria ver o olhar de desgosto que sabia que sua irmã lhe daria se o fizesse, mas a verdade era que deixaria Raada num piscar de olhos se pudesse. Se isso a salvasse, ou a Miara, de nunca mais sentir aquela máquina em seu peito novamente, ela o faria. O sentimento de culpa era uma dor duradoura, mas podia conviver com ela. Entretanto, não tinha certeza por quanto tempo aguentaria ser torturada novamente.

– Pare com isso – Miara disse, e Kaeden percebeu que estava esfregando o peito. A máquina não tinha nem deixado marcas. Tudo que Miara podia ver era que Kaeden andava inquieta e se assustava constantemente. Pelo menos, ninguém a acusara de estar apaixonada, mesmo que estivessem precisando dar umas risadas.

Neera sentou-se em frente a Kaeden, do lado oposto do tabuleiro de crokin, e começou a separar os discos pela cor. Nunca perguntava se queria jogar; já não falava muito, então, era assim que os seus jogos normalmente começavam. Kaeden se preparava para perder espetacularmente outra vez quando Kolvin, que estava de sentinela, arrastou-se para fora do túnel de ligação com uma expressão alarmada no rosto.

– Tem alguma coisa vindo – informou ele.

– Stormtroopers? – perguntou Kaeden. – Nos tanques?

Com os andadores fora de serviço, os tanques eram a única opção de transporte terrestre que os Imperiais tinham. Eram lentos e pesados e não se adequavam bem às colinas, mas os stormtroopers não pareciam gostar muito de andar.

– Não – respondeu Kolvin. – Apenas uma pessoa. Mas se movendo muito rápido. Estará aqui em breve.

A entrada principal estava sempre trancada. Tinham dedicado um tempo a aumentar a camuflagem em torno das entradas escondidas. Era uma das poucas atividades que podiam executar com segurança, sem chamar atenção. O ponto fraco em sua defesa era a porta da sentinela. Tiveram que decidir se queriam bloqueá-la e perder seu ponto de observação de forma permanente ou arriscarem-se ao deixá-la aberta. Para Kaeden, não era uma escolha difícil, mas não era ela quem dava as ordens. Todos olharam para Miara. Ela também não estava no comando. Ninguém estava, de fato, mas os explosivos eram projeto seu. Se iriam detoná-los, ela era a única que podia fazer isso.

– Vou levar um tempo para aprontar tudo – disse Miara. – Kolvin, temos esse tempo?

– Teremos se formos agora – respondeu ele. Seus grandes olhos negros brilhavam, mesmo no escuro da caverna.

– Eu vou com você – disse Kaeden.

Miara hesitou.

– Você não consegue engatinhar – disse. – E não pode ajudar com os explosivos.

– Não quero ficar longe de você – Kaeden insistiu.

– Então, deixe-me ir para que eu possa voltar rápido – disse Miara.

– Sua irmã tem razão – interveio Neera. – Eles podem matar uma de vocês estando juntas com a mesma facilidade quanto podem matar estando separadas. Você pode muito bem ficar aqui e jogar crokin comigo. É a sua vez mesmo.

Kaeden a fitou boquiaberta, chocada com o fato de que, mesmo de luto, Neera pudesse dizer algo tão terrível. Miara aproveitou a distração da irmã e mergulhou túnel adentro com Kolvin atrás de si. O tempo parecia não passar, mas, em seguida, o chão tremeu um pouco, e Kaeden soube que a questão do posto de sentinela havia sido liquidada. Desejou ter podido ver a figura que se aproximava. Não saber o que estava vindo atrás deles não lhe agradava.

Neera bateu em seu ombro machucado, e ela fez uma careta de dor. A garota mais velha apontou para o tabuleiro.

– É sua vez, Kaeden – disse ela, como se estivessem sentadas no Selda's depois de um dia de trabalho.

Kaeden pegou um disco e pensou em seu próximo movimento.

Jenneth Pilar estava fazendo as malas. O Império estava de ponta-cabeça depois que passou a se preocupar com usuários da Força. Todos os seus cuidadosos cálculos tinham sido ignorados e todas as suas equações foram desequilibradas pela própria presença de tal mitologia, e Jenneth não tinha mais paciência para isso. Aquele que chamava a si mesmo de Sexto Irmão havia retornado, e isso significava que todas as suas metodologias bem planejadas estavam prestes a ser descartadas em prol de algum esquema envolvendo um suposto Jedi.

Todo mundo sabia que os Jedi estavam mortos. Assim, tão distante do Núcleo, havia poucas pessoas que tinham alguma fé na Ordem Jedi. Jenneth não admirava muito a Orla Exterior, mas podia respeitá-la. A Força não tinha lugar em uma galáxia ordenada. Simplesmente não poderia ser levada em conta na matemática.

Ele se deteve, procurando ao seu redor no aposento por qualquer coisa que pudesse ter esquecido. Seus olhos pousaram no datapad que usara para calcular exatamente quanto do que o Império precisava poderia ser extraído da superfície da lua antes de destruí-la para as futuras gerações. Tanta confusão por uma planta. Apenas uma simples planta que poderia ser processada e transformada num suplemento nutricional que permitiria às pessoas que trabalhavam em baixa gravidade processar o oxigênio de maneira mais eficiente. Não conseguia acreditar que valesse a pena para o Império tanto esforço para obtê-la.

Jenneth jogou o datapad em sua maleta e fechou as travas. Não era problema dele. Tinha sido pago e supervisionara o trabalho o máximo que pôde antes que saísse de seu controle. Não havia razão para os Imperiais pensarem que ele os desprezava, e não havia motivo para ele ficar naquela lua incivilizada nem mais um minuto. Estava voltando para um planeta com árvores de verdade, comida de verdade, uma cama de verdade e nenhum cheiro de fertilizante persistente.

Nos campos, os agricultores trabalhavam sob coação e os brotos cresciam cada vez mais. Em poucos dias, a colheita poderia começar.

# CAPÍTULO 22

EM SEU FAVOR, a figura de armadura ainda não havia sacado nenhuma arma. Realmente queria conversar. O blaster da própria Ahsoka continuava no coldre, mas podia alcançá-lo se precisasse. Não importava quão velozmente a figura pudesse sacar e atirar, Ahsoka seria mais rápida. Seus reflexos treinados de Jedi eram mais do que suficientes pra isso. Ao mesmo tempo, sabia que um tiroteio não fazia sentido a menos que fosse provocada. O agente do Sol Negro tinha vindo procurar Ashla, então, Ashla poderia lidar com eles.

– Fico surpresa que o Sol Negro já tenha ouvido falar de mim – disse Ahsoka. Ela relaxou os ombros, mas permaneceu alerta, os olhos esquadrinhando a armadura do visitante em busca de pontos vulneráveis e sua sensibilidade atenta a uma elevação de agressividade que poderia precipitar uma luta.

– Minha organização vigia todo este setor – declarou o agente. O modulador de voz tornava difícil compreender as palavras. Devia ser um equipamento antigo. Ou o agente era novato e ainda não tinha condições de pagar por uma boa tecnologia, ou era experiente e fazia tempo que usava o mesmo equipamento. – Nós costumamos reparar quando nossos empreendimentos dão errado.

*Empreendimentos* não era o termo que Ahsoka teria usado. Ela considerava que todas as formas de tráfico de seres sencientes eram abomináveis. Distraidamente, calculou quanto tempo levaria para colocar sua nave no ar, levando em conta que ela estava na parte inferior da rampa. O cargueiro não tinha sido projetado para decolagens rápidas, mas, geralmente, seria possível forçar uma nave a fazer o que quer que fosse pelo menos uma vez, e esse poderia ser o momento.

– Bem – disse ela. – Não sei muito sobre esse tipo de coisa. Sou apenas uma piloto contratada.

– Minha organização está ciente disso também – disse o agente. – Você é muito melhor do que aquela escória mesquinha dos Fardi. Seja lá quanto for que estejam pagando a você, podemos dobrar.

– Você está me oferecendo um emprego. – O tom de voz de Ahsoka era neutro.

– Estamos – confirmou o agente. – Contratos lucrativos e todos os benefícios decorrentes de se trabalhar para uma organização de tão alto nível.

Ahsoka quase desejou que o agente tivesse chegado atirando.

– Eu desfrutava uma certa liberdade com os Fardi – disse ela. – Duvido que seus empregadores continuariam me deixando ser tão independente.

– Existem algumas limitações que eles esperam que você aceite – o agente admitiu. Ele se moveu, e Ahsoka notou que o revestimento do joelho em sua armadura estava rachado. Ali seria o seu primeiro alvo se as coisas chegassem a esse ponto. – E há também a questão dos créditos que você lhes deve.

– Eu não devo nada a ninguém – afirmou Ahsoka.

– Ah, mas você deve – retrucou o agente. – Você deu um prejuízo ao Sol Negro de milhares de créditos, e vai pagá-los, de um jeito ou de outro.

– Isso está parecendo cada vez menos um trabalho – debochou Ahsoka.

– Seu cadáver também é aceitável – afirmou o agente.

– Eu tenho tempo para pensar sobre isso? – perguntou Ahsoka.

– Não muito – disse o agente. – Há outros procurando por você. Tive sorte de encontrá-la primeiro.

Se o Sol Negro queria uma contrabandista que os havia humilhado a ponto de enviar caçadores de recompensa atrás dela, então alguém suspeita de ser Jedi seria um alvo ainda melhor. Ela não podia se revelar como tal àquele agente da mesma forma que não poderia fazê-lo para os Imperiais em Thabeska. Isso significaria mais pessoas perseguindo-a e, embora soubesse que poderia lidar com eles, tinha outros pontos a considerar. Qualquer lugar em que se estabelecesse a seguir se tornaria um alvo apenas em virtude de sua presença. Ela precisava ser cuidadosa.

– Sinto-me muito lisonjeada – disse ela, por fim. – Mas não creio que esteja interessada.

Para seu crédito, o agente do Sol Negro não hesitou, mas ainda assim foi lento demais. Ahsoka já estava no meio da rampa de sua nave quando a primeira disparada de tiros de blaster teve início e já havia fechado a porta antes da segunda. O agente poderia ter subido correndo a rampa, mas preferiu recuar para a própria nave. Parecia que agora demonstrava menos escrúpulos em atirar e tentaria derrubá-la no ar.

Havia uma boa razão para isso. O cargueiro era volumoso e não tinha sido projetado para ser veloz. A nave do agente era delgada e potente, uma verdadeira predadora. Ahsoka teria que se virar com o que tinha. Ela iniciou a sequência de decolagem antes mesmo de fechar a escotilha. Assim que estava no ar, virou-se. Olhando para baixo, viu o agente subindo correndo a rampa de seu veículo. As armas da nave eram poderosas, mas dispparariam lentamente. Tudo o que tinha a fazer era evitar um confronto direto.

– Será fácil como roubar doce de criança – murmurou ela.

Acionou os motores, abrindo o máximo de distância entre a própria nave e o agente do Sol Negro enquanto ele ainda estava decolando. Talvez fosse um piloto horrível e isso facilitaria as coisas.

– Ou talvez não – constatou, com a nave do agente diminuindo a diferença entre eles.

Ahsoka empregou mais combustível nos motores e levou a nave para baixo, em direção aos picos das montanhas. Teria que se livrar de seu perseguidor dessa forma.

Uma avalanche de pedras irrompeu com a artilharia do agente devastando a encosta de uma montanha. Ela se esquivou dos escombros e mergulhou mais, buscando forçá-lo a voar mais baixo atrás dela.

– Uma cobertura de nuvens seria de grande ajuda – comentou para ninguém em particular. Nem mesmo R2-D2 podia controlar o clima.

Ahsoka avistou um pico e girou em torno dele, inclinando-se tão intensamente que o metal à sua volta gemeu com o esforço. Mas valeu a pena, porque durante alguns preciosos segundos a nave do Sol Negro cruzou a sua linha de fogo. Ela não desperdiçou a oportunidade. Suas armas dispararam muito mais rápido do que as dele, em rajadas mais curtas e com menos poder concentrado, mas ainda assim eficazes. Ao final de seu ataque, conseguira desativar um dos canhões do agente, e ele teve que fazer uma curva para segui-la.

Ela usou esse tempo, ainda que breve, para iniciar o cálculo do hiperespaço em seu computador. Não havia sentido em ficar por ali mais tempo. Que encrenca tinha arrumado, logo ela que só estava querendo alguns dias de paz para clarear as ideias!

Enquanto continuava fugindo do agente, porém, percebeu que de fato havia clareado as ideias. Para melhor ou pior, fizera uma escolha: decidiu proteger os amigos que tinha e os amigos que ainda podia fazer, escondendo a sua identidade mais uma vez, embora isso tenha tornado sua fuga mais complicada. Escolher, mesmo sob pressão, fez Ahsoka perceber que seria capaz de tomar uma decisão. Fez bem em se revelar em Raada, mesmo que isso houvesse lhe trazido problemas, e teve razão em se esconder em Thabeska. Não havia mais um caminho a seguir para ela. Teria que tomar decisões como essa repetidamente, mas sempre acabariam sendo *dela*. Ahsoka Tano. Estava pronta para pôr Ashla de lado para sempre, mesmo que não soubesse ainda exatamente quem a nova Ahsoka iria ser. Deveria escrever ao Sol Negro um bilhetinho de agradecimento.

– Ou talvez não – disse ela ao perceber que o agente tinha alvejado com sucesso o seu motor a estibordo. Iria ficar muito mais lenta agora, se toda aquela fumaça indicava algo. Pelo menos o hiperpropulsor ainda estava operante.

Ela fez a nave dar a volta. Era hora de medidas drásticas. A outra nave estava adernando em direção a ela. O agente ou não havia notado a mudança de direção ou não se importava que estivessem prestes a colidir. Ahsoka disparou com tudo que tinha, acertando quase todos os seus tiros, mas ele não se desviou de seu curso.

Ela gritou, empurrando o leme de lado para que sua nave rodopiasse pra fora do caminho da outra. Levou alguns momentos para recuperar o equilíbrio – tanto da nave quanto do seu estômago – e a essa altura o agente já preparava outra investida na mesma velocidade.

Ambos os coletores do motor do agente estavam fumegando, desprendendo um material escuro e gorduroso de aspecto tão terrível quanto deveria ser seu cheiro, segundo imaginou Ahsoka. Seu motor a estibordo estava quase parado. Seria apenas uma questão de tempo antes de deixar de funcionar completamente, e ela não teria condições de fugir.

– Vamos, vamos – disse ao computador de navegação.

Nesse momento, várias coisas aconteceram. A primeira foi que o seu motor a estibordo realmente falhou e a nave começou a girar fora de controle. A segunda foi que o agente do Sol Negro subiu, como se quisesse assistir a sua queda a distância. A terceira foi que havia outra nave no céu com eles, e era muito maior do que a sua.

Ahsoka vislumbrou apenas flashes enquanto girava. Era uma nave nova, brilhante e equipada com canhões de última geração. Havia inscrições nela, mas não conseguiu distingui-las. O que pôde perceber foi que ela não era o alvo daquela terceira nave. O grandioso veículo estava atacando a nave do Sol Negro.

Sob o ataque de uma nave daquele porte, a outra delgada não tinha a menor chance. O agente deve ter percebido isso, porque fez uma curva e fugiu após a primeira rajada. Ahsoka usou essa folga para fazer sua nave parar de girar. Conseguiu estabilizá-la logo acima das copas das árvores e começou a subir de volta, tentando sair da órbita e se afastar o suficiente para poder fazer o salto para a velocidade da luz. Estava lenta com apenas um motor, e teve que usar sua força total para se manter em curso.

Entre isso e a sua adrenalina baixando, não conseguiu localizar a nave maior. Tentou vê-la em seus escâneres, mas a direção exigia muita concentração da sua parte.

– Só mais um pouco – disse ela. – Só mais um pouco.

Chegou ao espaço e desligou o motor a bombordo antes que queimasse também. Fora da gravidade e da atmosfera do planeta, seria capaz de relaxar um pouco e usar os propulsores para manter a estabilidade enquanto a inércia a conduzia para um ponto onde seria capaz de dar o salto.

– Que o hiperpropulsor colabore – disse, virando-se para o computador de navegação e preparando as partes manuais do cálculo.

Seus alarmes de proximidade enlouqueceram. A enorme nave estava em cima dela. Devia ter esperado Ahsoka sair de órbita para, em seguida, atacar, enquanto ela fazia uma pausa para recuperar o fôlego.

– Vamos, vamos! – disse ao computador, mas tinha a sensação de que era tarde demais.

Com efeito, alguns segundos depois, enquanto o computador apitava e tentava fazer o salto para a velocidade da luz, nada aconteceu. Ela foi apanhada no raio trator.

# CAPÍTULO 23

MIARA EXAMINOU o circuito o mais cuidadosamente que a sua situação atual permitia. De modo geral, não era uma boa ideia se apressar com explosivos. Além disso, precisava que estes, em especial, fossem detonados discretamente. De nada adiantaria para eles se explodissem a encosta e o que quer que estivesse lá fora seguisse a detonação até sua fonte. Manteve a mente clara e calma e trabalhou com mãos firmes. Ao lado dela, Kolvin não era tão paciente.

– Pare com isso! – ralhou quando a agitação do rapaz foi demais para os seus nervos já em frangalhos.

– Está se aproximando, Miara – disse Kolvin.

– Eu sei disso, seu idiota – retrucou. – Mas, se eu me apressar agora, poderia explodir você em vez disso.

– Tem razão – disse Kolvin. – Desculpe.

– Dá para você esperar em outro lugar, por favor? – ela pediu. – Você está bloqueando a minha iluminação.

Ele lhe deu um pouco de espaço e Miara voltou a trabalhar. Só mais dois interruptores e pronto. Felizmente, quando havia armado tudo aquilo no começo, tinha previsto que uma explosão furtiva talvez fosse necessária. Tudo já estava em seu devido lugar. Ela só precisava colocar a sequência de ignição final.

– Ok, Kolvin, volte para o túnel – disse ela, fechando a placa do circuito final.

– Você realmente vai me explodir? – perguntou ele, mas já estava em movimento.

– Não – respondeu ela. – Apesar de ser tentador. Vai ficar empoeirado aqui, só isso. A maior parte da explosão será direcionada para baixo.

Kolvin se arrastou para dentro do túnel e ela o seguiu. Quando os dois estavam inteiramente abrigados sob o teto mais baixo, Miara acionou o detonador. Houve um estrondo abafado vindo de baixo e um fragor mais alto atrás deles, quando as pedras despencaram para dentro. Ambos começaram a tossir.

– Vá – disse ela, cuspindo. Iria levar semanas para tirar o gosto da droga da fumaça de sua boca.

Kolvin se foi e ela o seguiu. Poucos segundos depois, eles emergiram na caverna principal. Kaeden ainda estava jogando crokin com a infeliz Neera, mas se levantou e foi ao encontro da irmã assim que viu Miara, pondo-se a espanar com a mão a poeira das costas e dos ombros da garota o melhor que podia usando um braço só.

– Ei, ei, pare com isso – reclamou a mais nova, embora, na verdade, gostasse de saber que sua irmã se preocupava com ela.

– Sinto muito – desculpou-se Kaeden. – Eu realmente odeio toda essa espera, mesmo quando não estamos separadas.

– Eu sei – disse.

Elas nunca tinham conversado sobre isso, mas uma noite e um dia que Miara tinha passado esperando Kaeden voltar depois do ataque foi o pior momento da vida dela. Mesmo que soubesse que, logicamente, Kaeden não teria condições de voltar até escurecer, cada minuto de luz do dia pareceu zombar dela. Quando ouviu a nave da Ahsoka decolar, quase desistiu e correu pra fora da caverna, gritando como Neera. Kolvin precisou contê-la fisicamente até se acalmar. Quando Kaeden finalmente chegou, descabelada e com o pobre braço pendendo inutilmente ao seu lado, levou horas para que Miara se afastasse um pouco da irmã.

– Espero que Ahsoka de fato volte – disse Miara. – Quero dizer, é óbvio que eu gostaria que nos resgatasse de novo, mas o mais importante é que quero dizer a ela que sinto muito.

– Você tem prioridades estranhas, irmãzinha – disse Kaeden. – Mas acho que sou eu que tenho que me desculpar.

– Sim – concordou Miara. – Eu realmente não culpo Ahsoka por tudo o que aconteceu. Eu sei que ela nos ajudou o máximo que podia.

Não falaram sobre os outros, sobre Vartan e Selda, nem ninguém dos demais agricultores que não fizeram parte do ataque. Não saber era ruim, mas especular só iria piorar a situação.

Aguardaram.

Neera perdeu o interesse no tabuleiro de crokin e começou a andar de um lado para o outro num canto, murmurando baixinho. Kolvin saiu para verificar o vaporizador, que vinha apresentando barulhos estranhos nos últimos dias. O restante dos insurgentes checava suas armas, mesmo que nada houvesse mudado desde a última vez que as usaram. Faziam qualquer coisa que os mantivesse distraídos enquanto esperavam para ver se a criatura misteriosa os encontraria.

Então, do lado de fora da caverna, veio uma voz muito alta.

– Kaeden Larte! Eu sei que você está aí.

Ela sobressaltou-se, o que provocou um movimento doloroso em seu braço quebrado. Os olhos de Miara se arregalaram, e todos na caverna, até mesmo Neera, congelaram.

– Saia, Kaeden Larte – os gritos continuaram. – Renda-se ou vou desmoronar o seu pequeno esconderijo, e sua irmã e seus amigos vão morrer por falta de ar.

Kaeden já estava de pé antes que Miara pudesse detê-la.

– O que você está fazendo? – disse Miara. – Você não pode simplesmente ir lá fora.

– Não posso ficar aqui também! – respondeu. – Nós sabíamos que iriam nos encontrar mais cedo ou mais tarde, e sabíamos que não seria uma luta justa quando isso acontecesse. Sou apenas o nome que eles conhecem, só isso.

– Ele pode explodir a todos nós assim mesmo – Neera surgiu de repente ao lado delas, o rosto completamente impassível e os olhos azuis concentrados de um jeito que não era visto desde que seu irmão morrera.

– Ahsoka escolheu as portas de fuga porque têm linha de visão clara umas com as outras – Kaeden lembrou sua irmã. – Eu vou sair pela mais curta e vocês podem vigiar das demais. Talvez consigam um bom ângulo de tiro.

– Se ele não tiver trazido outros amigos – observou Kolvin.

– Kaeden Larte – bradou novamente a voz. – Estou começando a ficar cansado de esperar.

– Olha, basta vocês se posicionarem – disse ela. – Já estou a caminho.

– Eu vou com você – declarou Miara. – Você mesma disse. Não devemos nos separar.

Kaeden encarou Neera, esperando que a garota mais velha a compreendesse. Ela não suportaria ver sua irmã ser torturada da maneira como ela própria tinha sido. E, em seguida, diria ao interrogador tudo o que quisesse saber. Neera assentiu e levantou o seu blaster. Era um modelo mais novo, roubado de um stormtrooper durante a incursão, e podia ser colocado no modo "atordoar". Miara nunca soube o que a atingiu.

– Diga a ela que eu sinto muito – disse Kaeden, e então se foi.

Era difícil rastejar através do túnel de ligação, mesmo que tivesse escolhido o mais curto. Ela não podia colocar peso em seu braço direito, então, o que estava fazendo, no fim das contas, era se arrastar pela poeira. *Fantástico*, pensou. *Não apenas estou prestes a ser capturada pelos Imperiais outra vez, como vou estar completamente imunda quando me pegarem. Se eles me concederem um último desejo, terei que pedir um banho.* Pelo menos sua lentidão deu tempo às outras pessoas para se colocarem em posição.

Ela estudou a criatura antes de caminhar ao seu encontro. Ele era alto, com ombros largos e de uma espécie que Kaeden nunca tinha visto antes. Seu rosto era cinzento e não parecia que a cor era natural. Havia outras marcas em suas bochechas, nariz e queixo, uniformes demais para serem cicatrizes. Tais marcas davam ao seu rosto uma aparência maligna, embora Kaeden imaginasse que, sem elas, e sem aqueles penetrantes olhos azuis-gelo, ele não seria tão intimidante. Entretanto, desse jeito, era bastante intimidante. Usava um uniforme cinzento também, mas não o de um oficial típico. Não tinha nenhuma insígnia de patente. Era como se a intenção fosse a de passar despercebido, sem nada digno de nota, a não ser por uma coisa: ele segurava um enorme sabre duplo vermelho.

De algum modo, Kaeden encontrou coragem para continuar caminhando.

Ela cambaleou para fora da caverna, apertando os olhos contra a luz intensa, e parou diante dele, esperando que a figura cinzenta lhe dissesse o que fazer a seguir.

– Eu sou Kaeden – disse ela. – Agora deixe meus amigos em paz.

Ele riu. Não foi um som agradável.

– Somente se todos saírem para nos ver partir – disse ele, e estendeu a mão.

Kaeden tinha visto Ahsoka usar a Força duas vezes. A primeira vez quando afastou os blasters Imperiais e, a segunda, quando a resgatou, levantando-a através da janela da cela da prisão. O que passou a acontecer não era nada parecido. Agora, Kaeden quase podia sentir como aquilo era antinatural e errado e, então, Kolvin foi arrastado para fora da caverna até o seu lado esquerdo, com as mãos na garganta enquanto seus joelhos se arrastavam pelo chão.

– Pare! – implorou Kaeden. – Eu me rendo, eu me rendo, apenas *pare*!

Mas a criatura cinzenta não lhe deu ouvidos. Kolvin foi se debatendo cada vez mais debilmente à medida que sua vida lhe era arrancada por sufocamento, e então tudo piorou. A encosta em torno de Kaeden explodiu com tiros de blasters quando seus amigos remanescentes tentaram abater a criatura.

Eles capricharam, e eram atiradores bastante razoáveis, mas não chegaram nem perto de acertar. Não eram páreo para a impiedosa criatura cinzenta. Seu sabre de luz girou tão rápido que mais parecia um aro de luz vermelha em vez de uma lâmina, rebatendo todos os tiros na direção daqueles que os tinham disparado. Kaeden ouviu os gritos de seus amigos sendo feridos, e depois ouviu o silêncio enquanto morriam. Quando tudo se aquietou novamente, percebeu que ainda estava de pé e que Kolvin continuava fixado ao lado dela. Ele tinha parado de lutar, a luz quase esvaída de seus olhos grandes. Ela não conseguia parar de olhar pra ele. Ahsoka a fizera desviar o olhar da morte antes, mas agora não tinha como escapar dela.

– Isto é o que acontece com aqueles que resistem ao Império – disse a criatura cinzenta.

Ele lançou o seu sabre de luz ainda girando em Kolvin, cortando-o ao meio. Kaeden gritou, esperando que sangue jorrasse, mas as metades do corpo caíram de forma limpa, com um baque surdo no chão e sem espasmos. A frieza da morte de Kolvin foi quase pior. O sabre de luz voou de volta para a mão da criatura cinzenta. Ele o desligou e guardou em algum lugar em suas costas. Kaeden nem sequer pensou em tentar roubá-lo. Ela não chegaria a dar três passos.

– O que é você? – perguntou, surpresa por ainda ter voz.

– Eu sou o futuro – disse a criatura cinzenta. – E a única razão de estar viva é porque eu preciso de você para fazer que o meu futuro aconteça.

Ele a agarrou pelo braço bom e a obrigou a andar diante dele. Pensou em resistir, forçando-o a matá-la ali mesmo, com os outros, para que não pudesse ser usada para promover seus fins. Ele com certeza devia estar atrás de Ahsoka. Era a única razão em que conseguia pensar para alguém escolhê-la como alvo especificamente. Ahsoka já a resgatara uma vez. Eles deviam estar querendo que ela tentasse novamente. Se ela morresse agora, então Ahsoka não teria qualquer razão para voltar, e Kaeden poderia tombar na poeira como o restante de seu...

*Miara.* Não queria deixá-la. Estava deitada inconsciente na caverna, graças ao pensamento rápido de Neera. Neera, que estava morta, mas salvara Miara, mesmo sem saber. Kaeden tinha que viver um pouco mais para que pudesse afastar aquela terrível criatura pra longe de sua irmã.

– Tudo bem, tudo bem – ela disse, desvencilhando o braço que doía. Aliás, seu corpo inteiro doía, mas podia fazer isso. – Eu posso andar por conta própria.

– Excelente – disse a criatura cinzenta. – Nós queremos que você esteja em sua melhor forma pra quando sua amiguinha Jedi chegar aqui pra salvá-la.

Ele riu outra vez, cruelmente, e empurrou Kaeden entre as omoplatas. Ela tropeçou, mas conseguiu equilibrar-se e não cair. Caminhou de volta para a cidade o mais rápido que pôde, já que não sabia quanto tempo um atordoador Imperial iria manter Miara inconsciente. Lamentava que a irmã, quando acordasse, encontrasse os corpos sem vida de seus amigos, especialmente o de Neera, mas pelo menos acordaria. Kaeden também sabia que Miara era inteligente. Iria procurar Vartan, Selda ou outra pessoa qualquer antes de tentar alguma coisa estúpida como ensaiar um resgate.

Quanto a Ahsoka, ela era Jedi. Havia lutado nas Guerras Clônicas e, de alguma forma, tinha sobrevivido ao extermínio Jedi quando o Império teve início. O que significava que pensava rápido e era engenhosa. Saberia que era uma armadilha. Deixaria Kaeden morrer, ou viria preparada para lutar.

Kaeden agarrou-se a essa esperança como se tivesse os dois braços bons, cerrou os dentes para a dor e continuou andando.

# CAPÍTULO 24

O RAIO TRATOR pareceu demorar um pouco para puxá-la para o compartimento de carga. Era quase como se quem tivesse capturado Ahsoka quisesse que ela tivesse tempo para se armar e se preparar para lutar. E foi exatamente o que ela fez. Deixou o blaster onde estava, mas vasculhou a caixa de armas que todas as naves dos Fardi levavam. Ela nunca tinha verificado a dela antes disso, porque nunca precisara, mas sempre há uma primeira vez para tudo. Descartou vários blasters menores, um rifle atordoante e três explosivos cujas potências não estavam claramente identificadas. No fundo da caixa havia um par de bastões. Não eram o ideal, mas o mais próximo que conseguiria de seus antigos sabres de luz. Então, desceu até a escotilha principal e aguardou.

Depois do que pareceu ser uma eternidade, a escotilha se abriu. Parados ali, havia dois seres humanos, ambos com capacetes cobrindo os rostos e armas em punho. Ela não sabia se eram as duas únicas pessoas a bordo e não esperou para descobrir. Pulou, descendo a rampa num salto mortal para chutar o humano mais alto na base do seu capacete, enquanto golpeava o mais baixo com o bastão em sua mão direita. Eles não estavam preparados para a rapidez do seu ataque. O homem caiu imediatamente, mas a figura mais baixa, uma mulher, conseguiu se desviar da força total do primeiro golpe.

– Espere! – disse a mulher. – Estamos aqui em nome de...

Foi o mais longe que Ahsoka permitiu que falasse antes de nocauteá-la com outro golpe no capacete. Ambos acordariam, mas a essa altura ela já teria escapado. Antes, porém, precisava desativar o raio trator, e o melhor lugar para fazer isso era na ponte de comando.

Com os bastões em punho, percorreu a nave. Era uma linha quase reta do compartimento de carga até a ponte de comando, mas queria ter certeza de que ninguém a surpreenderia, por isso, fez um rápido desvio para a sala dos motores e cabines no caminho. Não havia mais ninguém a bordo, o que era estranho, porque a nave poderia ter acomodado muitos tripulantes a mais sem sobrecarregar os recicladores de oxigênio. Talvez os seus aspirantes a captores apenas gostassem de privacidade.

Ahsoka deu de ombros e abriu a porta que dava para a ponte de comando. A primeira coisa que notou foi que não havia ninguém ali também. A segunda coisa foram os bipes de um droide astromecânico que soava exatamente como...

– R2! – Ela não queria gritar com o pequeno droide, mas estava tão assustada e surpresa que não pôde evitar. Ela havia tido um dia muito estressante.

O droide azul e prata desconectou-se do console em que estava trabalhando e deslizou até Ahsoka com tamanha velocidade que por um segundo pensou que poderia ter voado. Estava apitando tão rápido que ela mal conseguia entendê-lo, mas dava para ver pelo seu tom que R2-D2 estava tão feliz em vê-la quanto ela a ele.

– Estou tão feliz que esteja bem – disse ela, caindo de joelhos para dar um abraço no droide. Ela não se importava se era uma coisa tola de se fazer, e R2-D2 pareceu apreciar o gesto. – Eles nem apagaram a sua memória?

O droide apitou alegremente para ela.

– Você trabalha para um senador? Mas não deve me dizer qual? – repetiu ela. O droide sempre foi bom em guardar segredos. – E quanto aos seus amigos no compartimento de carga? Pode me falar sobre eles?

R2-D2 deslizou para trás e exibiu dois hologramas. Eles estavam rotulados, e Ahsoka leu os nomes do piloto e da copiloto, os quais ela havia deixado inconscientes no compartimento de carga de sua própria nave.

– Espero que não guardem rancor – comentou ela. – Mas, também, o que esperavam? Capturando pessoas em raios tratores!

O astromecânico gorjeou suavemente e voltou para o lado dela. Ahsoka teria que partir em breve, mas realmente não queria se separar do pequeno droide outra vez.

– Qual era a missão deles, afinal? – quis saber.

R2-D2 contou o que era permitido: especificamente, que o piloto, Chardri Tage, e sua parceira, Tamsin, tinham sidos encarregados de levá-la para conhecer alguém.

– O mesmo senador cuja identidade não pode me revelar? – perguntou Ahsoka. – R2, eu preciso saber.

O droide pareceu pensar por um momento, rolando para a frente e para trás em suas três pernas. Então, ele disse um nome.

– Bail Organa? – admirou-se. – Não acredito que o deixaram viver! Ele é um notório simpatizante dos Jedi. Deve estar correndo muito perigo.

R2-D2 apitou que ela não sabia nem metade da história.

– E você não vai me contar... – disse Ahsoka. – Entendi.

O droide lembrou-a de que Padmé Amidala também havia confiado em Bail, não apenas os Jedi. Ahsoka suspirou.

– Olha, você pode liberar a minha nave do raio trator? – pediu-lhe. – E então eu escapo, e você pode dizer a todos que nunca me viu, ok? Apenas certifique-se de que eu possa rastrear esta nave. Se eu gostar do que vir, então voltarei. Eu prometo.

R2-D2 rolou para trás e para a frente por alguns instantes. O pequeno droide estava acostumado com espionagem e riscos altos. Entenderia a razão de Ahsoka querer fazer as coisas do próprio jeito, o máximo que pudesse. Depois de um momento, apitou concordando e passou-lhe o código que ela poderia usar para rastrear a nave.

– Obrigada, R2 – disse Ahsoka. Ela se virou pra sair, mas ele rolou até ela novamente. E fez uma série de sons tristes.

– Eu sei, rapazinho. – O coração dela se apertou ao redor do local vazio onde Anakin Skywalker costumava ficar. – Também sinto falta dele.

R2-D2 deslizou de volta para os controles e Ahsoka viu que estava limpando todos os dados de vigilância sobre a conversa deles. Então, emitiu bipes de despedida e ativou um circuito elétrico que faria parecer que ela tinha lhe provocado um curto-circuito. Não iria enganar Bail, então ele saberia que devia esperar por ela, se estivesse prestando atenção, mas o truque provavelmente funcionaria com os dois pilotos.

Ahsoka não perdeu mais tempo. Voltou para o compartimento de carga, arrastou os pilotos para a área pressurizada e embarcou em sua nave, ligando os motores tanto quanto era possível na condição precária em que se encontravam. Ela deixou o compartimento de carga e vasculhou o entorno em busca de um bom lugar para se esconder e fazer os reparos enquanto esperava que os pilotos acordassem.

No final, teve que se contentar com uma das pequenas luas que orbitavam o planeta onde tinha lutado contra o agente do Sol Negro. Esperava que ele não estivesse se escondendo lá para consertar a nave dele também, mas, sinceramente, não acreditava que a *sua* sorte hoje estaria tão ruim assim. Ahsoka estava quase terminando os consertos quando R2 lhe enviou um sinal indicando o rumo que os pilotos e ele haviam tomado. Ela reparou quando o sinal falhou, o que significava que haviam entrado no hiperespaço, e depois se acomodou para tirar um cochilo. Queria que eles tivessem uma vantagem inicial e, de qualquer jeito, precisava estar descansada quando falasse com Bail.

Flutuando acima de uma lua qualquer sem nome, Ahsoka fechou os olhos e adormeceu.

Bail teve que se esforçar para não rir do relatório que Chardri Tage lhe apresentou. Nem tinham tido tempo suficiente de dar uma olhada na Jedi a fim de lhe fornecerem uma descrição. Ela os deixara inconscientes instantaneamente, causara um curto-circuito na unidade R2 e desativara o raio trator sem o mínimo esforço. Na verdade, Bail se sentia um pouco culpado. Não havia dito a Tage contra quem ele os estava enviando, e aparentemente a Jedi era bem treinada em combate como qualquer veterano das Guerras Clônicas. Ela até tinha apagado a maior parte das imagens de segurança, mas havia uma filmagem que lhe passou despercebida.

Era uma tomada da sala de máquinas. Tudo parecia em ordem, à primeira vista, mas, se ele pausasse no momento certo, um par de montrais tornava-se claramente visível acima de uma das bobinas enquanto a Jedi checava para ter certeza de que a sala estava vazia. Bail sufocou um grito de puro triunfo. Ele conhecia aquelas marcas. Não era uma Jedi qualquer; era Ahsoka Tano, e tinha que encontrá-la imediatamente.

Ele parou para refletir um pouco. Ahsoka teria reconhecido R2-D2. E, o mais importante, o astromecânico *a* teria reconhecido.

– Ora, ora, seu malandrinho de metal – disse Bail, amaldiçoando a unidade ausente.

No entanto, não podia culpar Ahsoka por sua cautela. Ele não havia tido contato com ela de forma tão próxima quanto Skywalker e Kenobi, e ela havia partido indisposta com todos quando deixara Coruscant. Além disso, Bail basicamente tinha enviado duas pessoas para sequestrá-la. Mas ela devia ter um plano, e a unidade R2, sem dúvida, sabia o que era: o droide tinha dito a ele que a esperasse, sem dar qualquer detalhe específico.

Ele gravou uma nova mensagem para enviar a Tage, passando as coordenadas para se encontrarem, mesmo que não tivessem sido bem-sucedidos em capturar a Jedi que procuravam. Tage não respondeu com um holograma, apenas enviou um código de confirmação, mas Bail sabia que suas ordens seriam seguidas à risca.

Ahsoka Tano iria encontrá-lo, e ele estaria pronto para recebê-la. Não sabia o que lhe contaria, o quanto ela já sabia e quanto deveria saber. Talvez fosse melhor se ele não lhe dissesse nada. Pensou em sua filha, segura em Alderaan, e o garoto, a salvo no deserto. Ele lhes devia o seu silêncio, mas iria fazer o melhor possível para sondar Ahsoka. Se ela já soubesse, seria uma valiosa aliada. Não podia lhe contar que Obi-Wan estava vivo, mas poderia ganhar a sua confiança de outras formas, e iria começar por fazer o convite pessoalmente.

Deixou os seus alojamentos na *Tantive IV* do Capitão Antilles e dirigiu-se à ponte de comando. O capitão estava em seu posto, por isso, não demorou muito para fazer sua solicitação. Antilles era de uma lealdade à toda prova e sabia que não devia fazer perguntas na frente da tripulação. Estavam trabalhando, lentamente, para substituir cada membro da equipe por um rebelde ou recrutar tripulantes simpatizantes da causa, mas era um trabalho que demandava paciência e cautela. Na presente situação, todos eram bastante leais a Alderaan e a Breha, especificamente, para guardar segredo. O restante viria com o tempo. Era um lugar tão seguro quanto qualquer outro para se encontrar com uma Jedi.

A viagem pelo hiperespaço foi curta, e a nave de Tage já os aguardava quando chegaram. Não havia nenhum sinal de Ahsoka. O sistema em que estavam era quase vazio, mas havia alguns planetas despovoados próximo dali. Antilles gostava de organizar reuniões onde houvesse lugares escondidos disponíveis, caso precisassem deles. Esperaram por algumas horas e nenhum sinal de outra nave. Bail acabou ordenando a Tage que devolvesse a unidade R2 ao furador de bloqueio e partisse. Talvez estivesse errado sobre a lealdade de Ahsoka. Talvez já estivesse vivendo uma nova vida e não queria ser envolvida em outra guerra. Não podia dizer que a culpava.

Bail observou a unidade R2 voltar ao seu companheiro droide de protocolo dourado, que imediatamente começou a repreender o pequeno astromecânico, e, em seguida, voltou para seus aposentos. Eles ficavam no centro da nave, com acesso pelo corredor principal. Bail nunca tinha dado muita atenção ao duto de manutenção que corria por trás da fileira de alojamentos de hóspedes. Ele proporcionava acesso aos painéis que controlavam o sistema ambiente em cada suíte e ligava também a ponte de comando com a sala de motores como uma rota alternativa, se algo acontecesse e comprometesse a passagem principal. Havia várias cápsulas de fuga e uma eclusa de ar ali.

Bail entrou em seu escritório temporário, acendeu as luzes e quase teve um ataque cardíaco. Sentada em sua cadeira, vestindo um traje pressurizado sem o capacete, que descansava sobre a mesa entre eles, estava Ahsoka Tano.

– Olá, senador – ela disse cordialmente. – Ouvi dizer que você queria conversar.

# CAPÍTULO 25

– COMO CHEGOU AQUI? – Bail disse a primeira coisa que lhe veio à cabeça.

– R2 abriu a escotilha para mim logo que subiu a bordo – respondeu Ahsoka.

– Eu deveria tê-lo desativado – ponderou sem verdadeira convicção em sua voz. – Ele é muito independente para um droide.

– Ele teve um monte de maus exemplos – Ahsoka disse secamente.

– Isso é verdade – admitiu Bail. – Embora Skywalker fosse seu mestre também.

– Eu estava falando da Senadora Amidala, na verdade – retrucou. – R2 pertencia a ela primeiro.

– Onde está a sua nave? – ele perguntou, mudando de assunto para evitar o súbito nó em sua garganta.

– Escondida em uma das rochas sem vida neste sistema. Eu sabia que seria muito pequena para os escâneres a pegarem, a menos que alguém tivesse muita sorte olhando pela janela. – Ahsoka olhou para o capacete. – Estou surpresa de ter encontrado um que se encaixasse.

– Por que não veio com Chardri Tage? – Bail quis saber. – Por que não se poupou desse trabalho?

– No meu modo de ver as coisas, é difícil confiar em alguém que emprega um raio trator antes de dizer "olá" – respondeu. – Acho que você não lhes contou atrás de quem estavam, contou?

– Não – confessou. – Eu queria preservar seu anonimato. Não sabia que era você até examinar as imagens de vigilância.

– Era para R2 ter apagado tudo – Ahsoka resmungou. – Acho que você pode ter razão sobre ele ser um tanto independente.

– Descobri que é difícil procurar pessoas sem comprometer sua segurança – ele observou . – A nova ordem é dura e implacável, por isso, pensei que, se você não queria ser encontrada, eu iria lhe dar essa opção.

– Como sabia onde procurar? – questionou.

– Estou sempre atento a boas ações nesta nossa nova galáxia – Bail esclareceu. – Quando há uma concentração delas, tento descobrir quem está por trás, e então conversamos.

– O que conversam? – ela indagou.

Bail lhe deu um olhar avaliador e decidiu seguir adiante.

– Sobre a Rebelião, Padawan Tano – disse ele. – Busco por pessoas para lutarem contra o Imperador, o Império, e tudo o que ele representa.

– Eu não mereço mais esse título, senador – Ahsoka contrapôs calmamente. – E não mereço a sua confiança.

Bail esperou que ela refletisse sobre essa declaração por alguns instantes. A política o tornara bom em fazer as pessoas falarem.

– Há um planeta – ela abriu-se, finalmente. – Uma lua, na verdade. Tentei ajudá-los quando o Império veio, mas não consegui. Pessoas morreram. Eu tive que fugir e deixá-los para trás.

– Raada – disse. – Eu ouvi sobre isso, e o que você fez lá.

– Nós tentamos lutar e tudo ficou pior – prosseguiu. – Não é como nas Guerras Clônicas. Naquela ocasião, eu nunca estive sozinha. Eu tinha um exército, tinha mestres, tinha...

Ela tinha Anakin Skywalker.

– Você não pode lutar contra o Império sozinha, Ahsoka – Bail disse gentilmente. – E não precisa fazê-lo. Você pode lutar contra eles junto comigo.

– Eu não posso mais comandar pessoas – replicou, balançando a cabeça. – Não posso lhes dar ordens e conduzi-los à morte. Já fiz isso vezes demais.

– Então, vamos encontrar outra coisa para você fazer – sugeriu. – Tenho muitas vagas de emprego, como você provavelmente pode imaginar.

Dava pra ele ver que Ahsoka estava muito tentada. Seria mais seguro do que continuar corrigindo coisas erradas por conta própria. O que quer que a estivesse perseguindo teria mais dificuldade para encontrá-la.

– Há crianças – ela disse depois de um longo momento. O sangue de Bail gelou. – Por toda a galáxia. Conheci uma, mas sei que deve haver outras. Elas teriam sido Jedi. Agora são apenas crianças em perigo. Algo as está caçando. Eu não sei o que é. Nunca vi. Mas, se você me ajudar a encontrá-lo, eu me junto à sua Rebelião.

A maneira casual com que havia falado sobre Anakin e Padmé o fez pensar que Ahsoka podia ter conhecido a verdadeira natureza do relacionamento deles, mas não o resultado. Bail tinha certeza de que ela não sabia sobre Leia e o menino. Ela não podia saber de suas motivações, mas ele iria mover céus e terras para ajudá-la, faria tudo que estivesse ao seu alcance. Ter mais alguém para liderar a busca também iria funcionar bem. Cada camada de disfarce entre ele e qualquer coisa ligada à Força era outra camada na rede de segurança que estava construindo para sua filha.

– Parece-me um preço irrisório – ponderou Bail quando recuperou a voz. – E já tenho uma missão para você, por incrível que pareça. Está pronta pra isso?

Ahsoka estava exausta, mas fazia o melhor que podia para evitar que isso transparecesse em seu rosto. A luta com o agente do Sol Negro, sua fuga das mãos dos mercenários de Bail, e depois sua viagem pela gravidade zero a haviam esgotado. Manter-se ereta atrás da mesa estava consumindo todas as forças que lhe restavam, enquanto ela e o senador a princípio trocaram farpas, depois conversaram, e finalmente começaram as negociações. Quando ele disse que tinha uma missão, ela quase desanimou, porém, se estava acordada todo esse tempo, podia aguentar um pouco mais.

– Acho que precisarei de uma refeição antes de voltar a sair – respondeu –, mas eu gostaria de ouvir sobre o que quer que seja que você acha que poderia me interessar.

– Está em Raada – disse Bail. Ahsoka se sentiu imediatamente mais alerta. – Meus contatos naquele setor têm recebido informações intermitentes por um longo tempo, o que explica em parte por que levei tanto tempo para encontrar você... mas então recebi isso, tão claro como a luz de uma estrela.

Ahsoka estendeu as mãos e Bail entregou-lhe um datapad. Ela examinou o seu conteúdo enquanto o senador continuava a falar. Eram principalmente mapas e diagramas do complexo Imperial, coisas que já conhecia.

– Parece que há um novo tipo de agente Imperial por lá – ele prosseguiu. – Não é militar, mas é poderoso. Tem completo controle sobre a guarnição, se quiser, e comanda os oficiais como se fossem meros stormtroopers. Tudo isso se torna mais complicado pelos relatos de que ele porta um sabre de luz duplo vermelho.

Ahsoka quase deixou cair o datapad. Estava ficando muito fácil surpreendê-la. Ela precisava recuperar o foco, mas não conseguia encontrar algo *em que* se concentrar.

– Qual é a sua aparência? – perguntou.

– A maioria esmagadora das descrições diz que é *cinzento* – respondeu Bail. – Não é uma informação muito útil, é? Nem mesmo as imagens de segurança revelam muita coisa.

Ahsoka rapidamente mudou sua linha de raciocínio. *Cinzento* não era o tipo de palavra que alguém usaria para descrever qualquer um dos adversários que estava acostumada a enfrentar. Tinha que ser outra pessoa. Alguém novo. Alguém como...

– Uma sombra? – ela perguntou. – Cinzento como uma sombra?

– Imagino que sim – respondeu. – Há rumores de que é muito rápido, e deve ser um usuário da Força para portar um sabre de luz, você não acha?

– Não necessariamente – ponderou. – Mas, neste caso, é provável que tenha razão. O Império não enviaria qualquer um para caçar um Jedi.

– Como você sabe que ele está caçando os Jedi? – indagou Bail.

– Você não acha que é um pouco estranho que o seu serviço de Inteligência estivesse tão irregular sobre

Raada até agora? – questionou Ahsoka. – Até que comecei a chamar atenção com as minhas "boas ações", como você as chama? Até que, seja o que for tal criatura, ela se afastou dos rumores de que estava caçando para seguir presas maiores?

– Eu não sabia sobre a última parte – confessou Bail. – Mas, sim, achei estranho. Além disso, há outra coisa que você precisa ver. Pensei que era apenas uma armadilha para qualquer um, mas agora que ouvi o seu lado da história, acho que pode ser especificamente para você.

Bail pegou o datapad que Ahsoka havia deixado cair e avançou para a informação final. Era uma imagem, capturada por uma câmera de segurança e transmitida através das estrelas para ser decodificada por agentes do senador. Mas era surpreendentemente nítida para uma transmissão acidental. Saber que se tratava de uma armadilha fazia com que a nitidez fizesse muito mais sentido agora.

Ahsoka pegou de volta o datapad e olhou para a imagem. Seu coração acelerou, e sentiu como se todo o oxigênio tivesse sido sugado através da própria eclusa de ar que usara para chegar ao escritório de Bail. Ali estava a criatura cinzenta, com o rosto obscurecido por um capacete, mas seu sabre de luz claramente visível. E ali estava também Kaeden Larte, obviamente sua prisioneira, com o braço quebrado atado firmemente sobre o peito e os cabelos frisados esvoaçando em todas as direções.

– Ah, não – Ahsoka lamentou quase sem voz. – Eu tenho que...

– Pare – ordenou, severo. Ela congelou automaticamente e, em seguida, olhou para ele. A expressão de Bail se suavizou e ele deu a volta na mesa para se postar ao lado dela. – Ahsoka, você precisa descansar. Você precisa planejar. Eles não vão machucá-la mais. Antes, precisam que você apareça. A melhor coisa que você pode fazer é certificar-se de estar tão preparada quanto possível quando voltar até lá.

Ela desabou de volta na cadeira, com as mãos caindo em seu colo, derrotada. Bail estendeu o braço para colocar a mão em seu ombro, e os dois pularam sobressaltados quando houve uma comoção do lado de fora da porta principal da sua suíte. Ela se abriu com um sibilo e o Capitão Antilles irrompeu na sala com vários oficiais da segurança.

– Senador! – disse Antilles, e então parou. Lançou a vista pela sala e dispensou a força de segurança.

– Tudo está sob controle, capitão – assegurou Bail. – Essa é uma amiga minha. Ela ficará conosco por um tempo. Precisaremos pegar sua nave antes de partirmos, e ela vai precisar de alojamentos.

Antilles assentiu de maneira decidida, e então os deixou com a mesma rapidez com que havia chegado.

– Você não contou a ele quem eu sou – disse Ahsoka. – Você está assim tão vulnerável?

– Sim – confirmou. – Mas estamos ficando mais seguros a cada dia que passa. Ainda assim, não gosto de revelar os segredos de outras pessoas. Se quiser contar a ele quem é, isso é com você.

– Obrigada – agradeceu. Em seguida: – Você mencionou alojamentos?

Bail mostrou-lhe uma suíte ao lado da dele e, depois, desceu ao compartimento de carga para se certificar de que a sua nave estava em segurança. Ahsoka se limpou, depois de tirar o traje pressurizado. Tivera que deixar a sua mochila na nave, mas o pequeno pacote de peças estava junto da sua pele dentro do traje. Ela o abriu e verificou que tudo ainda estava intacto.

– Como se você pudesse quebrar mais do que já quebrou – disse para si mesma. Então, concentrou sua atenção de novo em se vestir.

Refletiu por um instante se deveria se alimentar ou dormir, mas a última opção exigia menos esforço, então, deitou-se na cama. Caiu no sono quase que instantaneamente.

Ahsoka sonhou com gelo, e uma necessidade urgente que não sentia há anos. Tinha que regressar para a entrada da caverna a tempo, enquanto o sol mantinha o gelo afastado, ou ficaria presa naquele planeta congelado por muito mais tempo do que queria ficar em qualquer lugar tão frio. Mas onde estava o seu cristal? Mestre Yoda não havia sido mais prestativo do que ele normalmente era, dizendo-lhe apenas que reconheceria o cristal quando o visse. Mas onde estava? E como é que reconheceria?

Ahsoka parou de correr, fechou os olhos e pensou no que ela, *de fato*, sabia. Mestre Yoda era estranho e, na maior parte das vezes, ela não o entendia, mas quase sempre estava certo. Precisava apenas confiar que ele estava certo agora, que ela encontraria o seu cristal e saberia quando o fizesse.

Ela abriu os olhos. Ali, brilhando na escuridão da caverna, havia uma luz que não estava lá antes. Chamava-a, e Ahsoka foi até ela. Quando chegou perto, viu que era um cristal, e, assim como Mestre Yoda havia dito, sabia que era o dela. Ele caiu em suas mãos e ela se virou para correr de volta para a entrada da caverna.

Estava quente em seus aposentos quando acordou – foi assim que Ahsoka soube que o sonho acabara.

– Obrigada, Mestre – ela sussurrou, embora soubesse que o Mestre Yoda não poderia ouvi-la, nem a ajudaria, mesmo se pudesse.

Levantando-se, foi até a mesa baixa onde estavam os seus pertences e pegou o pequeno embrulho que normalmente descansava em seu bolso. Despejou a coleção de componentes usados e outras peças abandonadas que vinha carregando desde a sua chegada em Raada. Podia ver agora que várias delas eram inúteis, e as descartou. As peças remanescentes, no entanto, podiam servir para alguma coisa.

A confecção de um sabre de luz era uma arte Jedi da mais alta categoria. Ahsoka nunca tinha feito isso sem supervisão, como sabia que devia fazer agora. Sabia também que estavam faltando componentes importantes, mas como a sua visão a estava guiando para o planeta Ilum e para os cristais que cresciam lá, teria que confiar no caminho que estava seguindo. O material de que dispunha teria de ser suficiente para iniciar a construção das câmaras. Os punhos ficariam deselegantes, mas funcionais.

Ela o concluiu após algumas tentativas malsucedidas e examinou o seu trabalho. Quase podia ouvir as críticas de Huyang por cima de seu ombro, mas ainda se sentia satisfeita consigo mesma. Levantou-se, alongou os ombros e saiu em busca do senador. Encontrou-o no refeitório, tendo uma conversa com o capitão.

– Não, capitão, fique por favor – disse ela, quando Antilles fez menção de deixá-los sozinhos. – Acho que vou precisar da sua ajuda também.

– No que está pensando, Ahsoka? – perguntou Bail.

E ela contou-lhe o plano.

OS CRISTAIS CRESCIAM.

*Claros e frios como o gelo, até encontrar as mãos dos que esperavam por eles, iam aumentando sua estrutura de maneira ordenada, um prisma de cada vez. E, enquanto cresciam, aguardavam.*

*De tempos em tempos, alguém chegava e os chamava, como a harmonia de uma melodia perfeita. Cada cristal tinha um portador escolhido, e só esse portador iria ouvir a melodia e notar o brilho. Todos os outros iriam passar sem enxergar nada além de gelo.*

*Havia cristais maiores, visíveis a todos, mas inertes, a menos que fossem devidamente calibrados, e havia alguns diminutos, do tamanho de uma unha ou menores. Mesmo o menor poderia canalizar energia e encontrar um portador. Tudo o que tinham que fazer era serem pacientes e crescerem.*

*Não havia nenhum padrão específico sobre onde os cristais podiam ser encontrados. Havia alguns planetas que abrigavam um sem-número deles, e tais lugares eram, em geral, considerados sagrados ou especiais.*

*Peregrinações até eles eram feitas, lições eram aprendidas e sabres de luz eram fabricados. E, assim, os cristais de luz se espalhavam pela galáxia para serem colocados em uso.*

*Havia também cristais sombrios, mas não naqueles lugares sagrados. Eles eram pilhados de seus portadores legítimos e corrompidos pelas mãos de quem os roubara. Mesmo rochas podiam ser mudadas pelo poder da Força, sofrendo alterações sanguinolentas até a sua cor se transformar num intenso carmim. Havia um delicado equilíbrio entre os dois lados, o luminoso e o sombrio, e era preciso muito pouco para perturbá-lo.*

*Quando as primeiras naves apareceram no céu de um planeta onde os cristais abundavam, nada pareceu errado. Naves visitavam o planeta o tempo todo, cristais eram levados, mas dessa vez era diferente. Não havia jovens portadores para ouvir as melodias, nem aprendizes atentos para receber as lições. Havia apenas ganância e um terrível desígnio.*

*O planeta foi devastado, seus cristais quebrados por mãos indiferentes com a intenção de distorcê-los para seus propósitos. O planeta já não podia ser considerado um lugar sagrado, e não havia mais peregrinações. Em vez disso, aqueles que costumavam ir até lá o evitavam e se desesperavam pela perda dos cristais que um dia cantaram para eles.*

*Mas, na vastidão da galáxia, havia muitos outros planetas e muitos outros lugares onde os cristais podiam crescer. Eram mais difíceis de encontrar, sua concentração era menor, mas não seria impossível para alguém que os buscasse, para alguém que prestasse atenção – para alguém que houvesse aprendido as primeiras lições e tivesse a paciência de aprender mais.*

*Os cristais cresciam, aumentando sua estrutura de maneira ordenada, um prisma de cada vez.*

*E, enquanto cresciam, aguardavam.*

# CAPÍTULO 26

BAIL OFERECEU-LHE UMA NAVE, mas Ahsoka não aceitou. Tudo relacionado a ela era novo: elegante, rápida e obviamente construída em algum planeta do Núcleo. Ela preferiu ficar com o seu próprio veículo. Por um lado, já conhecia suas deficiências e, por outro, também sabia que ela chamaria menos atenção em um planeta da Orla Exterior do que qualquer uma das sofisticadas naves da coleção do senador. Entretanto, ela permitiu que a equipe de Antilles consertasse os danos no motor. Na verdade, deixou que R2-D2 o fizesse enquanto ela supervisionava.

Durante o tempo em que o droide trabalhava, Ahsoka aproveitou a oportunidade para examinar a operação de Bail. O senador afirmara que nem todos a bordo estavam plenamente conscientes do que ele estava tentando organizar, mas parecia que todos pelo menos sabiam que o que estavam fazendo não era inteiramente assunto do Império. Deu pra ela perceber, com base nas conversas que tinha entreouvido, que a tripulação era leal a Alderaan, e pessoalmente a Breha e Bail, o que já era um bom começo. O trabalho de Bail era lento, como ele havia dito, mas as suas fundações eram fortes. Obviamente, ajudava que ele tivesse mais recursos do que ela em Raada e que as pessoas com quem ele estava trabalhando já fossem treinadas para lutar e seguir ordens.

Sentada no hangar, com R2-D2 ao seu lado, Ahsoka começava a perceber que o que tinha realizado em Raada era uma conquista maior do que havia imaginado. Não era como Onderon, onde tivera tempo e, o mais importante, Rex para ajudá-la. Não falhara em Raada, mesmo que o seu povo houvesse sofrido baixas. Ela também tinha aprendido uma nova maneira de lutar, e precisava ter tanta paciência consigo mesma como tivera com as pessoas que lutaram ao seu lado.

R2-D2 apitou uma pergunta a ela, e Ahsoka examinou o seu trabalho, mesmo que tivesse a sensação de que ambos sabiam que ele não precisava de uma segunda opinião.

– Parece ótimo, R2 – elogiou. – Senti falta de ter você por perto exatamente por esse tipo de coisa.

O droide trinou alegremente e fez os últimos ajustes no motor, que zumbiu, voltando a ligar. Ahsoka deu um salto.

– Obrigada, rapazinho – disse. – Eu não sei se algum dia esse motor soou tão bem.

R2-D2 emitiu um som presunçoso, guardou as ferramentas de volta no caixote e saiu deslizando sem fazer nenhum outro comentário. Passou por Bail, que caminhava em direção a Ahsoka. O senador também partiria naquele dia, em uma missão não menos perigosa do que a dela. Estava voltando para Coruscant, para bancar a marionete Imperial no Senado, e estava vestido de forma condizente com o papel.

– Você tem certeza de que não quer reforço? – perguntou. – Estou certo de que Chardri e Tamsin não guardam rancor, e eles são bons em espaços apertados. Bem, ao menos quando sabem o que estão enfrentando.

Ahsoka sorriu quando o ciclo de testes de seu motor terminou. Ela poderia partir em breve.

– Não, obrigada – respondeu ela. – Vai ser mais fácil agir sozinha.

– É alguma coisa Jedi misteriosa? – Bail perguntou. Não insistira no dia anterior, quando ela havia deixado de fora alguns detalhes importantes, mas agora que ninguém os estava escutando, supôs que tinha o direito de saber o risco que estava correndo.

– Não – confirmou. – É apenas difícil de explicar. Eu não teria muito tempo e precisaria tomar decisões rapidamente que não fazem sentido para não iniciados. Não é nada pessoal, juro.

– Está tudo bem – resignou-se Bail. – Eu já trabalhei bastante com os Jedi ao longo dos anos para saber quando deixá-los fazer as coisas do jeito deles.

– Você sabe que eu não sou de fato uma Jedi, não é? – esclareceu ela. Os dois não tinham conversado sobre isso antes, mas, pela mesma razão anterior, agora que estavam sozinhos, era justo que ele soubesse que seu investimento poderia não ter o retorno que estava esperando. – Deixei o Templo, afastei-me do caminho Jedi.

– Se você não é uma Jedi, então o que você é, Ahsoka Tano? – perguntou Bail. – Porque, para ser sincero, você ainda parece e age como um Jedi pra mim.

– Prometo que lhe conto quando eu mesma descobrir – respondeu. Deu uns tapinhas na cápsula do motor. –

Obrigada por me emprestar o R2 para o reparo. O motor está perfeito.

– Disponha – disse Bail, sorrindo. – Eu tenho que ir. Mas nós vamos estar lá quando você der o sinal.

– Vejo vocês lá, então – consentiu Ahsoka, observando-o caminhar para o seu próprio veículo.

Assim que o senador foi embora, ela fez as últimas modificações em sua nave e iniciou suas verificações de pré-voo. Teve que tomar decisões rápidas no dia anterior, e queria ter certeza de que não forçara outra coisa além dos motores. Tinha tempo e segurança para fazer isso agora, e, mesmo que a espera a irritasse, sabia que valeria a pena.

Ahsoka tinha achado que não seria capaz de dormir nem um pouco na noite anterior, com a forte lembrança da imagem de Kaeden com o sabre de luz em sua garganta. Mas estava tão exausta que caiu no sono assim que parou de se movimentar. Quando acordou, muitas horas mais tarde, sentia-se bem melhor e, então, imediatamente pior: Kaeden provavelmente não havia dormido muito bem, qualquer que fosse a hora em Raada.

Forçou-se a limpar sua mente das preocupações. Não era fácil, mas sabia que não ajudaria em nada os seus amigos se deixasse a emoção nublar o seu julgamento.

Podia não ser uma Jedi, mas precisava agir como uma por um pouco mais de tempo. De qualquer modo, sabia como funcionava: limpar a sua mente e visualizar o objetivo. Estava determinada a fazer isso por seus amigos.

As verificações de pré-voo terminaram, indicando que nada de novo tinha sido detectado. Ela guardou seu equipamento – bastões, sua mochila de viagem, algumas coisas úteis que Bail lhe dera –, mas manteve o embrulho com os punhos com ela. Era volumoso agora, mas Ahsoka estava relutante em guardá-lo em outro lugar.

Pediu autorização para decolar e a recebeu do oficial de convés, junto com votos de boa sorte. Ela levou a nave para fora do hangar e depois passou os cálculos para o hiperpropulsor.

Quando tudo estava pronto, colocou as duas mãos sobre os controles, olhou pela janela da frente e saltou para a velocidade da luz.

Ilum era um planeta de gelo. Inóspito, frio e belo, desde que você não tivesse que passar muito tempo ao relento. Tinha sido um lugar sagrado para os Jedi. Ahsoka estivera lá três vezes, uma para cada um dos seus próprios cristais e uma vez com um grupo de crianças aprendizes. As duas primeiras vezes transcorreram sem nada de excepcional, a não ser seu entusiasmo em obter as ferramentas com as quais construiria seus sabres de luz. A terceira vez tinha sido mais uma aventura, com piratas, para arrematar. Dessa vez ela esperava muito que fosse uma visita tranquila.

Tinha calculado o salto para sair do hiperespaço a uma certa distância do planeta em si. Se ela própria se lembrava do que estava enterrado na crosta de Ilum, era inteiramente possível que outros também se lembrassem. Ahsoka não sabia ao certo onde os elementos do lado sombrio obtinham os seus cristais, mas sabia que eles tinham que achá-los em algum lugar, e não estava disposta a correr nenhum risco apenas para ganhar tempo em seu cronograma de viagem. Quando saiu para o espaço normal e viu o que a estava aguardando, ficou muito contente por ter sido cautelosa.

Havia pelo menos dois Destróieres Estelares e uma colossal nave de mineração na órbita em torno do planeta. O Império definitivamente sabia que havia algo desejável sob a superfície do mundo gelado.

O planeta em si estava muito pior do que Ahsoka temia. Antes, visto da órbita, tinha o aspecto de uma gigante bola branca – de cor uniforme, a não ser por uns pontos mais brilhantes que refletiam a luz do seu sol. Era tão marcante visto do alto como do chão, embora os grandes penhascos e falésias profundas que recortavam a superfície do planeta não fossem visíveis de longe. Agora, olhar para ele chegava quase a doer para Ahsoka.

Grandes nacos do planeta tinham sido escavados, expondo a rocha e lava fervente do seu núcleo. Com nenhuma esperança real, ela sondou o local de pouso habitual. Já não estava mais lá a entrada na face do penhasco que os Jedi haviam usado por gerações: desaparecera, assim como a cachoeira, destruída para obterem acesso à caverna por trás dela.

Ahsoka sentiu uma onda de fúria que teve que se esforçar muito para conter. O Império ousara invadir Ilum, estragar um lugar tão belo, e para quê? Para escavar a rocha e a terra na esperança de encontrar algumas lascas de cristal que nenhum deles seria capaz de ver? Era um desperdício e um espetáculo terrível de se ver, e também um tanto intimidante. Arruinar o solo em uma lua distante era uma coisa. Destruir um planeta, pedaço por pedaço, era outra coisa completamente diferente. O Império não tinha noção de limite e nenhum respeito pela ordem da vida na galáxia.

Ela estava a meio caminho no planejamento de um ataque à nave de mineração, analisando os pontos fracos que pudesse explorar se fosse capaz de passar pelos Destróieres Estelares, quando se lembrou do motivo de não poder fazer isso: Raada. Ahsoka precisava voltar para Raada. Não podia morrer ou ser capturada num conflito inútil. E esse *seria* inútil, precisou lembrar a si própria, mesmo que doesse pensar em Ilum como descartável. Ninguém vivia lá, e os Jedi, se é que restara algum, já não precisavam do planeta. Ela não desperdiçaria sua vida lá, não quando havia outros lugares que valiam mais a pena e pessoas que precisavam mais dela.

Entretanto, Ahsoka ainda iria precisar dos cristais. E tinha que sair do alcance dos Destróieres Estelares antes que um deles a detectasse. Voou para o planeta mais distante no sistema, uma rocha negra, sem nome, sem atmosfera e pouca gravidade, e pousou na superfície. Desligou os motores a fim de dificultar a detecção da nave e, em seguida, sentou-se de pernas cruzadas no chão da cabine, o embrulho no colo e a mente em busca de uma solução.

Não era um bom sinal ter de rever seu plano logo na primeira parada, mas não poderia se concentrar nisso agora. Precisava focar no que viria a seguir e em como poderia conseguir isso sem usar os recursos de Ilum.

Agora que sua mente estava mais calma, podia sentir o planeta gelado, mesmo que estivesse a meio sistema de distância. Os cristais de Ilum não cantaram para ela como tinham feito da primeira vez em que estivera lá. Naquela ocasião, quando era mais jovem, sentiu-os logo que a nave saiu do hiperespaço, mesmo que não soubesse o que era aquilo que estava sentindo no momento. Agora, porém, não havia nada... bem, nada que estivesse destinado a Ahsoka. Ela ainda podia sentir os cristais presentes abaixo da superfície do planeta. Só sabia que nenhum deles era pra ela.

*Então, onde estão os meus?*, ela pensou. *Vou conseguir outro par? Eu poderia voltar ao falso túmulo de Rex para ver se meus sabres de luz ainda estão lá, mas duvido que estejam. Eles valem muito, e eu os deixei para serem encontrados.*

Ela abriu um mapa estelar, projetando-o ao redor de si e posicionando Ilum perto de onde estava sentada. Então, fechou os olhos e estendeu a mão para os cristais do planeta abaixo. Seguiu sua estrutura, ordenada e regular, à procura de outras fontes na galáxia. Sabia que devia haver mais cristais em algum outro lugar. Mestre Yoda nunca tinha afirmado isso, mas certamente deu a entender. Afinal, era uma galáxia muito grande.

Lá, a anos-luz de distância, ela ouviu: a familiar melodia que era só dela. Deslizou sua consciência pelo mapa estelar na esperança de que, quando abrisse os olhos, fosse ver um mapa com os cristais esperando por ela ali.

Ahsoka abriu os olhos e viu o planeta que era o seu destino.

Não, não um planeta. Uma lua.

Raada.

# CAPÍTULO 27

AHSOKA PENETROU A atmosfera de Raada e aterrissou tão rapidamente quanto pôde no escuro. Escolheu propositalmente pousar no lado da lua oposto à cidade principal e aos campos. Teria que deixar a nave ali. Estavam esperando por ela, afinal de contas, e provavelmente estariam escaneando, buscando detectar sua chegada. Estava com muita pressa quando deixou Raada furtivamente, mas agora precisava passar despercebida por tempo suficiente para completar a primeira parte de sua missão.

Colocou em sua mochila tudo que seria necessário e certificou-se de que o seu dispositivo de comunicação estava bem preso em seu pulso. Hesitou quando pegou o blaster. Se tudo corresse conforme o planejado, não iria precisar dele, e não tinha certeza se a arma daria conta do serviço contra a criatura cinzenta. Mas outra pessoa poderia usá-lo. Então, o prendeu na lateral do corpo. Não era tão pesado e não seria difícil carregá-lo um pouco mais. Em seguida, partiu em direção ao assentamento.

Estava correndo por pouco mais de duas horas quando avistou os primeiros sinais de vida. Uma pequena fogueira ardia. Quem a tinha acendido tentou esconder a luz, mas obviamente não sabia ser discreto o suficiente para ser totalmente bem-sucedido. O buraco não era profundo o bastante. Ahsoka não podia ter certeza, é claro, mas achava que isso provavelmente significava que quem tinha acendido a fogueira não era um Imperial.

Ela rastejou para mais perto. Logo pôde distinguir uma figura, pequena e curvada sobre as chamas, aquecendo-se. A figura se moveu e Ahsoka viu contra o fogo a silhueta de uma vasta cabelereira escura. Era Miara.

Ela se aproximou o máximo que pôde antes de sussurrar o nome da menina. Não queria assustá-la demais, mas no escuro não tinha muitas opções.

– Miara – ela disse, da forma menos ameaçadora possível. Miara mesmo assim se sobressaltou, pegando o velho blaster que conseguiu na noite em que ela e Ahsoka haviam sabotado os andadores. – Está tudo bem, está tudo bem – tranquilizou-a. – Miara, sou eu, Ahsoka.

– Ahsoka? – Parecia que Miara não acreditava em seus próprios olhos.

Apesar da cor escura da sua pele, transparecia em sua tez um reflexo pálido e doentio. Ela obviamente andara chorando; havia rastros lamacentos de lágrimas em suas bochechas. Seu cabelo estava despenteado e tinha grandes olheiras sob os olhos. Ela parecia completamente aterrorizada.

– Ahsoka! – ela exclamou novamente, e se atirou nos braços dela, derramando ainda mais lágrimas. – Você voltou! K-Kaeden disse que você iria voltar. Ela disse.

– Shhhh, Miara – Ahsoka disse para acalmá-la. Ela ajudou a garota a se sentar outra vez junto ao fraco calor do fogo. – Conte-me o que aconteceu. O que você está fazendo aqui sozinha?

Miara engasgou com as lágrimas, mas conseguiu detê-las. Quando recuperou a voz novamente, começou a falar.

– Estávamos indo bem – contou. – Quero dizer, era horrível, mas estávamos nos escondendo, como você disse para fazermos. Só que aí veio aquela coisa terrível, e ele sabia o nome de Kaeden. Ele disse que, se ela não saísse da caverna, iria explodir toda a encosta até nos matar.

Ahsoka se entristeceu.

– Então, ela saiu – prosseguiu Miara. – Seu braço ainda estava tão mal que tinha dificuldade para caminhar, mas saiu. O grupo estava preparando uma emboscada, tentando pegá-lo em fogo cruzado enquanto ela o distraia, mas não funcionou.

– O que aconteceu, Miara? – perguntou novamente.

– Eu queria ir também – contou ela. – Eu sei que era estúpido, mas não queria que a gente se separasse novamente. Kaeden não concordou e deu um jeito de falar sobre isso com Neera, que atirou em mim com um atordoador. Eu estava inconsciente durante o que aconteceu depois, e quando acordei...

Ela parou de falar, com uma expressão horrorizada.

– Estavam todos mortos, Ahsoka – revelou. – Todos eles. Neera, os outros. Kolvin... Kolvin foi cortado *ao meio*. Foi a pior coisa que já vi, e nem sequer havia muito sangue em volta dele.

Ahsoka passou o braço em torno do ombro de Miara e a abraçou. Era exatamente o que temia. A criatura cinzenta provavelmente usara os blasters de seus amigos contra eles mesmos, redirecionando seus tiros. Ela teria feito o mesmo, embora preferisse desviar os raios em vez de reutilizá-los. E Kolvin deve ter sido morto pelo sabre de luz da criatura.

Ela fez uma pausa para lamentar o ocorrido. Poderia ter evitado isso, se tivesse ficado, ou sua presença poderia ter feito tudo ficar pior ainda. Não havia como saber, assim como não havia razão para insistir nisso. Ahsoka não gostava desse lado frio e sem compaixão da sua formação, mas precisava dele agora se pretendia fazer o seu trabalho.

Ao lado dela, Miara se balançava para a frente e para trás. A garota estava tão assustada e preocupada que Ahsoka não sabia se poderia lhe pedir ajuda. Talvez devesse deixá-la e voltar, se pudesse, depois que tivesse concluído. Ela descartou a ideia quase antes de ter terminado de pensá-la. Não podia deixar Miara pra trás. Devia a Kaeden fazer tudo o que podia, e devia isso a Miara também. Tentaria levar Miara escondido para ficar com Selda. O velho Togruta ao menos seria capaz de alimentá-la, e eles poderiam esperar juntos.

– Miara – disse Ahsoka. – Eu preciso da sua ajuda para resgatar a sua irmã.

Miara ergueu a vista, chocada.

– Você vai realmente fazer isso? – perguntou.

– Foi por isso que eu voltei – respondeu. – Você acha que pode me ajudar?

– Sim – assegurou Miara. – Por Kaeden, eu posso ajudar você.

– Eu preciso que você apague essa fogueira e, depois, fique vigiando enquanto eu medito – orientou Ahsoka. – Vou estar indefesa, por isso, preciso que você me avise se alguma coisa vier em nossa direção. Você pode fazer isso?

Miara assentiu e começou a apagar a fogueira. Ficaria mais quente quando o sol nascesse, o que não ia demorar, e a garota não sentiria frio por muito tempo. Ahsoka não tinha uma capa para lhe emprestar. Ela se deu conta de que não fazia ideia de onde sua capa havia parado. Talvez devesse pedir uma melhor ao seu novo amigo, o senador.

– Foco, Ahsoka – ela murmurou.

– O quê? – perguntou Miara.

– Deixa pra lá – respondeu. – Apenas sente-se aqui. Você está pronta?

Miara assentiu e sentou-se ereta.

Ahsoka fechou os olhos.

A primeira vez, em Ilum, não tinha sido capaz de encontrar o seu cristal até tomar a decisão de confiar nas instruções de Mestre Yoda. Depois do que tinha acontecido em seu planeta natal quando era pequena, com o traficante de escravos se disfarçando de Jedi, não era fácil para ela confiar, mesmo quando o seu sentido lhe dizia que estava em boa companhia. A lembrança do desprezo dos moradores da vila quando se recusou a demonstrar seus poderes ao falso Jedi, a vergonha ardente por sua incapacidade de explicar o perigo para os mais velhos haviam permanecido com ela.

Mas tudo isso ficou pra trás naquela caverna. Ahsoka tinha decidido confiar em Yoda, e foi isso que a levou ao seu cristal. Desde então, confiar nos outros havia se tornado mais fácil pra ela porque aprendera a confiar nos próprios instintos novamente. Ela até havia retornado a Ilum mais tarde, em busca de um segundo cristal.

Agora, seus instintos lhe diziam que os novos cristais iriam querer outra coisa antes de permitir que ela os encontrasse. E achava que poderia fazer uma ideia do que era.

As diferenças entre a rebelião organizada de Bail e sua operação em Raada eram gritantes. Ele não tinha mais sucesso porque era melhor do que ela, mas porque tinha mais com que trabalhar. Ao colaborar com ele, Ahsoka já seria uma aliada valiosa com base apenas em sua experiência, quem dirá levando em conta os seus poderes. Tinha que estar disposta a trabalhar em um sistema outra vez, a aceitar a ordem de um propósito comum e a camaradagem que advém disso.

Seu coração apertou. Ela não podia fazer isso. Não podia refazer conexões com pessoas que poderiam traí-la por medo ou porque não tinham escolha. Ela não podia enfrentar outra vez a morte de amigos.

Mas já havia feito isso. Enquanto estava em Raada, aprendeu que não tinha como escapar. Mesmo que já não fosse uma Jedi, tinha treinamento suficiente para não virar as costas para pessoas necessitadas. Ahsoka os ajudaria a lutar, e os veria morrer, e cada vez seu coração endureceria um pouco mais.

Não. Tinha que ter outra maneira. Um caminho do meio. De algum modo, não deixaria que o mal na galáxia, o mal do Império a engolisse e mudasse a sua natureza. Pensou no que tinha dado errado em Raada e no que tinha dado errado com Bail, e nos dois casos pensou ter notado uma semelhança.

Ahsoka executou o movimento sem pensar, sua mão se deslocando para cobrir o comunicador em seu pulso. Era isso. Era isso que poderia fazer para ajudar a galáxia e tentar manter seus amigos a salvo.

A princípio baixinho, depois mais alto, à medida que o sol começava a despontar sobre as colinas, ela ouviu a melodia. Não coincidia com a primeira vez, mesmo que houvesse algumas semelhanças. Mas não duvidou nem por um segundo. A melodia era dela, se estivesse disposta a lutar por ela.

O sol se elevou por completo no horizonte, e Ahsoka Tano estava inteira novamente.

– Vamos, Miara – disse ela. – Vamos buscar sua irmã.

# CAPÍTULO 28

OS CAMPOS DE RAADA estavam arruinados. Até mesmo o olho inexperiente de Ahsoka podia enxergar isso. O solo que antes era marrom-escuro agora estava desbotado, num tom cinzento doentio, e a vida que ela costumava sentir nele se esvaíra quase que por completo. As únicas coisas nos campos que pareciam saudáveis eram os hectares das pequenas plantas verdes, a fonte de tanta desolação.

– Se tivermos oportunidade – Ahsoka sussurrou para Miara, que se agachava ao lado dela –, lembre-me de voltar aqui e queimar tudo isso.

– Eu ajudo você – Miara prometeu. – Fiquei muito boa em incêndios.

– Vamos – disse Ahsoka. – Precisamos sair daqui antes de o primeiro turno começar.

Miara contou para ela que os Imperiais tinham estendido os turnos outra vez. Agora, os agricultores trabalhavam por quase todo o tempo em que havia luz do dia, e surgira rumores de que, assim que começasse a colheita, os Imperiais trariam holofotes para que os agricultores pudessem trabalhar até no escuro também. Não tinham muito tempo, nem maneira de se ocultarem sob alguma cobertura, por isso Miara conduziu Ahsoka ao longo do limite da terra lavrada e, logo que chegaram às primeiras construções da periferia da cidade, elas se agacharam num beco.

– Nós estamos na parte da cidade oposta ao complexo Imperial – Miara sussurrou. – Vamos ter que atravessar todo o assentamento para chegar até Kaeden.

– Nós não – corrigiu Ahsoka. – Só eu. Preciso que você procure Selda e lhe dê isso.

Ela entregou para Miara um holograma que gravara no hiperespaço.

– Se você não conseguir encontrar Selda, procure Vartan ou um dos outros líderes de equipe. Mas certifique-se de que seja alguém em que você confie!

– Eu quero ir com você! – pediu.

Ahsoka parou e pousou a mão no ombro da menina.

– Eu sei que quer – disse ela. – Sei que você faria qualquer coisa por sua irmã neste momento, mas preciso que você me escute. Posso salvar Kaeden, mas a minha nave está muito longe para que possamos escapar de Raada. E, mesmo que nós três escapássemos, o que aconteceria com todos os outros?

Miara começou a protestar, mas depois parou. Ahsoka percebeu que a garota tinha caído em si.

– Eu preciso que você procure Selda – disse novamente. – Sua irmã precisa de você para chegar a ele. Entendeu?

– Entendi – respondeu. – Farei isso.

Ahsoka apertou a mão de Miara ao redor do holograma e depois observou a garota se afastar pela rua. Ela aprendeu a andar silenciosamente desde que a tinha visto pela última vez, e até aprendeu como usar a escassa cobertura que a rua oferecia em sua vantagem. Ahsoka realmente odiava a guerra.

Deixou Miara se afastar consideravelmente para, em seguida, ir em direção ao complexo Imperial. Não utilizou nenhuma cobertura nem se deu ao trabalho de tentar esconder sua aproximação. A criatura cinzenta sabia que estava chegando e qual era o seu alvo. Discrição era impossível, e só dispunha de uma jogada. Sua única esperança era que o Império não tivesse uma carta na manga como ela.

Caminhava pelo meio da rua, com os sentidos em alerta e prontos para qualquer coisa. Cada parte dela era como uma mola de energia, comprimida e pronta pra ação.

Não precisou esperar muito.

– Jedi! – uma voz áspera soou. O som parecia vir de todas as direções ao mesmo tempo. Ahsoka sondou com seus sentidos, procurando a fonte.

– Você tem algo que eu quero – disse ela. Seria mais fácil se pudesse fazer com que a criatura cinzenta continuasse falando.

– Pobre Kaeden Larte... – ironizou a criatura. Ahsoka conseguiu localizar de onde vinha o som. – Tão esperançosa de que sua amiga Jedi viria resgatá-la. Tive que explicar a ela que os Jedi não têm amigos. Os Jedi não têm vínculos de nenhum tipo. São insensíveis e frios e nem sequer entendem o que é amor.

– Eu não sei quem lhe ensinou isso sobre os Jedi – retrucou. – Mas parece que deixaram algumas coisas de fora. Você deveria se informar melhor.

– Eu disse a Kaeden que você não era uma verdadeira Jedi – falou a criatura. E ali estava ela! Ahsoka a localizou precisamente. Agora só precisava esperar o momento certo. – Eu disse a ela que você provavelmente estava com tanto medo de mim que se refugiaria a doze sistemas de distância para nunca mais voltar. Fico realmente feliz por ter me enganado.

Ahsoka sentiu a criatura saltar do telhado do edifício atrás dela e se virou. Não conseguiu identificar sua espécie na imagem que Bail lhe mostrara, e também não foi capaz de fazê-lo ali, ao vivo. Ele era mais alto do que ela, mesmo Ahsoka tendo crescido bastante nos últimos anos, e tinha um biótipo sólido. Era visivelmente muito forte e, com a armadura que usava, era um oponente formidável. A criatura não removeu o capacete, mas seu escudo facial estava levantado, como se precisasse vê-la claramente enquanto lutassem. Essa era a outra diferença entre eles em matéria de treinamento, pensou Ahsoka. Ela poderia lutar completamente às cegas, se necessário, embora cega *e* sem seus sabres de luz poderia ser um pouco demais.

Ela concentrou sua atenção no peito do adversário, onde começava o movimento. Sentiu a Força fluir através dela quando o sabre de luz da criatura acendeu. Ahsoka podia ouvir o seu zumbido agora bastante próximo, um contraponto sombrio à melodia de seus próprios cristais. Ela limpou sua mente de todas as distrações.

A criatura atacou e Ahsoka desviou de seus golpes antes que a atingissem. Ela lia os seus sentimentos por meio da Força que os conectava, e acompanhava o movimento de seus ombros, cotovelos e pulsos, sempre os afastando para que não a acertassem. Furiosa, a criatura redobrou seus esforços, visando acertar a cabeça e o peito de Ahsoka.

O que faltava à criatura cinzenta em delicadeza, sobrava em força bruta. Ele fez Ahsoka retroceder em direção à linha das casas, e ela permitiu, ainda avaliando-o como lutador. Quando chegou ao degrau da entrada da casa atrás dela, saltou dali, usando a Força para impulsioná-la em um elegante salto mortal por cima da cabeça dele. Ela se esquivou com facilidade do ataque frenético de seu sabre de luz enquanto voava sobre ele e, em seguida, aterrissou em um agachamento, do outro lado, pronta para continuar.

– Impressionante – admitiu ele.

– Você se impressiona facilmente – retrucou. – Estou apenas começando.

Ahsoka sentiu mais presenças por trás dela e percebeu que alguém no complexo Imperial ficara sabendo do que estava acontecendo. As paredes estavam coalhadas de stormtroopers, todos eles apontando seus blasters pra ela. Pelo menos não lhe pareceu que houvessem adicionado reforços desde que partira. Ela se abaixou em uma rua lateral, fora da linha de fogo dos troopers, e a criatura cinzenta a seguiu.

Ele ergueu seu sabre de luz no ar e começou a girá-lo. O efeito era interessante – um círculo de luz mortal em vez de uma lâmina –, mas Ahsoka não se deixou intimidar. Toda a estratégia da criatura se baseava em subjugar o oponente. Ela tinha outras opções.

– O que é você? – ela perguntou. – Quem o fez assim?

– Eu sirvo o Império – respondeu a criatura.

– Você com certeza tem um senso teatral – observou Ahsoka.

Ela o atacou com a Força novamente, desta vez, visando as mãos e os dedos, procurando ao mesmo tempo desequilibrar o peso da criatura, sustentado pelos quadris e joelhos. Ahsoka sentiu algo despertar dentro dela, cada lição de combate que Anakin já lhe ensinara. Lembrou-se de como se posicionar e de como empunhar as lâminas. Assim empurrou os dedos de seu adversário para muito longe e o fez perder o equilíbrio. Ela se lembrou, e podia fazer com que ele esquecesse. Ele cambaleou para trás, surpreso com o poder de Ahsoka sobre ele, mesmo a um braço de distância, mas ainda não estava vencido.

– Eu tenho um senso de poder – afirmou a criatura. – E avalio que você não tem o suficiente para resistir a mim por muito mais tempo, desarmada como está.

Foi aí que se equivocou. Ela não estava desarmada. Nenhum Jedi jamais estava.

A criatura deu um passo na direção dela, perto o bastante para ela o tocar. Seu sabre de luz girava, bloqueando ataques pelos lados, mas estava vulnerável pela frente. Da mesma forma como alcançara o seu primeiro cristal muitos anos atrás, Ahsoka estendeu a mão.

Sentindo sua intenção no último momento, o Inquisidor tentou desconectar a sua arma e lutar com duas lâminas em vez de uma, mas ela estava girando rápido demais para fazer isso. A mão de Ahsoka aterrissou quase que suavemente sobre o metal cilíndrico, e a Força estava com ela. O punho rachou ao seu toque.

Um gemido agudo chegou aos ouvidos de Ahsoka, a luz e a escuridão da melodia dos cristais lutando para se manter em equilíbrio. Ela percebeu que precisava saltar para mais longe. Devia ter cortado a conexão de energia canalizada pelos cristais dentro de seu punho, e agora ele estava se sobrecarregando. Se a criatura não o desativasse logo, iria explodir.

Antes que pudesse sequer considerar dar um grito de alerta, o sabre de luz vermelho explodiu em uma confusão de ruído e luz. Pontos brilhantes ofuscaram os seus olhos, e então tudo ficou quieto. A criatura não iria mais incomodá-la.

Estava caída na rua, com o rosto queimado e retorcido, a carcaça do sabre de luz ainda apertada em suas mãos. Se tivesse sido capaz de lutar contra ela com o escudo facial baixado, poderia ter sobrevivido à explosão.

Ahsoka se perguntou quem o teria treinado e se existiam outros como ele. Alguém havia distorcido o potencial para o bem naquela criatura e o levara para o lado sombrio. Alguém o transformara nisso. Alguém, ela sabia, que ainda estava por aí, e que devia ser impedido de encontrar outras crianças se dependesse dela. Ahsoka estendeu a mão e baixou a viseira do capacete, cobrindo sua face arruinada. Era o único gesto de compaixão que poderia ter para com ele. Tinha trabalho a fazer.

Ajoelhada ao lado do oponente vencido, ela examinou os destroços do punho de seu sabre de luz. Os cristais que tinham alimentado aquele sabre já não eram mais contidos por metal, mas sua melodia não havia diminuído. Ela os segurou em uma mão, quase tremendo quando a familiaridade deles correu através dela, enquanto a outra mão pegava os punhos parcialmente destruídos que carregava.

Estes sabres de luz não teriam os punhos decorados que ela apreciava, nem seriam agradáveis ao toque até que tivesse tempo para terminá-los de verdade. Faltavam alguns componentes-chave, partes que teriam que ser fabricadas especificamente, mas o punho estraçalhado da arma da criatura jazia diante dela. Rapidamente, pegou os destroços de novo, desta vez prestando mais atenção no funcionamento interno do sabre, e sorriu quando descobriu as peças de que precisava. Elas iriam servir por ora.

Ahsoka podia ouvir os Imperiais se aproximando. Seu duelo os fizera hesitar, mas agora estavam em alerta máximo. Ela deixou de lado seu senso de urgência, mesmo que estivesse com pressa. A meditação veio com facilidade, como se estivesse sentada em segurança no Templo Jedi, em vez de numa rua empoeirada e com seus inimigos se aproximando. Sua mente ordenou os componentes previamente montados e aqueles que tinha acabado de recolher, fixando cada qual em seu devido lugar. Quando abriu as mãos, não se surpreendeu ao descobrir que dois sabres de luz, grosseiros e inacabados, estavam à sua espera.

Eles precisavam de mais trabalho, mas eram *dela*.

Quando os acendeu, eles brilharam no branco mais radiante.

Ahsoka encontrou outra rua lateral que ia na direção que desejava e a seguiu até o complexo. Ela era o único alvo dos Imperiais agora. Precisaria de toda a cobertura que pudesse conseguir. Em suas mãos, seus sabres de luz eram um peso tranquilizador. A luta lhe trouxera de volta a concentração que havia perdido. Ela nem sequer estava arfando. Aquilo era algo de que podia dar conta.

Ela não se incomodava com insultos ou provocações. Não tinha nada a dizer àquelas pessoas. Transpôs o muro com um único salto voador e pousou no meio do complexo, para enorme surpresa dos stormtroopers de plantão. Eles começaram a disparar e Ahsoka começou a abrir caminho em direção à porta principal, desviando-se facilmente dos tiros de blaster.

Levou apenas alguns segundos para chegar lá, sua aproximação anunciada por explosões e disparos de blaster, e depois mais alguns segundos para cortar a porta para abri-la. Uma vez no corredor, empurrou com a Força para trás dela, fazendo com que todos que a perseguiam perdessem o equilíbrio. À frente, viu oficiais uniformizados se preparando para defender o interior do complexo. Aparentemente, todos os stormtroopers estavam lá fora. Ela esperava que eles estivessem ocupados demais para pensar em chamar um Destróier Estelar.

Ahsoka abriu caminho lutando pelos corredores, usando seus sabres de luz para se desviar dos raios de blaster e a Força para empurrar seus adversários para fora de sua passagem. As celas estavam localizadas nos fundos do prédio, como ela já sabia, e queria gastar o mínimo de tempo possível para chegar lá.

Por fim, alcançou o corredor da prisão. Havia uma chave geral, que ela logo ativou, e as portas das celas se abriram. Ahsoka se certificou de que não havia nenhum escudo de raios e, depois, desceu o corredor.

– Kaeden? – ela gritou. – Você está aqui?

Em sua cela, a cabeça de Kaeden se levantou e ela se arrastou para se levantar. Ainda era difícil se equilibrar com o braço quebrado, mas o som da voz de Ahsoka a encorajou. Ela foi até a frente da cela.

Alguns dos infelizes prisioneiros haviam deixado suas celas, bloqueando a visão de Kaeden do corredor. Ela ouviu Ahsoka gritando ordens para que saíssem e fossem para a cantina de Selda o mais rápido que pudessem, e seguiu a multidão em direção à amiga.

Finalmente Kaeden estava cara a cara com Ahsoka. Sabia que seu cabelo estava um desastre, que estava coberta de poeira, que seu ferimento na cabeça parecia terrível, e que seu braço ainda estava atado inutilmente contra o peito... mas estava de pé. Ahsoka parecia diferente: poderosa, focada e completamente além de sua compreensão. Ela empunhava um par de brilhantes sabres de luz branca, e, embora aquela fosse a primeira vez que Kaeden os via, não podia imaginar Ahsoka sem eles nas mãos. Apesar das circunstâncias, ela sorriu.

– Kaeden! – Ahsoka gritou, e correu para ajudá-la a se mover mais rápido.

– Ahsoka! – Kaeden correu em direção a ela, mas se segurou para não lançar o braço bom em torno de seu ombro. Sabia que os sabres de luz não eram de brincadeira. De todo modo, ela quase podia sentir o poder irradiando de Ahsoka. Aquilo era surpreendente. – Minha vontade é beijá-la.

Ahsoka parou de repente. O olhar que lançou a Kaeden foi ligeiramente confuso.

– Não agora, quero dizer – consertou Kaeden. Queria rir pela primeira vez em semanas, mas achou que talvez fosse apenas histeria. – Eu sei que o momento é impróprio, e você tem todos os seus impedimentos de Jedi. Eu só queria que você soubesse no caso de morrermos.

– Ah – disse Ahsoka. – Bem, obrigada. – Ela hesitou. – E nós não vamos morrer.

– Se você diz... – Kaeden concordou.

Ahsoka desativou o sabre de luz da mão esquerda e o prendeu no cinto. Ela continuou empunhando o da direita. Com o braço livre, apoiou Kaeden e, juntas, as duas se afastaram das celas.

# CAPÍTULO 29

– E AGORA? – PERGUNTOU KAEDEN. Elas estavam livres do complexo Imperial, mas havia stormtroopers por todos os lados. – Espero que você tenha um plano!

– Claro que tenho um plano – Ahsoka respondeu. – Para o Selda's. Agora.

Ela ativou o comunicador em seu cinto e esperou que Bail não estivesse fazendo nada que não pudesse ser interrompido. Ela ia precisar dele imediatamente.

Quando enfim chegaram no Selda's, Kaeden estava totalmente sem fôlego, mas ainda conseguia caminhar.

Elas atravessaram a porta e, antes que os olhos de Ahsoka houvessem se ajustado à penumbra, viu a pequena silhueta de Miara saltando em direção a elas.

– Kaeden! – exclamou Miara. – Você está bem. Você está bem!

– Sim, mais ou menos – retrucou a mais velha. Ela soltou Ahsoka para que pudesse envolver o braço bom em torno da irmã. – E você?

– Passei maus bocados depois que levaram você – contou Miara. – Eu não podia ficar nas cavernas. Não com…

Miara se interrompeu, e Ahsoka sabia que estava pensando em Neera, Kolvin e os outros. Ela abraçou a irmã o mais forte que pôde e olhou para Ahsoka.

A Togruta podia ouvir o som dos tanques Imperiais se deslocando pelas ruas. Era apenas uma questão de tempo antes que fossem encontrados, isso se os Imperiais não decidissem simplesmente destruir a todos a partir da órbita.

– Você disse que tem um plano, Ahsoka? – perguntou Kaeden. – Espero que já esteja em execução.

– Já está. – Selda surgiu ao lado delas. Gentilmente, carregou Kaeden e a sentou no bar. Então, começou a examinar seus ferimentos. – Ela nos enviou uma mensagem pela sua irmã. Vartan está lá fora agora, organizando o pessoal para a evacuação.

– Evacuação? – surpreendeu-se Kaeden. – Para onde? E com quem?

– Alguns antigos amigos meus – respondeu Ahsoka. – Eu costumava ter um monte de amigos. A maioria deles está morta agora, mas alguns sobreviveram. E estou fazendo outros novos.

– Eu não acreditei no que... aquela coisa disse sobre você, sabe? – Kaeden retrucou. – Você mentiu para nos manter em segurança. Ele mentiu porque gosta do sofrimento. Posso não ser uma Jedi que viu toda a galáxia, mas sei ver a diferença.

– Obrigada – disse Ahsoka. – E eu não vi toda a galáxia. Embora já tenha visto muito mais dela do que a maioria das pessoas.

– Você pode contar tudo isso a ela mais tarde – interrompeu Selda. – Agora, temos que nos certificar de que seus amigos nos encontrem antes dos Imperiais.

– Eu não sei se sou capaz de andar muito mais – avisou Kaeden. – Já estou me sentindo bastante tonta.

– Eu estava guardando isso para um dia de chuva – disse Selda. – Ele se curvou para pegar algo debaixo do bar e apresentou uma seringa. Kaeden se encolheu, mas, depois, controlou-se.

– Não chove muito em Raada – observou ela.

– Percebi isso quase que imediatamente – disse Selda. – Então, acho que agora é a hora. Olhe para o outro lado, Kaeden.

Ela fez o que lhe foi dito e Selda aplicou a injeção. A diferença foi imediata.

– Será que o efeito vai passar ou estou realmente melhor? – perguntou, enquanto Miara a ajudava a descer do bar.

– Um pouco dos dois – esclareceu Selda. – Então, tente não abusar demais.

– Vou me lembrar disso enquanto estivermos fugindo dos stormtroopers Imperiais – disse Kaeden.

Ahsoka inclinou a cabeça, prestando atenção em algo, e sorriu.

– Não acho que vamos ter que correr muito – observou. – Vamos, vamos.

Eles saíram para a rua e se depararam com grupos ordenados de pessoas seguindo na direção dos limites da cidade. Bem, ordenados na medida do possível. Cada explosão os fazia saltar e os gritos não eram poucos. Mas os agricultores conseguiam se manter em grupo, seguindo as instruções de seus chefes de equipe, que por sua vez eram orientados por Vartan. Ele acenou quando os viu, e a expressão de alívio em seu rosto foi visível. Ahsoka ficou contente por constatar que ele estava bem.

O complexo Imperial estava em chamas. Olhando para o céu, Ahsoka pôde ver seis ou oito A-wings, os caças avançados que Bail enviara, mergulhando e disparando contra os Imperiais. Alguns dos caças Imperiais tinham conseguido levantar voo e, enquanto Ahsoka observava, quatro A-wings saíram da formação para lidar com eles. Os outros se voltaram para os campos, dedicando-se a bombardear impiedosamente a plantação. Os campos explodiram em chamas.

– Eu quero aprender a fazer isso! – exclamou Miara, com o rosto iluminado.

– Tenho certeza de que um deles ficará feliz em lhe ensinar – Ahsoka comentou, lembrando-se de suas impressões sobre o sucesso de Bail em conseguir recrutas. Mas aí recordou que estava falando com uma menina de quatorze anos de idade. – Dentro de alguns anos, talvez.

Um A-wing foi seriamente atingido por um caça Imperial que o estava perseguindo e despencou do céu numa espiral. De seus motores saíam fogo e fumaça, mas Ahsoka tinha certeza de que vira o piloto trajando um berrante uniforme cor de laranja se ejetar e, alguns segundos depois, um paraquedas aberto confirmou isso. Um segundo A-wing não teve tanta sorte. Colidiu com o complexo Imperial antes de seu piloto conseguir se ejetar, e a explosão sacudiu o solo enquanto corriam.

O fervor de Miara diminuiu um pouco quando testemunhou o perigo, mas ainda parecia determinada. Ahsoka não imaginava que Bail teria qualquer problema em recrutá-la quando tivesse idade suficiente. Só porque lutara sua primeira guerra com a idade de Miara não significava que ela era um bom exemplo.

Mais naves apareceram na órbita baixa e, por um segundo, Ahsoka ficou com o coração na mão. Então, percebeu que não poderiam ser os Imperiais. Era Bail, ou os rebeldes que enviara, com naves de transporte e de carga suficientes para evacuar todos na lua. Eles pousaram na grama entre o limite do assentamento e as colinas onde os amigos dela tinham se escondido por uns tempos.

– Diga-lhes para que continuem andando! – Ahsoka gritou para Vartan. Ele balançou a cabeça e passou as ordens aos demais.

A Padawan levou Kaeden, Selda e Miara para o furador de bloqueio que reconheceu como a *Tantive IV* do

Capitão Antilles. Ele estava parado na parte inferior da rampa, esperando por ela.

– Não podemos ficar no chão por muito tempo – advertiu o Capitão, elevando a voz para ser ouvido por cima do ruído de tantos motores. – Teremos Imperiais em nosso encalço em breve.

– Está bem! – Ahsoka gritou de volta. – A evacuação já começou, e seus A-wings cuidaram dos caças Imperiais.

Isso a fez lembrar-se de uma coisa. Ela apontou na direção em que tinha visto o paraquedas.

– Um piloto caiu por ali – mostrou. – Tenho certeza de que se ejetou a tempo. Você pode pegá-lo?

Antilles confirmou com um movimento de cabeça, a fim de não ter que se esgoelar novamente, e digitou um comando no pequeno datapad em seu pulso.

– Tratemos de colocar seus amigos a bordo – reforçou.

– Vou esperar até o fim – garantiu Ahsoka. – Se eu sou a única cobertura em terra que temos, então, vão precisar de mim.

Kaeden não poderia ter ouvido a conversa, mas de alguma forma percebeu o que Ahsoka ia fazer.

– Não! – ela exclamou, agarrando o braço de Ahsoka com a mão boa. – Venha com a gente!

– Eu tenho que permanecer um pouco mais – explicou.

– É assim que as coisas têm que ser às vezes, Kaeden. Eu ficarei bem. Vá com sua irmã.

Ela se soltou de Kaeden e pôs-se a descer a rampa. Deu uma olhada para trás, a fim de se certificar de que Selda havia levado as garotas para dentro da nave e, em seguida, voltou sua atenção para a evacuação.

Considerando a situação como um todo, até que as coisas estavam indo bastante bem. Havia muito fogo e boa parte dos agricultores estava em pânico, mas Vartan conseguiu garantir que não estivessem carregando muitos pertences, e os outros chefes de equipe iam do começo ao fim das filas tratando de manter a todos tão calmos quanto possível. Enquanto Ahsoka vigiava a retaguarda, as naves iam se enchendo uma após outra, decolando e desaparecendo na atmosfera superior.

Restavam apenas três naves e menos de uma centena de pessoas aguardando para embarcar nelas quando os Imperiais fizeram o seu número final. Três tanques, todos em muito bom estado, considerando o que haviam passado, dobraram a esquina e abriram fogo, dispersando as filas ordenadas de refugiados.

Ahsoka não dispunha de bombas, mas tinha um par de sabres de luz, então, enfrentou os tanques sem pensar duas vezes. Ela correu em direção a eles, coisa que sempre parecia assustar os Imperiais. Era como se acreditassem ser invulneráveis e, quando atacados, começassem a ter dúvidas. Ela saltou, voando sobre o primeiro tanque em um arco gracioso que lhe possibilitou golpear com o sabre de luz e cortar o canhão do veículo de uma só vez. Isso inutilizou o veículo de guerra. Ela abriu a escotilha, arrancou o piloto e o lançou para o lado. Em seguida, usou o sabre de luz para cortar os painéis de controle, tendo o cuidado de deixar operacional o gatilho do canhão principal. Queria que o tanque ficasse praticamente irrecuperável. Quando teve certeza de que o havia destruído o máximo possível dentro de tão escasso tempo, voltou para a segurança da escotilha e apertou o gatilho do canhão. Incapaz de descarregar adequadamente, o canhão se sobrecarregou enquanto Ahsoka se afastava com um salto.

Como esperava, a explosão foi suficiente para desestabilizar outro tanque nas proximidades, danificando o mecanismo de flutuação. O veículo pendeu e Ahsoka pulou em cima dele, cortando fora seu canhão também. O tanque acabou indo bater em uma das casas no limite da cidade e então parou de se mover.

Isso a deixou com apenas um alvo. Vartan tinha conseguido fazer com que os agricultores voltassem a embarcar, e uma das últimas naves remanescentes havia decolado. Quem estava dirigindo o terceiro tanque era mais esperto do que os outros e mirou diretamente em Vartan.

– Não! – Ahsoka gritou enquanto o terreno onde ele estava parado explodia em uma chuva de terra.

A Togruta juntou as mãos e o metal gritou à medida que a última torre se deformava, destruindo o canhão e detendo o tanque. Ela se afastou num salto e correu para o local onde Vartan estava.

– Continuem! – gritava ela conforme ia passando pelas pessoas. – Subam a bordo!

Todos obedeceram em meio à poeira e aos detritos. Vartan estava vivo, mas gravemente ferido. Ahsoka meteu os sabres de luz de volta no cinto e jogou Vartan por cima do ombro. Com o peso, ela cambaleou por um momento, mas usou a Força para se estabilizar. Ela se juntou à última fileira de agricultores a caminho da nave do Capitão Antilles e, então, seguiu-os subindo a rampa.

Antilles estava esperando por ela no hangar. Kaeden e Miara gritaram quando viram Vartan, e Selda teve que segurá-las.

– Tragam uma maca! – Antilles gritou. – E vamos dar o fora daqui.

O burburinho das pessoas ao seu redor era esmagador enquanto Ahsoka baixava Vartan na maca e o observava sendo levado. Ela sentiu a nave decolar, lutando para vencer a gravidade da lua, ainda que baixa, até que os motores entraram em força total e a nave se soltou. Ela viu o fogo e a ruína de Raada abaixo dela e sentiu a onda de emoções dos agricultores, agora refugiados, que se aglomeravam em volta dela.

E sentiu Kaeden. A gratidão e alívio por ter sido resgatada. A alegria em ver sua irmã e a tristeza de perder seu lar. Ahsoka colocou o braço em torno do ombro dela, tomando cuidado com os ferimentos, e não pôde evitar o sorriso que abriu em seu rosto. Ela conseguira. Não foi fácil, e quase nada saiu conforme o planejado, mas estavam livres do Império, ao menos por um tempo, e seguros.

– Sabe? – disse Kaeden após um instante. – Quando você chegou em Raada, pensei que iria se encaixar bem. Esperava que você fosse ficar.

– Eu nunca fui capaz de ficar em um mesmo lugar por muito tempo – contou Ahsoka. – Nem mesmo... antes eu me mudava bastante.

– Era uma esperança tola – Kaeden admitiu. – Eu soube disso quase imediatamente também. Mas simplesmente não dei ouvidos a mim mesma.

– Você ouviu os seus sentimentos – retrucou. Ela sorriu com a lembrança de um lugar distante e de um tempo perdido pra sempre. – Isso é algo que ensinam aos Jedi, também, sabe?

– Bem, pelo menos temos isso em comum – falou Kaeden. Ela colocou a cabeça no ombro de Ahsoka por um instante e depois se endireitou, soltando-se delicadamente do braço da Togruta. – E eu não me importo em descobrir que a galáxia é um lugar grande. Acho que posso lidar com isso agora.

– Eu sei que você pode – afirmou Ahsoka.

Elas ficaram em silêncio por um instante ao mesmo tempo que os refugiados e tripulantes da nave perambulavam em torno delas.

– Será que algum dia nos veremos de novo? – Kaeden perguntou.

– Acho que vai levar um tempo. – Ahsoka já estava pensando sobre o que viria a seguir, sua mente se movendo rapidamente conforme o zumbido do motor ficava mais alto. – Mas, como você disse, a galáxia é um lugar grande.

– Obrigada – agradeceu Kaeden durante o salto para a velocidade da luz.

– A seu dispor – respondeu Ahsoka... e era isso que sentia.

# CAPÍTULO

# 30

DESTA VEZ, Ahsoka não invadiu o escritório de Bail até saber que ele já estava lá. Ela acompanhou sua nave consular desde Coruscant. Ele parou em uma lua próxima e deixou alguns caixotes que nada tinham de suspeitos. Tudo parecia totalmente rotineiro, mas Ahsoka, que havia aterrissado a uma certa distância e se infiltrara no espaçoporto enquanto os caixotes estavam sendo descarregados, sabia que não era bem assim. Ela aproveitou que a *Tantive III* estava em terra para embarcar clandestinamente.

Aproximar-se a tal ponto do Núcleo representava um grande risco, mas queria mostrar a Bail que falava sério e também o quanto era grata por tudo que ele havia feito por Kaeden e pelos outros. Finalmente sentiu a nave decolar e a leve alteração que significava que já tinham saltado para o hiperespaço, então saiu à procura dele.

Conseguiu romper a segurança de sua porta com bastante facilidade e se esgueirou para dentro. Como na nave do Capitão Antilles, os alojamentos de Bail na *Tantive III* eram compostos de mais de dois aposentos. Ela se encontrava agora na antecâmara, que não tinha espaço para muita coisa mais além de duas poltronas. Ahsoka podia ouvir a voz do senador vindo do aposento vizinho, que devia ser onde trabalhava. Ela se aproximou da porta e ouviu o fim da conversa, uma série de palavras repetidas num balbuciar de criança impossível de compreender. Não fazia ideia de como Bail era capaz de tal proeza – talvez ouvir toda aquela gritaria no Senado Imperial servisse para alguma coisa, afinal –, mas ele conseguiu responder.

– Eu sei, meu amor, mas é mais seguro se nos falarmos sem quaisquer recursos visuais para rastrear. – Houve uma pausa. Ahsoka não conseguiu ouvir a resposta. Então, Bail falou novamente. – Diga à sua mãe que verei vocês duas muito em breve.

Houve outra pausa quando desligou a chamada. Então, ele tossiu.

– Será que tenho outra invasão Jedi a denunciar? – gritou.

Ahsoka riu. Era bom saber que não poderia enganá-lo da mesma forma duas vezes. Teve a sensação de que ele sabia exatamente o quanto ela escutara e que até permitira isso propositalmente.

– Mostrando suas vulnerabilidades para me deixar à vontade, senador? – questionou Ahsoka, entrando no escritório principal. Ele gesticulou para que se sentasse, e ela assentiu.

– Toda a galáxia sabe que eu sou um homem de família, Ahsoka Tano – disse. – O Império está contando com isso. Eles acham que isso significa que serei mais receptivo a certas sugestões.

– Você não teme por ela? – perguntou Ahsoka.

Bail deu de ombros, mas havia uma certa tensão ao redor de seus olhos. Comandar uma rebelião não devia ser fácil.

– Ela já é muito parecida com a mãe – respondeu.

De alguma forma, aquilo parecia ser um teste.

Ahsoka não sabia a resposta, então deixou passar. Haveria segredos entre eles, e teriam que confiar um no outro mesmo assim.

– Eu queria conversar com você sobre o que está fazendo para combater o Império – disse Ahsoka.

– Imaginei que quisesse – Bail retrucou. – O Capitão Antilles enviou um relatório brilhante. Apenas quinze baixas durante a evacuação de Raada: um de seus pilotos de A-wing e quatorze pessoas que estavam sendo evacuadas.

Por pouco não foram quinze pessoas, mas a equipe médica de Antilles tinha sido capaz de salvar Vartan. Ele e Selda eram um par de vasos agora, brincava o Togruta, com quatro membros e quatro próteses ao todo somando os dois, mas pelo menos estavam vivos. Ela os havia deixado na nave do Capitão Antilles com Kaeden e Miara. Estavam todos impressionados com os recursos da tecnologia médica de verdade. O braço de Kaeden estava novinho em folha, o que liberou Miara para que perambulasse pela nave, procurando por pilotos de A-wing para encher de perguntas. Quando descobriram que era boa com explosivos, interessaram-se bastante por ela.

– Fico feliz por não ter sido pior – reconheceu Ahsoka. – Eu eliminei aquela criatura cinzenta antes do meu reforço chegar. Tenho a impressão de que ele não era o único de sua espécie.

– Ele era habilidoso? – quis saber Bail. – Ou apenas carregava o sabre de luz para se exibir?

– Ele recebeu treinamento – assegurou a Padawan. – Dependia em grande parte de força bruta. Se estivesse enfrentando um Jedi, ou alguém com o meu nível de treinamento, eu diria que não representaria uma grande ameaça. Eu o derrotei sem meus sabres de luz. Mas outros iguais a ele não irão enfrentar um Jedi.

Bail assentiu.

– Faremos o que pudermos – garantiu. – E quanto a Raada?

– Bem, os agricultores não podem voltar – explicou Ahsoka. Ela deixou-se afundar um pouco em sua cadeira. Eles haviam vencido, mas o custo foi alto. – Se tentassem, o Império os varreria da face da lua antes mesmo que aterrissassem.

– Talvez eu possa reassentá-los em Alderaan – sugeriu Bail. – Não são muitos, e há tantos refugiados na galáxia neste momento que, se Alderaan receber algumas centenas deles, isso não levantará suspeitas.

– Eles não querem ser reassentados – retrucou Ahsoka. Ela endireitou os ombros. – Eles querem se juntar à Rebelião.

Ela podia ver Bail considerando a ideia. Sabia que mão de obra extra seria de alguma utilidade pra ele, mas havia algumas desvantagens óbvias. O Império não via problema algum em usar pessoas mal treinadas como bucha de canhão, mas o senador se recusaria a fazer o mesmo.

– Eles são agricultores, Ahsoka – ressaltou. – Têm apenas o treinamento que você lhes deu.

– Mas são engenhosos – argumentou ela. – E, de qualquer maneira, seus rebeldes têm que comer, não têm?

Bail riu.

– Vou mandar alguém falar com eles e veremos o que podemos fazer – prometeu. – Há alguns planetas que nos serviriam como base agrícola, e podemos começar a treinar quem estiver interessado em pilotar ou usar armas.

Eles permaneceram em silêncio por um momento, e então Bail se inclinou para a frente.

– Eles me contaram que seus novos sabres de luz são brancos – disse o senador, e ela captou a admiração em sua voz. – Posso vê-los?

No escritório de Bail, rodeado pelo vazio do espaço, era seguro. Ahsoka levantou-se e desprendeu seus sabres de luz da lateral do corpo. Ela os ativou, e o escritório de Bail foi inundado por uma suave luz branca, brilhando nas janelas e refletindo as estrelas. Por estar em uma nave, o escritório era muito menor do que uma sala de treinamento, mas ainda assim ela executou alguns movimentos básicos para ele. Ela nunca se cansava da maneira como brilhavam. Não achava que substituiriam seus sabres verdes originais, e ainda tinha que terminar os punhos, mas estavam ótimos.

– Eles são lindos, Ahsoka – disse.

Ela os desativou, fez uma ligeira reverência, e sentou-se.

– Eu nunca tinha visto brancos – Bail refletiu.

– Eles costumavam ser vermelhos – disse Ahsoka. – Quando a criatura os portava, eram vermelhos. Mas eu os ouvi antes mesmo de pôr os olhos nela em Raada, e soube que estavam destinados a mim.

– Você alterou a natureza dos sabres de luz? – quis saber.

– Eu os restaurei – Ahsoka esclareceu. – Eu os libertei. Os cristais vermelhos só têm essa cor porque foram corrompidos pelo lado sombrio, quando aqueles que os empunham fazem com que se dobrem à sua vontade. Chamam isso de fazer o cristal sangrar. É por isso que a lâmina é vermelha.

– Eu já havia me perguntado sobre isso – contou Bail. – Passei muito tempo com os Jedi, mas nunca questionei de onde vinham seus sabres de luz. De qualquer forma, não creio que teriam me contado.

– Eles me parecem familiares – confessou Ahsoka. – Se eu tivesse que adivinhar, diria que foram saqueados do próprio Templo Jedi.

– Isso levanta algumas possibilidades muito desconfortáveis – constatou Bail. – Sem mencionar uma série de riscos potenciais para uma Padawan Jedi.

– Não sou mais uma Padawan, senador, e não é seguro ser Ahsoka Tano – disse ela. – Barriss Offee estava errada sobre muitas coisas. Ela deixou a raiva atrapalhar seu julgamento e tentou justificar suas ações sem considerar as consequências globais. Estava com medo da guerra e não confiava nas pessoas que deveria ter escutado. Mas tinha uma certa razão a respeito da República e dos Jedi. Havia algo de errado com eles, e estávamos presos demais a nossas tradições para enxergar o que era. Barriss deveria ter feito outra coisa. Não deveria ter matado ninguém, e definitivamente não deveria ter me culpado por isso, mas, se tivéssemos dado ouvidos a ela – se tivéssemos feito isso de verdade –, poderíamos ter sido capazes de deter Palpatine antes de ele tomar o poder.

– O Chanceler aproveitou bem a situação – disse Bail. Ele pronunciou a palavra *chanceler* com um toque de malícia, e Ahsoka sabia que lhe dava satisfação não chamá-lo de *imperador* quando estavam conversando em particular. – Ele nos manteve tão ocupados combatendo ameaças imaginárias que não percebemos a ameaça real.

– Achei que a guerra havia terminado pra mim, mas não sei fazer outra coisa – comentou. – Tentei me desligar, mas continuei sendo atraída de volta.

Bail pensou em Obi-Wan, sozinho em algum planeta da Orla Exterior. Seu sacrifício era sair do caminho para se concentrar apenas no futuro e não pensar no presente. Era uma forma solitária de viver, ainda que tranquila, mas o senador não o invejava nem um pouco.

– Eu acho – disse ele com ponderação – que você e eu somos destinados a nos concentrar no presente.

– O que quer dizer? – perguntou Ahsoka.

– Nesta luta, haverá pessoas como Barriss, que estão focadas no passado – explicou ele. – E haverá outras pessoas que se concentram intensamente no futuro. Nenhuma delas está errada, exatamente, mas, mesmo que não trilhemos sempre os mesmos caminhos uns dos outros, o nosso caminho deve ser o do meio.

Ahsoka sorriu.

– Foi isso que pensei quando eu estava tentando encontrar os cristais para alimentar os meus sabres de luz

– contou ela. – Eu não queria ficar sozinha, mas também não queria mais ser uma general ou mesmo uma Padawan. Eu quero algo no meio disso, ainda útil, mas diferente de antes.

A nave saiu do hiperespaço. Eles ainda estavam a alguma distância do planeta, mas Bail gostava de contemplar o sistema quando voltava pra casa.

– Eu estava pensando sobre o que fiz em Raada – disse Ahsoka. – No começo foi difícil, porque ninguém me escutava. Você me contou depois que estava ciente de que algo estava acontecendo, mas que não podia intervir. E eu não conseguia descobrir como me comunicar com eles. Eles tinham prioridades diferentes, e, por eu não ter conseguido me explicar, muita gente morreu.

– Não é culpa sua – Bail observou.

– Eu sei – disse ela. – Mas sinto como se fosse.

Ele assentiu. Ela suspeitava que o senador também era bom em se culpar pelas coisas.

– Então, aconteceu de novo, quando você enviou Chardri Tage e Tamsin atrás de mim – prosseguiu Ahsoka. – Eles não tinham informações suficientes, e eu desconhecia suas intenções. Tudo o que vi foi um raio trator e dois estranhos com blasters.

– Chardri nunca vai me perdoar por isso – Bail admitiu. – Eu cometi um erro.

— O que quero dizer é: ambas as coisas poderiam ter sido evitadas se você dispusesse de melhores canais de comunicação – disse ela.

Ele suspirou.

– Eu sei – reconheceu. – Tudo o que estou tentando construir é tão novo e tão frágil. Não estamos tão seguros quanto eu gostaria que estivéssemos, e certas coisas podem escapar do controle como resultado.

– Eu posso ajudá-lo com isso, eu acho – sugeriu Ahsoka.

– Como? – perguntou Bail.

– Durante as Guerras Clônicas, trabalhei com muitas pessoas – lembrou. – Lutei ao lado dos clones, que obedeciam às minhas ordens apesar de eu não possuir a experiência deles. Acompanhei a política em uma dúzia de planetas diferentes. Ajudei a treinar pessoas que nunca tinham usado um blaster na vida. Quando fiz tudo isso, eu tinha os Jedi para me apoiar, mas acho que poderia fazer um trabalho tão bom quanto esses com você.

– Você quer recrutar pessoas? – perguntou Bail.

– Não exatamente – respondeu. – Embora, caso eu encontre pessoas de valor, certamente tentarei trazê-las para a causa. Quero conhecer seus recrutas e encontrar missões para eles. Quero ser aquela que ouve o que as pessoas precisam, que descobre o que as pessoas podem fazer e, então, que as ajuda a fazer.

– Você quer administrar as minhas redes de inteligência – concluiu o senador.

– Quem faz isso atualmente? – perguntou Ahsoka.

– Ninguém, na verdade – confessou. – Isso é grande parte do problema.

– Então, é por aí que vou começar – disse ela. – Pode me dar uma nave? Eu perdi a minha.

– Podemos modificar algo para você com bastante facilidade – garantiu ele, com um sorriso no rosto. – E conheço o droide certo para o trabalho.

– Obrigada – agradeceu a Padawan. – É bom ter uma missão novamente.

– De nada, embora ache que vou acabar muito mais em dívida com você do que você comigo – observou.

– Vamos simplesmente considerar que estamos quites e paremos de contar – disse ela. – Já vou estar ocupada demais do jeito que combinamos.

– Como vou chamá-la, se não posso chamá-la de Ahsoka? – ele perguntou. – Você vai precisar pelo menos de um codinome para que possa tratar com os outros agentes.

Eles olharam para fora da janela conforme Alderaan se aproximava, ficando cada vez maior. Era realmente um belo planeta, embora Ahsoka sempre fosse sentir falta da grama sussurrante em Raada. Alderaan era azul e verde, e um bom ponto de partida para um levante galáctico. O centro, onde os fios de todas as suas esperanças se conectavam.

– Fulcrum – disse ela. – Você pode me chamar de Fulcrum.

– Então, bem-vinda à Rebelião.

O GRANDE INQUISIDOR *estava parado nos campos fumegantes que outrora haviam sido o orgulho da lua agrícola de Raada e olhou para o chão. Tudo se foi, queimado a partir da superfície, como se nunca tivesse sido plantado. Quando os Destróieres Estelares Imperiais chegaram para fornecer apoio, tudo já estava em chamas e o último dos traidores havia fugido.*

*O Grande Inquisidor chutou um pouco de terra solta. Pelo menos a escória jamais poderia retornar. O Império não mostraria nenhuma misericórdia se tentassem.*

*Os traidores se foram, os edifícios se foram, os recursos se foram, e o idiota que tinha enviado o Império para tão longe no início disso tudo também se foi. O Grande Inquisidor desejou que tivesse sido atribuída a ele a tarefa de rastrear o homem para infligir a vingança Imperial, mas seus talentos eram necessários em outro lugar.*

*A Jedi tinha feito mais do que qualquer um esperava. Não só havia treinado os traidores para lutar e ajudado um deles a escapar da prisão – não uma, mas duas vezes*

*– como tinha tido a capacidade de chamar um grande número de naves para ajudá-la. O Grande Inquisidor teria gostado muito se houvessem lhe atribuído a tarefa de encontrá-la, mas isso também coube a outra pessoa.*

*Ele não tinha vindo a Raada para seguir rastros. Tinha vindo para ver o trabalho de alguém. Para saber o que ela era capaz de fazer quando pressionada. Para ver quão longe poderia ir, e iria, pelos seus objetivos. A despeito de si mesmo, estava impressionado. Nunca tinha arrasado uma lua inteira, mesmo que fosse uma pequena e inútil. Havia algo de notável sobre esse nível de destruição.*

*Além disso, um elemento de sua própria espécie tinha morrido lá. Ele havia encontrado o corpo, queimado e quase irreconhecível, mas o Grande Inquisidor sabia o que procurar. O outro foi ousado, ousado além da conta, ao que parecia. Tinha ido destemidamente atrás de uma Jedi e pagou o preço. O Grande Inquisidor não seria tão imprudente. Iria canalizar seu ódio de forma mais útil, seria mais comedido. Também desejava matar seus inimigos, mas não era estúpido. Sabia o valor de um bom plano.*

*Ele se virou e caminhou de volta para sua nave. Ninguém mais havia desembarcado e, enquanto se des-*

*locava pelo corredor pisando duro, seus agentes se apressavam em sair do seu caminho. Todos o temiam, coisa que ele apreciava muito. Não sabiam exatamente o que ele era, apenas que era implacável e cruel. Sua espécie era nova na galáxia, uma nova arma para o lado sombrio empunhar. Seus agentes deviam seguir cada uma das suas ordens como se o próprio Imperador as tivesse dado. Esse tipo de poder fazia com que ele se sentisse muito forte.*

*– Traçar curso de volta para a base – ordenou. Ele tirou o seu sabre de luz do suporte nas costas e segurou o punho arredondado quase amorosamente. Não era o primeiro que já teve, mas era o primeiro a serviço de seu novo mestre, e ele gostava da brutalidade do design.*

*– E informem a Lorde Vader que encontramos evidências de outro sobrevivente.*

# AGRADECIMENTOS

A primeira vez que disse a Josh Adams, agente extraordinário, que tinha vontade de escrever um livro *Star Wars* foi em 3 de dezembro de 2014, aproximadamente às 9:03 da manhã (horário que consta no e-mail que lhe enviei com uma proposta muito vaga). Ele me ligou menos de dez minutos depois, muito animado, e desde então permaneceu como o meu mais firme apoiador.

Emily Meehan e Michael Siglain igualaram esse entusiasmo inicial e nunca me deixaram sem respostas enquanto esperávamos pelas atualizações (o que conta muito para manter a sanidade de um escritor, devo dizer).

MaryAnn Zissimos enviou-me um GIF de Mark Hamill com um gato quando eu mais precisava de um.

Jennifer Heddle é uma editora com quem sempre aspirei trabalhar, E EU CONSEGUI. Ela é maravilhosa.

(Minha ortografia *Star Wars* é péssima, pessoal. Agora mesmo, tive que verificar novamente como se escreve “Hamill”. Mas Jen me fez atravessar tudo isso com segurança, e ainda mais, porque, como disse anteriormente: ela é maravilhosa.)

Não acredito que esteja agradecendo a Pablo Hidalgo, Dave Filoni e ao restante da equipe do Lucasfilm Story Group, mas chegamos a este ponto. Eles sabem tanto, e levam tudo tão sério, e isso é genial. Além disso, eu os fiz rir! Duas vezes! (Desculpe por aqucla coisa com [censura de spoilers].)

Por último, preciso agradecer a todas as pessoas para as quais eu não PODIA contar sobre este livro: Emma, Colleen, Faith e Laura, que costuma ler tudo que eu escrevo; “Friend Rachel” e Cécile, que ignorei por completo a maior parte de março, porque eu já não aguentava mais me segurar (nós conversaremos sobre a série *Rebels* quando estiver mais calma, eu prometo!); toda a minha família (embora eu achc que eu poderia ter contado tudo ao meu pai e ele AINDA teria pensado que eu estava falando sobre *Jornada nas Estrelas*); mas, o mais importante, meu irmão EJ, que foi quem me viciou nesse universo, pra começo de conversa.

TIPOGRAFIA: ADOBE GARAMOND PRO E HOUSEGOTHICHG23EXT